국경을 넘는 일

KB075521

국경을 넘는 일

전성태
소설집

창비

차례

그날 밤늦게 화장실을
가려고 나섰을 때였다. 나는 아궁이 앞에서
어둠속으로 순식간에
달아나는 검은 형체 하나를 목격했다.
나는 기겁을 해서 빗물도랑에 엉덩방아를 찧고 주저앉았다.
옥수숫잎이 쏠리는 소리가 났다.

존재의 숲

그쪽으로 손전등을 비춰보았지만
너울너울한 옥수숫대 위로
물안개만 자욱할 뿐
아무것도 보이지 않았다.
아궁이 앞 땅바닥이 수건 한장만하게 젖어 있었다.
무슨 산짐승이라도 내려와 웅크렸다가
간 흔적 같았다.

나는 이 이야기를 문지방에 기대어 들었다.

그 오두막 뒤란이란 데가 원체 밤중 같았다. 이끼며 지네고사리가 내려와 우북하고 쥐며느리와 꼽등이, 노래기같이 축축한 벌레들이 들끓어서 문 열기도 싫었다. 더러 담배 매운 내를 몰아내느라 뒷문을 밀면 개울 넘어온 골바람이 좋기는 하였다. 어느날부터 거기 뜰방에 동네 할머니들이 피서 삼아 찾아 앉곤 하였다. 다 살아버린 것 같은 목소리들이 둘도 되었다가 셋도 되었다가 했다. 워낙 이야기 좋아하는 나라도 좀 억울하였다. 제 방에 앉아 창호지 하나로 엿듣는 꼴이 되었으니 말이다. 일찍이 선생이 나를 이 두메로 보낼 적에 혀를 물고 귀를 씻으라는 깊은 뜻이 있었을 것이다.

졸지에 뒤란이 노인정같이 되어버렸으니 외진 방의 고적한 맛은 사라졌다. 이 무람없는 노인네들은 방에 들어 공부하는 사람은 아랑곳

없이 저희들끼리 떠들고 웃고 했다. 더러는 총각 듣기 민망한 얘기를 해놓고는 "누구 듣겄네" 웃어젖히곤 하였다. 한 나흘을 그렇게 골려대더니 "귀신이 씌었나, 이 삼복더위에 방문을 처닫아놓고 살게?" 하며 제법 골이 난 목소리 하나가 들려왔다. 부러 들으라는 소리 같아 나는 기침을 놓고 뒷문을 열었다. 속이 다 시원하였다.

"귀신은 아니네."

노인 하나가 눈을 흘기며 말했다. 껄껄한 목소리의 노인은 문밖에서 소리친 장본인 같았다.

"아, 예전에 여기 든 청년 하나가 귀신에 씌어서 미쳐 나갔다고."

그네들과는 그렇게 어울리게 되었다. 그렇다고 이 무섭고 슬픈 이야기를 뜰방을 찾은 노인네들한테만 다 들은 건 아니다. 더러 말 한마디 나누지 못하고 먼발치로만 만난 영감이라든가 동네 개라든가 숲이라든가, 하다못해 바람이나 비까지도 거들어준 이야기다. 그해 여름하고 가을 두 철을 그 문지방에 기대어 이야기를 듣고 나니 허리가 휘고 왼쪽 팔꿈치에 단단한 돌이 박여 있었다.

어떻게 왔느냐, 무슨 공부를 하느냐며 노인네들은 틈만 나면 볶듯이 했다. 그건 단순한 호기심이라기보다는 마치 오랫동안 누군가를 기다려온 사람들처럼 집요한 데가 있었다. 나는 속내를 시원히 털어놓지 못해 답답하였다. 말못할 사연이라서 그런 건 아니었다. 우선 내 복잡한 사정을 잘 전달할 수 있을지 자신이 없었다. 나오는 말이 다 들리는 말이 되는 건 아니다. 적어도 나의 문제는 형이상학에 속한 거였다. 그렇다고 촌부들이 무지해서 그런 것을 모르리라고는 생각지 않는다. 그들은 모든 것을 몸으로 체득한 사람들이다. 단지 그것에 대해 소통할 수 있는 그네들의 언어가 따로 있다는 데 문제가 있었다.

일테면 나는 그 노인네들이 죽음과 관련한 어떤 얘기를 이렇게 하는 걸 들었다.

"그 영감 산에 올라간 지 꽤 됐지? 한 십년이 넘었을걸?"

"그렇지. 이태 전에 저 산으로 옮겨갔으니 띠가 돌았네."

"그럼 이쪽 나이로 올해 셋인가?"

"가만있자, 남의 나이로 세살이 맞네."

꼭 저쪽 세상 사람들이 나누는 이야기 같았다. 뒤에 알고 보니 죽은 그 영감님네 나이 여든셋이었다. 여든까지가 한사람의 생이 닿을 수 있는 나이이고 그 뒤로 사는 건 남의 나이를 빌려다가 대신 먹는 거라고 했다. 나 자신 곧고 휘고 돌고 엎어지는 말의 묘미를 좇아 살지만 그네들의 풍성한 은유와 비유 앞에서 내 언어는 초라하였다. 어찌어찌해서 다 이해를 시킨다고 쳐도 문제는 또 남았다. 그네들은 내 공부를 밥 안되는 공부라고 대번에 비웃어버릴 게 뻔했다. 그래서 몸이 안좋아서 쉬러 왔다고 둘러대고 말았다.

기왕 나온 얘기이긴 하지만 내 공부 이야기란 게 워낙 무료해서 더 해도 될지 모르겠다. 나는 정식으로 개그맨이 되고 일곱 해를 넘겼는데도 시쳇말로 뜨지 못했다. 텔레비전에도 간간이 내비친 얼굴을 알아보는 노인네가 없을 정도였으니까. 그럼 개그맨으로서 자질이 부족했는가. 그렇지도 않았다. 나는 모 정치인의 성대모사로 풍자의 언변이 촌철살인이라는 평을 받으며 당당히 데뷔한 경력의 소유자였다. 나는 밤낮으로 정치와 세태를 풍자하는 소재를 만들고 혀에 익혔다. 그런데도 객석의 반응은 늘 신통치 않았다. 혹자는 정치가 시세없으니 그 개그인들 먹히겠느냐고 했다. 인기를 먹는 연예인이 매일 상심을 먹고 사니 모처럼의 출연 기회에서도 억지웃음만 끌어내다가 쓸쓸하게 무대를 내려와야 했다. 오죽이나 답답했으면 점쟁이를 찾았겠는가.

그를 두고 더러 사기꾼이네, 사이비네 깔아뭉개는 축들도 있었지만 점집이나 출입한 사람들한테는 그 명성이 꽤나 알려진 점쟁이였다. 이미 스물일곱이라는 어린 나이에 우주의 섭리를 달통했다는 소문도 있었다. 그를 찾아나선 나의 심정은 위안이나 삼자는 거였다. 젊은 점쟁이라는 말은 들었지만 그가 마흔이 갓 된 사내인 것을 보고는 놀라지 않을 수 없었다. 어쨌든 신통력이 나이를 따져 드는 건 아닐 터이므로 나는 적당히 긴장하고 앉았다.

그러나 첫대면은 실망이었다. 손님이 찾아온 연유를 알아맞히는 신통력까지는 바라지 않았더라도 적으나마 눈썰미가 있다면 내 얼굴쯤은 알아봐주길 원했다. 그는 그저 손 안 대고 코 풀겠다는 심보로 이것저것 묻는 말이 더 많았다. 비감에 젖어 나는 찾아온 사연을 털어놓았다. 가만히 듣고 앉았던 그가 자신을 한번 웃겨보라고 했다. 황당하고 불쾌한 마음에,

"나는 남 웃겨주는 일로 먹고사는 사람입니다."

했지만 복채 주기 아까워서 갈고 닦은 개그를 몇개 보여주었다. 역시나 그는 무슨 심사위원처럼 앉아 입매 한쪽 씰룩이지 않았다.

"말이 입에 올랐으되 삶을 밟고 있지는 못한 형국이군요."

나는 심히 불쾌하였다. 사주점괘나 푸는 주제에 도인 흉내였던 것이다.

"내 오늘 평생 글을 다뤘다는 노인을 만났는데 그 이야기를 해드리리다."

이건 또 무슨 꿍꿍이인가 해서 나는 저절로 눈초리가 돌아갔다.

"그 노인네 평생 소원이 글자가 사라지고 이야기만 남는 글을 짓는

거라는데 그걸 못했답디다. 말에 매여서 헤어나지 못하더란 것이오,
하물며 세상을 조롱하고 비판하는 일이야 어쩌면 쉬운 일 축에 들지
모르지요. 말 다루는 사람이라니까 내 하는 말이오. 재미없더라도 더
러 와서 나랑 얘기나 나눕시다."

이야기 끝에 그는 그렇게 말했다. 그의 말이 가슴에 와닿는 바 있었
다. 남 웃기는 사람이 되되 울며 웃게 하는 개그맨이 되는 게 나의 꿈
이었다. 그 뒤로 가끔 그를 찾을 때마다 그는 방문객들한테서 들은 희
한한 이야기를 하나씩 들려주며 내 의견을 묻곤 하였다.

"가끔 신수점이나 풀고 가는 시골 부인네가 하나 있는데 착실한 남
편이 옆집 과부와 바람이 났다는군요. 담을 두고 서로 눈을 찡긋거리
는 현장이 그 부인네한테 발각된 모양인데 그거야 어디 하는 말일 테
고…… 아무튼 남편이라는 사내가 좀 잘났던 모양이오. 둘러댄 말이
내 눈에 귀신이 씌었는갑네, 저 여편네가 막 손짓을 한단 말이여, 했
답디다. 옆집 여자는 또 얼마나 비참했겠소. 부인네가 셋 다 덜 다치
는 방향으로 일을 수습했으면 하는데 어떻게 하면 좋겠소?"

"셋 다 덜 다치는 방향으로 말입니까?"

그는 꾹 누른 눈으로 고개를 끄덕이었다.

"그냥 담에다가 구멍을 내주라 하시지요."

"그것도 재밌구려."

그는 설핏 웃었다.

"그러나 아내의 다친 자존심은 어떡하오?"

"그럼 무슨 수가 있습니까? 어쨌든 하나는 뒤집어써야지요."

"나는 무당을 불러다가 굿을 하라 일러줬소. 동네 사람들 들어보
소, 우리 서방이 귀신에 홀려서 옆집 여편네를 유혹했다네! 굿이란

그런 것이니까. 그 여편네 그래도 남편한테 당한 배신감이 안 풀릴 것 같다고 합디다. 그래서 벌로 한 석달 실성한 사람 행세를 하게 해보라고 했소. 그 여편네 좋아라 하고 돌아갔습니다."

나는 웃기는 했지만 그 뜻을 헤아려서 그런 건 아니었다. 바람피운 벌로 미친 사람 행세를 시킨다는 발상이 재미있었다.

바람난 집에 굿이라, 풍경이 사뭇 기괴하였다. 나는 그 굿으로 세 사람이 어떤 이득을 볼 수 있을지 곰곰이 따져보았다. 우선 남편의 외도를 온 동네에 굿으로 까발리는 아내한테는 무슨 이득이 있을까? 바람난 두 사람을 톡톡히 유세시켰으니 분풀이는 좀 될 테고, 그 판국에 연애질을 더 못할 테니 확실하게 막음은 될 것이다. 무엇보다도 남편이 정으로 옆집 과부에게 눈을 돌린 게 아니라 미혹에 그랬다고 만방에 알림으로써 자존심을 회복할 수 있겠지. 남편이나 옆집 과부 입장에서야 잠시 우스갯감은 되겠지만 일이 그만한 선에서 매듭져 천만다행일 테고, 정분난 데서 정이 쏙 빠지니 구질구질하고 비참한 감정 따위는 어느정도 덜리라. 그제야 무릎이 탁 쳐지게 웃음이 나왔다.

"선생, 해학은 어떻게 얻을 수 있습니까?"

어느덧 나는 그를 선생으로 부르며 제법 진지해져 있었다.

"글쎄올시다, 캄캄한 삶을 밟아야겠지요. 그러면 말이 자연히 따르지 않겠소? 요새 사람들, 캄캄한 이야기를 싫어할 것 같지만 실상은 없어서 못 듣는 것이리라."

"그럼 흔한 말로 진창에서 구르며 겪어봐야 한단 말입니까?"

"나는 그 말을 안 믿소. 자기연민은 공연히 억지가 되기 십상이지. 그저 남 이야기나 재미나게 듣는 수밖에. 절실하면 남 얘기가 내 얘기가 되는 것 아니겠소?"

"이야기를 주워야 한다는 말씀인 것 같은데 그런 좋은 데가 있습니까?"

"나야 여기서 줍고 있소. 날마다 기막힌 사연들이 이 책상머리에서 풀어지지요. 난 스물일곱에 어느 북쪽 골짜기에 들었다가 큰 별똥을 주워온 적이 있소. 그 뒤로 남 이야기 듣는 재미로 이렇게 살고 있고."

그는 영문모를 소리만 해댔다. 별똥을 주워오다니 무슨 큰 이야기를 주워왔단 말인가.

"거기가 어딥니까?"

내 물음에 대답은 않고 그는 그저 그늘 비낀 얼굴로 웃기만 하였다.

그와의 교류가 한 석달쯤 지났을 무렵, 그가 약도 한장을 그려주며 말했다.

"별똥이 많이 떨어진 골짜기니 재수좋으면 하나쯤 주울 수도 있겠지만 욕심은 내지 마오. 오랫동안 말에 시달렸으니 그저 입 닫고 명상이나 하다 오든지."

이제 해야 할 이야기는, 그러니까 이 오두막에서 홀로 살다 간 실성한 어느 여인네와 그네의 아들 이야기다. 여인네 죽고 이태쯤 지나서 한 청년이 바람처럼 찾아와 한 서너 달 지내다가 갔다고 한다. 칠년도 더 된 이야기다. 그 청년을 두고 죽은 여자의 아들이라 이르는 이는 아무도 없었다. 이야기를 꿰어가다보니 맥락이 그렇게 잡혔을 뿐이다.

노인네들의 이야기를 들으며 가장 곤혹스러운 건 무시로 말에 얽히는 지명들이었다. 무바우골, 절골, 지름바우등, 큰재, 재미테, 시느커리, 생마골, 이끼바우, 무골, 된등, 촛대뱅이, 고무닥골, 관음골, 여우골, 하는 지금은 사라지고 이름만 남은 산 너머 화전민촌이었다. 화전민들은 정확한 위치를 공유하기 위해 유달리 지명 짓기에 집착했다는 이야기를 어디에선가 읽은 기억이 났다.

두루 그 어미를 부르는 호칭이 여꼴댁이었다. 그이는 원래 이 골짜기 사람이 아니라 산 너머 여우골에서 나온 사람이었다. 부르기 좋게 여꼴댁이 된 듯하였다. 여우골은 화전 부치던 사람들도 깊다고 하는 그런 외진 데였다. 그 여편네 복이 없어서 갓난애 하나 둔 새댁 나이에 서방을 병마에 잃었다. 스물넷이나 나이 많은 무바우골 농부가 쟁기질 같은 거친 일을 해주고 소실로 거두었다. 화전민들이 하나둘 산 밖으로 나앉을 때 소실댁도 영감을 따라 이 마을로 왔다. 그때부터는 본처와 한지붕 아래에서 지냈다. 영감 살아 있을 때는 두 여편네가 서로 투덕거리기도 했지만 영감 보내고 난 뒤에는 자매간처럼 서로 위하며 지냈다. 본처마저 혈압으로 쓰러지자 그 병시중을 다 해주었는데 누운 지 다섯 해 만에 본처가 돌아가자 영감 곁자리를 내주었다.

여꼴댁에게 별호가 있었으니 뻥쟁이 할멈이었다. 두 됫박 말이 그 집에 들면 두 말이 되더라고 했다. '여꼴댁 거짓말 두 말'이라는 말이 근동의 속담이 되어 회자될 정도였다. 여꼴댁 생애 최고의 뻥은 무장간첩 허위신고 사건이었다. 무장공비가 두 명이나 집에 들어 솥에 남은 죽을 퍼먹고 내뺐다는 여꼴댁의 제보를 처음 접했을 때, 마을 사람 누구 하나 그네를 의심하지 않았다. 무장공비 하면 온 나라가 발칵 뒤집히고, 전국민이 일손을 놓다시피 텔레비전 수상기 앞으로 몰리던 시국이었다.

여꼴댁과 이 골짜기 마을이 며칠 동안 뉴스를 도배하다시피 했다. 가을볕이 토방을 두드리는 추레한 오두막. 연달아 카메라는 굴진이 시커멓게 엉겨 동굴 같은 부엌으로 돌진했다. 죽그릇으로 사용한 보온밥통 속 용기가 화면을 가득 채웠다. 찌그러진 그릇 안에는 검붉게 엉겨붙은 팥죽 자국이 선명하게 남아 있었다. 카메라는 사진을 박듯 그 그릇을 꽤나 오랫동안 들여다보았다. 이어서 붉은 담요와 베개가 지저분하게 뭉친 안방 아랫목, 그리고 도주로를 지목하는 여꼴댁의 손길을 따라 집 곁의 옥수수밭과 숲이 연달아 펼쳐졌다.

주민들은 마을과 전답을 군인들에게 내주고 출입도 삼간 채 무장공비가 하루바삐 잡히기만을 기다렸다. 그들은 수색작전의 진척에 귀를 기울였고, 간첩신고자에게 주어진다는 기천만원의 보상금을 입에 올렸다. 어떻게 여꼴댁에게 그런 행운이 떨어졌단 말인가. 연일 계속된 수색에도 불구하고 발자국 하나 찾아내지 못하고 나흘을 넘기자 비로소 주민들은 신고의 진의를 의심하기 시작했다. 군경(軍警)이 주민들을 상대로 여꼴댁에 대한 시시콜콜한 정보를 탐문하고 다녔다. 뒷산을 이잡듯 뒤지던 군인들과 헬기, 그리고 밭둑까지 차고앉은 방송국 중계차들이 철수하던 날 드디어 여꼴댁은 읍내 경찰서로 잡혀갔다.

"우리 새끼 보라고, 에미 이리 사는 거 어디서 보고 혹시나 올까 해서 그랬소. 하, 후회시럽소. 일이 이리 된 건 하나도 안 부끄럽소만 아들 생각하니까 인제 왜 그랬나 싶은 것이…… 형사 양반도 그 죽그릇 보셨소? 내가 그 아이라도 정나미 떨어져서 안 올 것이요."

보상금 탐나서 한 짓에 자식 핑계 댄다고 사람들은 분개했다. 여꼴댁은 보름 남짓 구류를 살았다. 그동안 마을에서는 주민회의를 해서 여꼴댁을 동네에서 내보내기로 결정했다. 그러나 그네가 다 죽게 된 물송장이 되어 돌아옴으로써 그 계획은 수포로 돌아갔다. 고등학교 다니는 이장네 작은아들이 푹 젖은 여꼴댁을 자전거에 싣고 나타났다. 학교에서 돌아오는 길에 개울로 뛰어드는 그네를 발견하고 건져오는 길이라고 했다. 노인네들은 그 자살미수 건도 다 꾸민 일일 거라며 혀를 찼다.

그렇게 다시 눌러앉았으나 사람들은 별로 취급을 안해줬다. 혼자 돌며 들일을 하고 조용히 살았다. 죽기 다섯 해 전에는 실성을 해서 산에 불을 지르기도 했다. 동네에 돌봐줄 이 없이 혼자 사는 풍맞은 영감이 있었는데, 여꼴댁이 조석으로 드나들며 밥상도 봐주고 요강도 닦아주며 지냈다. 그 역시 자기 영감으로 착각한 그 실성기로 그랬으리라 한다. 하루 낮에 밤 주우러 산 너머 골짜기로 간다던 그녀는 돌아오지 않았다. 실종되고 나흘 만에 여우골에서 시신으로 발견되었는데 사람들은 수구초심이라 하였다. 망자 당년 71세였다.

이태 뒤에 바람처럼 나타났다는 그 청년이 아들이었음에 틀림없다. 그는 신분을 못 드러내고 골짜기에서 어미의 흔적을 찾으려 애썼던 모양이다. 많은 빈집 중에 하필 찾아든 집이 여꼴댁의 오두막이었을 거며, 하고많은 이야기 중에 유독 귀를 세우는 말이 여꼴댁 얘기였을 것인가. 청년은 주민들도 발길을 끊은 산 너머 화전민촌을 사흘이 멀다 하고 드나들었다고 한다. 오두막 처마에 매달린 해묵은 씨옥수숫자루를 본 청년이 소리죽여 우는 모습을 보았다는 노인네도 있었다.

그는 세상 끝으로 가는 심정으로 이 골짜기에 들었을 것이다. 버스 정류장에서는 바로 지척으로 보이던 마을이 막상 걷다보니 멀었을 테고, 군부대를 만나 그도 나처럼 군인에게 길을 물었을지 모른다. 북쪽 골짜기를 향해 그는 나락이 패기 시작한 들판을 가로지르고 다리를 건넜을 것이다.

골짜기 오르막길에 펼쳐진 옥수수밭을 보고 하, 그도 한숨을 쉬었을라나. 수꽃을 올린 키큰 옥수수나무들이 촘촘하게 숲을 이뤄 밭 가를 지날 때면 갈대밭에라도 든 것처럼 시야가 좁아졌다. 밭머리에서는 어김없이 축사 딸린 농가가 나왔다. 열댓 가구쯤 되는 농가들이 골짜기 양지바른 곳을 찾아 띄엄띄엄 앉아 있었다. 하나같이 지붕 개량을 한 뒤로 전혀 손을 안 본 집들처럼 낡고 볼품없어서 다 사람이 들어 사는 집인지 의문스러웠다.

이십여분 골짜기를 더듬어오르자 산마루가 바짝 다가와 마을이 끝나는가 싶더니 서쪽 골짜기에서 개가 짖었다. 개 든 집은 안 보이고 아름드리 밤나무 한그루가 언덕바지에 한껏 벌어져 있었다. 나는 밤나무를 찾으라는 선생의 말을 상기했다. 선생의 말대로라면 그 아래 어디쯤 낮은 슬레이트 지붕이 하나 있을 거였다. 알밤을 한 가마니는 줍는다는 선생의 말처럼 제법 밤송이도 달려 있었는데 모르긴 해도 이 마을에서는 가장 늙고 큰 나무가 아닐까 싶었다.

누렁이 한마리가 나타나서 어찌나 으르렁대는지 나는 길에서 나뭇가지를 집어들고 걸어야 했다. 빈집이라고 들었으니 풀어놓고 기르는 동네 개인 모양이었다. 내가 오두막에 이를 때까지 개는 일정한 거리를 두고 뒷걸음질치며 짖어대더니 옥수수밭으로 숨어들어갔다.

묘하게도 그날 내가 마을에서 만난 주민은 단 둘뿐이었다. 둘다 노인이었는데 만났다기보다는 먼발치로 그저 바라본 것이나 다름없었다. 골짜기를 반이나 올랐을 때 나는 머리 허연 할머니 하나가 채마밭 울타리의 고욤나무에 사다리를 세우고 올라서 있는 것을 보았다. 노인은 고욤나무 둥치에 매달려서 톱질에 열중이었는데 볕을 가리고 선 나뭇가지를 치는 모양이었다. 그 일을 며칠째 하고 있는지 잎이 시든 나뭇가지들이 밭둑에 수북했다. 다음으로 만난 주민은 풍에 걸린 영감이었다. 노인은 고추밭과 콩밭 사이로 난 농로에서 지팡이를 짚고

몽그작이고 있었다. 무슨 로봇처럼 한발 한발 내딛는 걸음걸이가 힘들고 위태로워 보였다. 주위에 농가가 없는 것으로 보아 노인은 그 걸음새로 오래 전에 집을 나선 것 같았다. 그것은 운동이라기보다 무슨 형벌 같았다. 그 광경을 멀리서 지켜보던 나는 혐오감이 치밀었다. 사지가 뒤틀린 노인에 대해서라기보다는 그 노인을 뙤약볕에 나서게 한 그 악착같은 생의 집착에 불현듯 반감이 들었는지도 모른다.

그들 외에 달리 만난 주민은 없었다. 해가 서쪽으로 기운 지 한참 되었기 때문에 농부들이 더위를 피해 오두막에 들었다고는 보기 어려웠다. 마을이 그처럼 괴괴한데다가 만난 두 노인네마저도 그 모양이어서 나는 이 골짜기가 비현실적인 공간으로 여겨질 정도였다.

지내면서 알게 된 사실인데, 인근에 골프장이 새로 들어서서 주민들이 봄부터 거기에 잔디 심는 일을 다니고 있다는 거였다. 골짜기는 저녁 무렵이나 되어야 사람 사는 동네같이 시끄러워졌다. 옥수수밭 너머로 소 몰아가는 소리가 들리고 여물 쑤는 연기로 골짜기가 자욱해졌다. 부식차도 해질녘에 뽕짝 가락을 울리며 올라왔다.

며칠 뒤 이장이라는 고씨가 찾아왔다. 그날은 온종일 비가 내렸다. 전날 나는 마당에 우북한 망초며 강아지풀을 맸다. 날벌레 꼬이고 정신 산란해도 웬만하면 그냥 지내려고 했던 것인데 무슨 마음이 동했는지 무심코 풀 한포기 뽑아든 일이 그만 마당 소제로 커져버렸다. 굳은 땅에 뿌리내린 풀들이라 여간해선 잘 뽑히지 않았다. 때로는 삽질을 해야 할 정도였다. 풀뿌리에서는 조개껍데기처럼 썩은 밤톨들이 묻어올라왔다. 풀매기를 마친 마당은 마치 갈아엎은 밭 같았는데 비가 오자 잔잔해졌다. 점심을 먹고 설핏 낮잠이 들었을 때 고씨가 찾아왔다. 이장이라고 밝힌 중늙은이는 비에 쫓기듯 성큼 방으로 들어와

벽을 기대고 앉았다.

"죄다 골프장으로 일들을 나가서 되게 심심할 거요. 일당이 사만 오천원이라 젠장, 농사는 부업이 되었소. 나락 바심 때나 돼야 끝난다 는데⋯⋯"

고씨는 오랫동안 혼자 이야기했다. 이웃에 놀러 온 사람처럼 매우 자연스러워서 이상할 정도였다. 그는 객지생활도 해보았고 파월용사 에다가 한때는 한우를 삼십두나 길러 재미를 본 적이 있다고 말했다. 주로 젊었을 적 이야기였다.

"다 역마살 쎈 소싯적 이야기지만 내 그때는 피가 끓어 이 골짜기 를 못 견디겠는 거라. 농한기 정월에 동무하고 둘이서 먼 눈길을 걸어 장락골 탄광으로 갔지. 막사마다 전국에서 몰려온 장정들로 바글바글 했지. 꽁꽁 언 날씨에 궤도차를 갱에서 몰고 나오면 쇠바퀴에 맺힌 물 방울이 차가운 레일에 닿아서 바로 얼어붙어. 그러면 두 사람이 밀어 도 꿈쩍 안해. 젠장, 기껏 하루 품삯 이백칠십원 받자고 하는 고된 일 에 몸이 성해 나간."

그의 이야기는 또 맥락없이 자신이 폐병 걸린 이야기로 넘어갔다. 아마 그는 내가 몸이 안 좋아서 왔다는 소리를 어디서 들은 모양이었 다. 고씨는 병들어 돌아왔지만 돈은 좀 모아서 오두막 곁의 옥수수밭 도 장만했다. 그가 가끔 담뱃불을 붙이려고 말을 멈추는 동안 뒷문으 로 비에 수런거리는 옥수숫잎 소리가 들려왔다. 뒷문 창호지가 아래 로부터 젖어올라왔다.

"내 폐병은 어머니가 다 고쳐놨는데 뱀이네 지렁이네 안 먹어본 게 없다니까. 오죽했으면 뒷간 구더기까지 먹었지. 거 어떻게 먹는 줄 아 쇼? 장 담그는 큰 독 있잖소? 거 독에다가 똥개를 한마리 잡아서 넣

20

고 뒷간 뒤에 놔둔단 말이오. 한 열흘도 안돼서 독에 구더기가 바글바글해. 그걸 털어서 볶아먹지. 꼭 숯가루 맛이오. 그렇게 고쳤네. 우리 노인네 보셨소? 그 양반이 그렇게 보여도 지금 암환자요. 노인네라 진행이 늦다지만 칼 안 대고 죽겠다고 고집을 부려 손도 못 쓰고 지내오. 벌써 오년째요.”

그도 지치는지 간간이 하품을 했다. 이야기를 듣다보니 그의 노모가 바로 채마밭에서 가지 치던 노인임을 알고 나는 다소 놀랐다. 고씨가 오후내 끝날 것 같지 않던 말을 뚝 자르고 일어났다. 얼굴에 잠기가 그득했다.

“올해 몇이요?”

방을 나서기 전에 그가 불쑥 물었다.

“서른셋입니다.”

“힘내쇼! 젊어서 병이야 마음으로 때려잡는 것 아니겠소.”

난데없이 그렇게 말한 그는 내 어깨까지 툭 쳐주었다.

그가 돌아가고 나서 나는 아궁이에 군불을 지폈다. 고씨를 생각하니 괜히 수염이 까칠해진 얼굴로 손이 올라갔다.

그날 밤늦게 화장실에 가려고 나섰을 때였다. 나는 아궁이 앞에서 어둠속으로 순식간에 달아나는 검은 형체 하나를 목격했다. 나는 기겁을 해서 빗물도랑에 엉덩방아를 찧고 주저앉았다. 옥수숫잎이 쓸리는 소리가 났다. 그쪽으로 손전등을 비춰보았지만 너울너울한 옥수숫대 위로 물안개만 자욱할 뿐 아무것도 보이지 않았다. 아궁이 앞 땅바닥이 수건 한장만하게 젖어 있었다. 무슨 산짐승이라도 내려와 웅크렸다가 간 흔적 같았다. 나는 이 골짜기를 좀 만만하게 본 것을 처음으로 후회했다.

다음날 아침 나는 아궁이 앞에서 다시 그 짐승을 보게 되었는데, 집 곁을 배회하던 누렁이였다. 놈은 꼬리를 사린 채 축축한 옥수수밭 속으로 사라졌다. 꽤 지쳐 보였다. 나는 아침밥을 빈 그릇에 덜어서 놈이 드나드는 밭 가에 내놓았다. 점심 무렵에 나가보았더니 그릇은 깨끗이 비워져 있었다.

골짜기에서 가장 변화무쌍한 물상이 있다면 그건 옥수수밭이었다. 옥수수나무는 더위에 가장 먼저 지쳤다. 잎들은 시르죽은 듯 늘어져서 밭에서 여물 냄새가 나는 것 같았다. 소나기라도 두둑이고 지나가면 언제 그랬냐는 듯 빳빳하게 생기가 올라 골짜기를 한결 녹음 깊게 가라앉혔다. 달밤에는 달빛 한낱 한낱이 옥수수밭에 칼처럼 꽂혀서 밤새 나가 주울 것도 같았다.

옥수수밭 풍경에는 늘 그 풍맞은 노인이 있었다. 노인은 개울 건너 적갈색 양철집에서 들고났다. 아침을 먹고 나섰다가 정오까지 동네 한바퀴를 돌고, 오후 세시경에 다시 나와 저녁때까지 또 그만큼 걸었다. 간혹 소나기라도 내리면 노인은 길 위에서 속절없이 맞기도 했다. 노인이 하룻동안 걷는 거리는 기껏해야 동네 두 바퀴였다. 그러나 노인은 그 일을 하루도 거르지 않았다. 노인을 관찰하는 것만으로도 나는 가보지 못한 마을길들을 훤히 그릴 수 있을 것 같았다. 첫날 받아놓은 기괴하다는 인상은 어느새 사라지고 이제는 고된 수행을 바라보는 마음이 되곤 하였다.

여꼴댁이 마지막 몇해 수발을 들어준 노인네라는 데 생각이 미치자 십년 세월이 아득하게 다가왔다. 그래도 수발 들어주는 손이 새로 생겨서 양철집 옆 개울에서 요강을 씻어가는 할머니가 가끔 눈에 띄기도 했다. 나는 부식차에서 떨이로 넘기는 수박을 사서 개울에 담가두곤 했는데 요강 씻는 노인을 피하느라 한굽이 돌아올라 자리를 잡아야 했다.

하루는 그 양철집 할머니가 뒤뜰에 동무도 없이 혼자 와 앉았다. 마침 수박을 쪼개서 먹던 참이라 나는 노인 앞으로 소반을 내밀었다. 얼굴이 작고 눈매가 깊어서 순박하고 겁 많아 보이는 할머니였다. 수박을 든 손마디가 거칠었다. 노인은 먼산바라기를 하고 수박만 먹었다. 설겅설겅 먹고 남은 껍데기를 아무데로나 휙휙 내던졌다. 수박껍데기는 길과 토방에 아무렇게나 버려졌다. 이곳 사람들이 수박껍데기나 옥수숫자루 하나라도 모아다가 소 구유에 넣는 것을 본 터라 노인의 행동은 좀 의외였다. 서먹서먹해서 그러나 싶어 나는 조심스럽게 말을 붙여보았다.

"할아버지하고 두 분이 지내시나봐요?"

또 상대는 기척이 없었다. 나는 노인네가 귀가 멀었거나 벙어리일 거라 생각했다.

잠시 어색한 침묵이 흘렀다. 나는 마을 쪽 길을 더듬어보았다. 양철집 노인네는 어느 옥수수밭 너머로 숨었는지 보이지 않았다.

"아, 옥시기 한번 원없이 묵었네."

내내 말없던 그 노인네가 마지막 수박껍데기를 휙 내던지며 난데없이 내놓은 말마디가 그랬다. 잘못 듣지 않았다면 천생 망년든 노인이었다. 그런데 그 노인이 벌떡 일어서며 버럭 고함을 치는 거였다.

"네이, 개새끼!"

깜짝 놀란 나는 수박에서 입을 뗐다. 나한테 하는 욕인 줄 알았는데 노인의 시선은 옥수수밭 쪽을 향해 있었다. 밭 가에 그 누렁이가 나와 있었다.

"망할놈의 짐승!"

노인은 소리치며 돌멩이를 집어던졌다. 누렁이는 끼잉, 소리를 내고 옥수수밭으로 꼬리를 말았다. 노인은 밭 가까지 쫓아가 옥수숫대 밑을 들여다보며 예의 그 욕설을 퍼부어댔다.

"집에 안 기어들어올 거여? 꽁치 통조림을 까놔도 제 집구석을 마다해? 왜 내 손을 안 타?"

옥수수밭 가에 쪼그려앉아 못 알아들을 소리를 꿍얼거리는 개주인은 몹시 섭섭한 눈치였다.

어느덧 골짜기에 가을이 찾아오고 있었다. 낮은 삼십도를 오르내릴 정도로 아직 볕이 따가웠지만 밤으로는 선선해졌다. 옥수숫잎 서걱대는 소리가 가슬가슬해져갔다. 밤나무에서는 우듬지 쪽 밤송이가 하나둘 벌어졌다. 고씨가 옥수수밭 한쪽에서 참깨를 거둬들이기 시작했다. 가을걷이 작물 중 가장 일렀다. 머잖아 찰옥수수를 베고 고추를 딴다고 했다. 더위가 한풀 꺾이면 콩이며 호박이 누렇게 익어갈 것이다.

고씨는 골프장에 일나가기 전 아침시간을 이용해 조금씩 참깨를 베어냈다. 이틀째에는 나도 낫을 들고 밭으로 나가보았다. 고씨는 거름을 제대로 못해 올해는 대가 짜리몽땅하다며 묶어 세울 수나 있을지 모르겠다고 했다. 줄기와 잎이 아직 푸릇푸릇한데도 고씨는 추수가 늦어졌다고 속상해했다. 나는 며칠 전부터 이 깨밭에 비둘기 떼가 부쩍 날아드는 걸 보았다. 나는 고씨 옆에서 낫질을 거들었다. 워낙 날이 무디어서인지 깔린 비닐 위로 깨알이 싸락싸락 쏟아져서 주인 볼 면목이 없었다. 그래도 마음 여린 고씨는 싫은 내색을 하지 않았다. 금방 또 일터로 가야 한다며 고씨가 낫을 내려놓았고, 나는 낮 동안에 틈틈이 베어놓겠노라 했다. 그러자 고씨가 깻대는 이슬 걷히기 전에 베어야 한다고 말렸다. 베어놓은 깻대는 그의 노모가 올라와 묶었다. 다음날 아침 고씨는 날을 잘 벼린 낫을 가져와 나에게 주었다. 나흘 만에 추수가 끝나고 다섯 이랑에서 거둬들인 깻대가 밭 가에 묶여 세 워졌다. 해가 기울어 서늘해지면 그의 노모가 깻단을 털었다. 초벌털이를 마친 노인은 함지를 보이며 두 됫박밖에 안 나왔다고 고개를 절레절레 흔들었다.

나는 평범하기 짝이 없는 이 골짜기에 슬슬 지쳐갔다. 여꼴댁이 살다 간 고단한 삶이야 얼마든지 흔한 이야기였다. 그의 아들도 마찬가지였다. 회한과 향수로 찾아든 곳이니 돌 하나 풀 한포기인들 예사로 보였겠는가. 내 아무리 그의 심정이 된다 해도 신파 같은 이야기일 뿐이었다.

부쩍 골짜기를 오르내리는 낯선 발길들이 많아졌다. 그들은 저녁나절이면 가마니를 하나씩 짊어지고 산에서 내려왔다. 화전민 부락이 있던 산 너머 골짜기에서 알밤을 주워오는 사람들이라고 했다. 그들을 보면서 나는 여꼴댁을 떠올리고 그의 아들을 생각했다. 저 길 너머 어딘가에 청년의 고향이자 어미가 죽은 여우골이 있을 거라 생각하자 가슴이 아련해졌다.

오두막 언덕바지의 밤나무도 툭툭 소리를 내며 알밤을 떨구었다. 저녁 무렵에 바가지를 들고 언덕에 올라 알밤을 줍는 일이 내 일과가 되었다. 그러나 밤은 몇알 되지 않았다. 떨어진 빈 밤송이는 제법 많았는데도 땅으로 꺼졌는지 알밤은 몇개 보이지 않았다. 처음에는 다람쥐와 청설모가 들끓어서 그런가보다 했다. 어느날 저녁 나절에 풀숲을 헤치다가 나는 풀숲을 헤친 손길이 나 혼자만이 아니라는 사실을 알아챘다. 나무막대기로 풀숲을 헤쳤는지 흙 위로 드문드문 막대기 끝을 찍은 흔적이 보였다. 나는 집 곁에서 작은 기척이라도 들리면 문을 열고 언덕을 살폈다. 며칠을 그렇게 감시했지만 밤을 주워가는 사람은 보이지 않았다. 그런데도 여전히 누군가 밤에 손을 대고 있었다.

어느 새벽녘이었을 것이다. 뒷문으로 지팡이 짚는 소리와 신발 끄는 소리가 들렸다. 나는 밤 도둑임을 직감했다. 문구멍으로 살펴보니 아주 조심스러운 걸음새로 지나가는 사람이 있었다. 놀랍게도 그는 양철집 영감이었다. 그이는 불룩한 비닐봉지 하나를 허리춤에 차고 있었다. 나는 노인네보다 먼저 일어나 밤을 주워야겠다고 맘을 먹었지만 번번이 지팡이 짚는 소리에 깨어나곤 했다. 나는 아예 밤 줍는 일을 그만두었다. 괜히 며칠 동안 그런 일로 예민하게 날이 서 지낸 자신이 우스웠다.

대신 나는 하루 낮에 가마니를 들고 마을 뒷산으로 올랐다. 밭길을 한참 오른 자리에서 산길이 시작되었다. 산길 초입에 무덤 하나 든 묵정밭이 있었고, 나는 그곳에서 잠시 숨을 돌리며 돌멩이를 집어들었다. 아까부터 누렁이가 저만치 뒤를 따르고 있었다. 돌멩이를 던지자 놈은 꼬리를 사리고 되돌아 내뺐다. 산중턱쯤 올랐을 때 나는 여전히 누렁이가 뒤를 쫓고 있음을 알아챘다. 나는 놈과 동무할 생각이 전혀 없었다. 다시 돌을 집어던졌고 놈이 이번에는 숲으로 도망갔다.

산마루에 이르자 첩첩봉우리들이 펼쳐졌다. 노인들은 시느커리나 생마골에 들어야 밤을 주울 수 있을 거라 하였다. 나는 막막했다. 그 골짜기들이 어디쯤인지 가늠할 수 없었던 것이다. 왼편으로 벌써 그늘이 내린 경사면의 산자락이었고, 낙엽송 숲이 골짜기 아래까지 내려가 있었다. 주위의 두루뭉술한 지형과 물상 속에서 날카롭게 선 낙엽송 숲을 바라보며 나는 왠지 위안을 받는 기분이었다. 나는 가본 적

없는 지구 북쪽의 침엽수림대를 오랫동안 동경하며 지냈다. 뽀드득거리는 눈길과 코끝이 쨍할 정도로 차가운 공기 속을 걸어들어가 고개를 쳐들면 시퍼런 하늘을 찌르고 선 전나무를 보게 될 것이다. 정신마저도 고드름처럼 예봉을 세우는 침엽수의 숲. 그 숲으로 간다면 나는 힘이 솟을 것 같곤 했다. 낙엽송 숲을 보자 나는 시베리아에라도 막 당도한 느낌이 들었다.

낙엽송 숲길로 접어들었을 때 언제 나타났는지 누렁이가 앞서 걸어가고 있었다. 놈은 내 기척을 느끼고 내리막길로 내달렸다. 그제야 나는 녀석이 내 뒤를 따른 게 아니라 제 길을 가고 있다는 사실을 깨달았다. 송진 냄새와 나뭇잎 썩는 냄새가 섞인 공기가 코끝에서 습습했다. 오래 전 어느 한때 조성한 듯 나무는 나란하고 숲은 울울했다. 이따금 나는 걸음을 멈추고 하늘을 올려다보았다. 쭉 뻗은 나무줄기 끝에 꿰인 하늘이 가없이 깊었다. 경외심을 주는 풍경 앞에서 느끼는 존재의 고독감이란 게 이런 것일까. 나는 서글퍼졌다. 이것이 선생이 주었다는 큰 별똥인가 그런 생각도 들었다.

숲을 거의 다 내려왔을 때 계곡물 소리가 들려왔다. 나는 깜박 잊었던 누렁이를 기억하고 주위를 둘러보았다. 오솔길은 계곡을 버리고 왼쪽으로 휘어지고 있었는데 누렁이는 보이지 않았다. 나는 계곡으로 내려갈 생각으로 길을 벗어났다. 나무 틈 군데군데에서 밭이나 집 주위로 둘렀을 돌담들이 보였다. 어느 순간 나는 그만 다리가 걸려 넘어지고 말았다. 돌부리인가 해서 들여다보았더니 꽤 썩은 나무등걸이었다. 석탄처럼 거뭇거뭇한 흔적이 보이는 게 불에 깊게 탄 듯했다. 오른발을 삐었는지 통증으로 발을 딛기가 괴로웠다. 나는 절뚝거리며 계곡으로 내려가 신발과 양말을 벗고 발을 담갔다. 계곡 주위에 화전민이 살았던 흔적 같은 건 보이지 않았다. 밤나무 숲 같은 것도 없었다. 거기는 시느커리도 생마골도 아닌 모양이었다. 사람의 자취가 없으니 거기에서 주워갈 만한 큰 별똥 같은 이야기가 있을 것 같지 않았다. 나는 빈손으로 마을로 돌아왔다.

하루 저녁에는 고씨가 집으로 초대했다. 작은아들이 군입대를 하게 돼서 동네 사람들하고 저녁을 하게 되었노라고 했다. 마당에는 멍석이 깔리고 볕에 그을린 마을 농부들이 스물 남짓 옹기옹기 앉아 있었다. 뒤뜰을 찾는 노인네들은 보이지 않고 고씨 노모가 그나마 임의로운 사이라고 손짓을 했다. 나는 노인 옆에 앉았다.

"근일간 우리 옥시기를 거둘 텐데 총각이 좀 도와주오."

나는 흔쾌히 그러마고 대답했다.

마당 한편에서는 장작불을 그러넣은 국솥이 끓고 있었다. 머잖아 고깃국이 한그릇씩 나왔다. 돼지라도 한마리 잡았는가보다 했는데 고씨가 도마 위에서 썰어 내놓는 고기는 돼지고기가 아니었다.

"올 여름도 그냥 넘겼는데 이장 덕에 보신을 다 하네."

옆에 앉은 농부 하나가 소주병을 따며 말했다.

"우리 아들 덕인가 손자 덕이지."

"맞아요, 할머님."

사내는 고씨 노모의 잔에 술을 따르고 나에게도 권했다.

"매어두고 기른 개하고는 맛이 다른걸요."

농부가 그렇게 말했을 때 나는 기분이 이상해서 젓가락을 놓고 주위를 둘러보았다. 양철집 할머니가 장작불 일렁이는 솥 앞에 홀로 침울하게 앉아 있었다.

"혹시 양철집 누렁이예요?"

나는 농부에게 물었다.

"양철집에도 무슨 개를 기르나? 거 예전에 여꼴댁 할망구라고 그 노인이 기르던 개요. 주인 죽고 나서 동네를 싸돌아다니며 남의 개밥이나 훔쳐먹었지. 이장이 아침에 공기총으로 잡았소. 늙어서 영물이 다 된 놈인데 밖으로만 나돌아서 고기가 질기지는 않소."

나는 솥을 건 자리를 돌아보고 소름이 쫙 돋았다. 얼마 전까지도 앉아 있던 노인네가 보이지 않았던 것이다.

나는 이튿날 일부러 개울을 내다보았다. 매일같이 거기 앉아 요강을 씻던 노인네가 보이지 않았다. 노인네들한테 물어볼까 하고 기다렸으나 그네들도 무슨 약속이나 한 듯 나타나지 않았다. 나는 혹시 지금껏 허깨비를 보지 않았나 하는 마음에 혼란스러워지기 시작했다.

골짜기를 뒤덮은 옥수수밭이 하나둘 베어져 사라져갔다. 그에 따라 숨은 마을길들이 점점 드러났다. 양철집 노인이 그 길을 걷고 있었다. 길은 여전히 노인에게 멀어 보였다. 나는 그 노인을 찾아가볼까도 생각했다. 그러나 마음 한구석에서 불길한 생각이 자꾸 들었다. 그 역시 허깨비이면 어쩌나 하는 의심이었다. 나는 뒷문을 걸어잠갔다.

고씨네 옥수수밭을 베는 날이 돌아왔다.

"어디 아퍼?"

낫을 들고 밭으로 들자 고씨가 물었다.

"얼굴이 해쓱한 게 많이 아픈 것 같구먼."

나는 괜찮다고 손을 저었다. 낫을 당기다가 나는 옥수수껍질에 손가락을 베었다. 금방 쓰라리면서 핏방울이 맺혀올라왔다. 손가락을 물고 고개를 들었을 때 그간 보지 못한 풍광이 눈에 들어왔다. 뒷산 한복판이 꽤 너르게 낙엽송 숲이었던 것이다. 옆의 잣나무 숲과는 뚜렷이 구분되는데도 그간 알아채지 못한 것 같았다.

"산불이 났었나보죠?"

나는 고씨를 보며 무심히 물었다. 고씨는 건성으로 고개를 들었다가 떨구며,

"여꼴댁 할망구라고 밭둑을 태우다가 산까지 홀러덩 태워먹었지. 한 십년이나 됐나."

했다.

"그래요? 꽤 불이 컸겠는데요?"

"암, 저 너머 생마골까지 타고 넘었지."

며칠 전 걸어 넘었던 그 낙엽송 숲도 그 화재 때 조성한 숲인 모양이었다.

"군인들까지 동원됐어. 그 할망구 고스란히 콩밥을 먹었을 텐데 여느 사람들이 중간에 들어서 살려줬어."

"살려줬다니요?"

고씨는 군청과 경찰서에서 조사를 나오자 마을 사람들이 여꼴댁을 보호할 생각으로 실성한 노인이라고 둘러대었다고 말해주었다.

"실성한 노인 행세를 시켰단 말인가요?"

"암, 그래서 별일없었지. 여꼴댁도 겁이 나설랑 미친 행세를 제법 했고. 근데 지금까지도 수수께끼란 말이야. 한 석달 하고는 그만 해도 됐는데 그 할멈 영영 정신을 안 돌려놓고 죽었어."

그렇게 말한 고씨는 다시 옥수수밭 속으로 숨어들어갔다. 나는 마음이 서늘해져서 오랫동안 산을 바라보고 서 있었다.

고씨네 옥수수밭을 다 못 베고 나는 짐을 쌌다. 짐을 싸는 동안 뒤란이 웅성웅성 소란스러워졌다. 나는 뒷문을 열지 않고 곧장 마당을

가로질러 오두막을 나왔다. 개울 곁을 지나면서 보니 예의 그 노인이 요강을 씻고 있었다. 나는 곧장 걸었다. 등뒤에서 개 짖는 소리가 들렸지만 돌아보지 않았다. 멀리 옥수수밭 가를 양철집 영감이 걷고 있었다. 이마에 닿는 공기가 서늘했으나 바람 한점도 나는 믿을 수 없었다. 오직 나는 씀벅거리는 손가락만 꼭 누르고 걸었다.

—『문학동네』 2003년 가을호

사진사는 백인 선수와

서로 할퀼 자세로 기싸움을 벌이고 있는

사진 앞에 렌즈를 들이댔다. 상대는 헤비급 챔피언이었던

미국인 선수 루 테스였다.

그와 경기를 몇차례나 치렀는지 그는 기억할 수 없었다.

루 테스는 은퇴식에서 옛 동료를 위해

퇴역 레슬러

태평양을 건너와 휠체어를 밀어주었다.

열두 번의 공소리.

그는 자신의 은퇴식을 알리던 열두 번의 공소리를 떠올렸다.

레슬러로서의 파란만장했던 그의 인생을

접는 순간이었다. 링 위에서의 기억들은 많이 떠오르지 않았다.

특히 관중들의 열광적인 환호성은

아무리 떠올리려고 해도 떠오르지 않았다.

"이것 보라지. 오죽했으면……"

그는 침대 한쪽에 개어놓은 담요에 코를 박고 킁킁댔다.

"그 친구, 오죽이나 냄새가 그리웠으면 제 똥에다가 다 코를 박았
겠어."

간병인은 오만상을 찡그렸다. 그런 그녀가 이내 피식피식 웃기 시
작했다. 그렇게 터진 웃음은 말 꺼낸 사람이 무색할 정도로 허리 너머
로 넘어갔다.

"그 양반보담, 흉내내는 선생님이……"

"뭐요?"

"꼭, 강아지 같지 뭐예요. 죄송해요."

"그러고 보니 그 친구 별호가 똥개였지 싶군. 틀림없어! 그 일이 있
고 난 뒤로 다들 그렇게 불렀지."

그는 잠시 흥분했다. 그러나 친구의 얼굴은 또렷한 반면 그것이 언젯적 일인지 기억이 가물거렸다. 그는 간병인에게 들려준 이야기를 다시 되짚어보았다. 왜 이 얘기를 꺼냈지? 그렇지, 그는 간병인에게 자신이 지금 몹시 노여워하고 있다는 의사를 전달하려고 그 이야기를 시작했다.

체육관 동료 중에 교통사고로 발목 아래가 으스러진 일본인 친구가 있었다. 으스러진 뼈를 맞추고 깁스를 하여 그런대로 치료를 하였는데 놀랍게도 환자는 냄새를 제대로 맡을 수 없다고 호소해왔다. 후각과 연결되는 신경이 훼손되어 냄새를 맡는 기능에 이상이 생긴 것이다. 어떤 냄새는 전혀 맡아지지 않았고, 어떤 것은 후각에 각인된 냄새와 전혀 다른 향을 피웠다. 꽃향기나 간호사의 화장품 냄새가 더없이 역겹게 느껴진다고 했다. 그는 거의 미쳐갔다. 음식에 코를 박고 울기도 했다. 그러다가 똥을 신문지 위에 누어놓고 킁킁거릴 지경에 이른 것이다.

"그 사람한테 비하면 선생님은 얼마나 다행이에요."

어느새 간병인은 웃음을 거두고 평소의 모습으로 돌아와 있었다.

"오늘 아침 양파볶음에서 나는 들기름 내를 정확히 알아내셨어요."

그제야 그는 자신이 왜 간병인에게 화가 났는지 기억해냈다. 하지만 그는 이야기를 그만두기로 했다. 다시 정색을 하고 말할 기분도 상황도 아니었던 것이다. 말의 흐름을 깜박깜박 놓치곤 하는 자신이 짜증스러울 따름이었다.

간병인은 장롱에서 감색 양복을 꺼내들었다.

"선생님, 오늘 낮에 동네 청년 결혼식이 있는 것 아시지요?"

그녀가 무심코 옷을 툭툭 털자, 창가 햇살 속으로 미세한 먼지가 밀

려들었다. 그는 가볍게 손사래를 치며 물었다. 어쩔 수 없이 짜증이
났다.

"어디라고 했지?"

"농협 강당이라지요, 아마. 이따 사진관 사람이 모시러 온댔어요."

그는 이제 고향이 주는 불편함을 생각했다. 왜 얼굴도 모르는 아이
의 결혼식에까지 참례해야 한단 말인가? 하지만 그 이유는 자문하지
않더라도 매우 당연했다. 그는 고향 사람들에게 영웅이었고 살아 있
는 전설이었다. 한때 잘나가던 시절에 그는 섬사람들에게 뭍과 연결
하는 다리를 만들어주었다. 물론 그의 사재를 털어 만든 연륙교는 아
니었다. 그에게 챔피언 벨트를 매어주며 소원이 무엇이냐고 묻는 장
군이 있었다.

"새나라 건설을 위해 싸우는 역군에게 우리는 무엇이든 해줄 수 있
네."

"감사합니다!"

챔피언은 꼿꼿하게 굳은 채 미리 연습한 대로 고향에 다리가 없어
불편하다고 대답했다. 그가 아닌 누가 그 자리에 섰더라도 마찬가지
대답이 나왔을 것이다. 당시의 스포츠 영웅들은 하나같이 도로 포장
이라든가 전기 가설, 혹은 연륙교 건설을 소원처럼 말했고, 그것은 또
하나의 미담이 되었으며 금의환향은 그런 식으로 이루어졌던 것이다.
영웅을 위해서 가난한 고향 사람들은 십시일반으로 돈을 모아 그의
생가를 기념관으로 고치고 그 앞에는 공적비를 세운다. 그에 그치지
않고 마을에 대소사가 있으면 잊지 않고 귀빈으로 초대한다. 그의 전
설과 미담은 후손들에게도 전해져 오랫동안 그 고장의 긍지로 남는
다. 그것은 고맙고 영광스런 일이었지만, 이렇듯 노쇠하고 병든 영웅

에게는 곤혹스런 빛이었다.

간병인이 옷솔을 찾아들고 방에서 나간 뒤, 그는 볕이 드는 창가로 걸어갔다. 의자를 밀어 볕을 앉히고 그는 욕조에라도 들듯 그 위에 앉았다. 볕은 시린 무릎 위로 올라와 앉았다.

양파밭이 낮은 구릉을 이루며 산중턱까지 뻗어 있었다. 이미 수확기에 접어들어 양파를 뽑아낸 산어름의 밭들은 본래의 황토 빛깔을 고스란히 드러내고 있었는데, 아래뜸 푸른 밭들과 뚜렷한 색의 대비를 보였다. 수확은 꽤 빠른 속도로 진행되고 있었다. 여자 인부들은 족히 오십여명은 돼 보였고, 대부분이 인근 뭍에서 온 아낙들이라고 했다. 수일 내에 창밖의 풍경은 늦가을 빈 들녘마냥 황량하게 변해버릴 것 같았다.

그는 아낙들이 작업을 마치고 떼를 지어 다음 밭으로 이동하는 모습을 물끄러미 바라보았다. 그저 소리없는 정물 같은 풍경이었지만 그는 그곳의 웅성거림과 발길들이 일으키는 황토먼지 따위를 느낄 수 있었다. 섬에 온 닷새 동안 그의 잠을 깨우는 소리는 언제나 여자들의 소리였다. 엷은 잠기를 걷어내는 소리는 그네들의 자지러지는 웃음소리이기도 했고, 노랫소리이기도 했다. 그는 해외로 떠돈 반평생 중 세인들에게 잊혀진 십년을 일본 후꾸오까의, 정원이 꽤 깊은 서민병원에서 지냈는데 아침마다 새들의 요란한 지저귐에 잠을 깨곤 했다. 이국땅에서 갈데없이 된 신세로 악몽에 시달리다 깨는 것만큼 끔찍스런 일도 없었다. 그러나 새의 지저귐은 잠과 잠 밖의 경계를 아주 부드럽고 자연스럽게 무너뜨려주었다.

양파를 뽑는 아낙들의 소리도 그 새의 지저귐과 같았다. 나른함과 활달함이 함께 섞여 있는 소리였다. 고향에 온 뒤 그는 비교적 편안하게 아침을 맞을 수 있었다. 그렇게 눈을 뜨고 나면 어김없이 코끝에 양파 냄새가, 맵다기보다 풋내 비슷한 양파 냄새가 전해졌다.

그는 약간 들뜬 기분으로 몇번인가 간병인에게 양파 냄새가 나느냐고 물어보았다. 처음에 그녀는 머리를 저었다. 똑같은 물음이 두어 번더 되풀이되자 자신은 원래 비염기가 있어 냄새에는 둔한 편이라고 했다. 그녀는 숫제 창밖으로 머리를 내빼고 공기를 들이마시는 시늉을 해 보였는데, 역시나 양파 냄새 따윈 나지 않는다는 표정이었다.

"이맘때면 거 항상……"

하며 그는 갑자기 목이 메었다.

"섬이 온통 양파 냄새에 절었소."

그렇게 말하고 나자 양파 냄새는 더욱 진하게 코끝에 감기는 것 같았다. 자신의 감각이 의사들의 우려와는 달리 아직 멀쩡하다는 사실에 그는 안도했다. 장거리 여행의 부담을 무릅쓰고 고향을 찾은 일은 정말 다행스런 선택이었다. 예기치 않은 양파 냄새는 그가 고향에 내려온 목적을 더욱 분명하게 해주었다.

병원에 있는 동안 그는 악몽에 시달렸다. 자신의 머리를 열고 뇌가 떡처럼 딱딱하게 굳어가는 모습을 바라보는 꿈이었다. 꿈속의 광경은 현실에까지 흘러나왔다. 자신이 병에 무너져가고 있다는 자각이 무섭게 고개를 들 때면, 어느새 그는 꿈속의 광경을 상상으로 불러내 좇고 있었다. 날이 갈수록 악몽은 잦아져 깜박 졸음에도 찾아오곤 했다. 의사가 아스피린 투여량을 늘려주었다. 하지만 일시적으로 악몽과 상상을 사라지게 했을 뿐 효과는 채 한달을 못 갔다. 어느날 문득 그는 악몽과 상상이 사라진 사실을 기억해냈다. 그는 악몽에 시달리면서부터뇌가 완전히 굳는 날에는 그 악몽도 상상도 더이상 할 수 없게 되리라는 막연한 예감을 가지고 있었다. 한동안 의식을 못하고 지낸 그 걱정 거리가 마침내 그 자신에게 일어난 것 같았다. 한번 되살아난 의구심 은 사라지지 않고 맹렬하게 자랐다. 결국 다시 악몽이 찾아왔고, 그는 차라리 악몽이 주는 불안이 한결 낫다고 안도의 한숨을 내쉬었다.

그러더니 또다른 증상이, 역시나 불쑥 찾아왔다. 전에 없이 주사 놓 는 일을 까먹은 간호사를 그는 불러세웠다.

"주사 맞아야지."

그는 여느 날처럼 침대 위에 엎드린 채 바지를 내렸다.

"무슨 주사 말씀이에요?"

간호사는 깜짝 놀랐다.

"오늘 아침에 맞으셨잖아요?"

그녀는 손에 든 차트를 넘겼다.

"맞으셨어요. 아까 제 손으로 직접 놔드린걸요."

그런 일은 그 뒤에도 몇차례 더 반복되었다. 그는 지루하고 고통스 런 정밀검사를 다시 받아야 했다.

결과가 나오자 의사는 조심스럽게 입을 뗐다.

"증세가 좀 복잡하게 됐습니다. 며칠 더 경과를 지켜봐야겠습니다 만 지금 결과만으로 보면 뇌에 독성물질이 쌓이기 시작한 것 같아요. 다시 말해 혈관장애뿐 아니라 호르몬분비 이상으로 신경전달에 장애 가 생기기 시작했습니다. 우선 아리셉트라는 약을 한주일에 세 번씩 처방할 겁니다. 약을 거르지 않고 꾸준히 드시면 더 나빠지지는 않을 거예요. 다시 부탁드리지만 제발 마음을 편히 가지세요."

그는 의사의 충고를 충분히 이해했다. 이미 손상된 뇌기능은 다시 회복될 수 없으며 단지 악화를 지연할 뿐이라는 사실의 환기에 다름 아니었다. 그는 예의 뇌가 딱딱해지는 그 상상에다가 뇌가 검게 변해가는 이미지 하나를 더 보탰다.

양파 냄새는 아주 어릴 때의 아침을 기억나게 해주었다. 아침을 짓는 매캐한 냇내 속에서 그는 양파 냄새를 맡으며 잠에서 깨어나곤 했다. 쩽그랑거리는 소의 워낭소리가 들리고, 문을 열면 소가 더운 콧김을 피우며 여물을 씹고, 부엌에서는 솥뚜껑 부딪는 소리가 정겨웠다. 이 기억은 고향이 준 선물임에 틀림없었다. 이렇듯 묻힌 기억들을 하나씩 되찾게 된다면 서서히 죽어가는 감각과 기억력이 다시 회복되리라는 희망이 일자 그는 한달음에 집밖으로 나가고 싶었다. 섬 구석구석을 돌며 봄볕에 달구어진 땅내를 맡아보고, 고목의 껍질에서 동무들과의 기억을 후벼파고, 갯내음을 섞는 파도의 일을 보러 바닷가로 달려가고 싶었다.

그는 그러나 어제 오후부터 다시 낙심하고 말았다. 그가 점심식사 후 한시간 남짓 오수에 빠져 있는 동안 간병인은 양파작업장에 다녀온 모양이었다. 늘 병원에 갇혀 답답했을 그녀로서는 오랜만에 휴가를 맞은 기분이었을 테고, 말동무도 없는 무료함을 덜기 위해 잠깐의 외출을 감행했는지도 모른다. 도시에서만 오십평생을 지낸 그녀에게 이 낯선 풍광은 호기심을 자극하기에 충분했을 것이다. 더구나 사월볕은 구경만 하고 앉았기에는 아까우리만큼 눈부시지 않은가.

붉은 망에 양파를 반이나 담아들고 나타난 그녀는,

"세상의 양파는 이 고장에서 다 나나봐. 천지가 양파예요."

하며 조금 과장되게 끙끙거리면서 식탁에 부려놓았다.

"내가 예서 왔다고 하니까 공짜로 막 주지 뭐예요. 맘껏 가져가라는 걸 무거워서 이것만 가져왔네."

그녀는 상기된 낯으로 계속 떠들었다.

"문익점이라는 아저씨가 참 재밌어요. 왜 선생님도 잘 아실 거라던데요, 이장을 십년이나 했다면서. 자기가 양파 쪽으로는 문익점이라나. 새마을운동 때 처음 이 마을에 양파를 퍼뜨린 장본인이라는데, 보리나 갈아먹던 고장에 양파를 특산물로 만들었다고 자부심이 대단해요."

그녀의 말을 듣는 순간 그는 링 밖으로 던져진 기분에 사로잡혔다. 간병인은 그가 고향을 떠나고도 이십년이나 지난 뒤부터 이 고장에 양파가 재배되기 시작했다는 사실을 전하고 있었다. 그녀의 말대로라면 자신이 일껏 기억 속에서 길어낸 냄새는 양파 냄새가 아니라 보리 냄새였단 말인가? 보리 냄새를 맡다니, 그는 결국 아무런 냄새도 맡지 못한 게 분명했다. 그는 자신이 왜 이렇게 터무니없는 짓을 벌이고 있는지 낭패감이 들었다. 비로소 그는, 강렬한 자기암시가 간혹 후각까지 속일 수 있다는 의사의 충고를 상기했다.

이내 낭패감은 간병인 그녀를 향한 노여움으로 바뀌었다. 그녀는 그의 말을 새겨듣지 않고 있음이 분명했다. 그녀가 조금이라도 주의력을 가진 간병인이라면 그렇듯 함부로 들판에서 주워온 이야기를 옮기지 않았을 것이다. 고향에 며칠 다녀와야겠다는 말을 꺼냈을 때 보이던 반응과는 아주 대조적으로 생기충천한 그녀의 거동에 그는 어떤 배신감마저 들었다.

"선생님, 사진사가 왔어요."

간병인이 노크도 없이 불쑥 등뒤로 말했을 때 그는 흠칫 놀랐다. 돌아보니 그녀는 그새 반쯤 열린 문 너머로 사라지고 없었다.

사진사는 거실에 걸린 액자 사진들을 필름에 담고 있었다. 사진사는 파인더에 눈을 고정한 채 벽에 걸린 사진들을 왼쪽에서 오른쪽으로 찍어나갔다. 그는 사진사가 방해받지 않도록 멀찍이 떨어져 섰다. 사진들은 특별한 분류 없이 걸려 있었다. 간병인이 큰 액자의 사진만을 우선 골라 벽에 걸었던 것이다. 씨름판에서 우승하여 소 고삐를 잡고 선 이십대의 사진(한때 자신이 백구두를 신었음을 그는 며칠 전 사진을 보면서 기억해냈다), 그 옆으로는 중절모를 쓴 중년의 그가 금발 여배우 둘을 양옆에 세우고 찍은 사진이 있었다. 그녀들은 할리우드 배우들이었지만 이름은 기억나지 않았다.

사진사는 백인 선수와 서로 할퀼 자세로 기싸움을 벌이고 있는 사진 앞에 렌즈를 들이댔다. 상대는 헤비급 챔피언이었던 미국인 선수 루 테스였다. 그와 경기를 몇차례나 치렀는지 그는 기억할 수 없었다. 루 테스는 은퇴식에서 옛 동료를 위해 태평양을 건너와 휠체어를 밀어주었다. 열두 번의 공소리. 그는 자신의 은퇴식을 알리던 열두 번의 공소리를 떠올렸다. 레슬러로서의 파란만장했던 그의 인생을 접는 순간이었다. 링 위에서의 기억들은 많이 떠오르지 않았다. 특히 관중들의 열광적인 환호성은 아무리 떠올리려고 해도 떠오르지 않았다. 단지 상대의 육중한 몸에 눌려 숨이 막히던 기억과 숨길을 찾아 귀가 화끈거릴 만큼 얼굴을 비비며 버둥거리던 기억만은 생생했다. 숨이 탁 트였을 때 그는 매번 다짐했다. 다시는 링에 오르지 않으리. 많은 사람들이 그에게 레슬링은 쇼가 아니냐고 물어왔다. 그때마다 그는 귓바퀴가 뭉그러진 자신의 귀를 보여주었다.

"죽음 직전까지는 실전이고, 그 이후로는 쇼입니다. 쇼라면 이렇게 됐겠소?"

사진사는 이제 그가 훈장의 휘장을 두르고 찍은 근래의 사진 앞에 머물러 있었다.

"그 사진은 안 담아도 되네."

그가 말했다. 적잖이 놀란 표정으로 섰던 사진사가 꾸벅 고개를 숙였다.

"나와 계신지 몰랐습니다. 오늘사 뵙니다."

그는 사진사에게 손을 내밀었다.

그는 사진사가 우편으로 보내오는 사진을 서너 차례 받았다. 집앞에 새로 조성한 기념비 사진이며, 그가 참석하지 못한 고향의 자잘한 행사들을 담은 사진이었다. 사진마다 쪽지를 붙여 사진에 얽힌 설명을 세세하게 곁들여 보내왔다. 사진을 받을 때마다 그는 사진사가 나이 지긋한 이일 거라고 지레짐작했다. 그러나 막상 만나보니 사진사는 이제 갓 마흔줄에나 들었을까, 웃을 때마다 뻐드렁니가 눈에 드는 다소 앳된 인상의 사내였다. 수더분해 뵈는 인상 때문인지 첫대면인데도 그리 낯설지 않았다.

"이게 전붑니까?"

사진사는 거실을 둘러보며 말했다.

"아휴, 아직 멀었어요."

오렌지주스 잔을 받쳐들고 나타난 간병인이 대신 대답했다.

"조오기 작은방에도 있고, 아직 광에서 다 못 꺼낸 사진도 좀 된답니다. 밤낮으로 이 일에만 매달려도 원……"

"요새 찍은 건 필요없다니까."

그는 간병인의 말을 끊었다.

"선수 때 사진만 담으면 돼."

그는 사진을 필름에 담아 일본에 보낼 작정이었다. 이제 그가 믿을만한 것은 사진밖에 없었다. 그의 기억보다도 사진 쪽이 훨씬 정확했다. 사진들만 조합해도 그는 잃어버린 삶을 되찾을 수 있을 것 같았다. 하지만 그는 사진들을 언제, 어디서, 누구와, 어떻게 찍은 것인지 다 기억해낼 수 없었다. 언젠가는 그가 아닌 다른 이의 손에 의해 사진 밑에 자상한 설명이 붙겠지만, 그는 누구보다도 자신을 위하여 하루빨리 그 일을 했으면 하였다. 전성기 때의 사진들은 대부분 일본에서 제작되었고, 그에 대한 자료도 그곳 체육관과 지인들이 많이 보관하고 있었다.

사진사가 말했다.

"필름을 보내면 기꺼이 돕겠답니다."

"카메이씨한테도 연락해봤나?"

"거긴 연락을 안 드렸습니다. 체육관에서 하겠다고 해서."

"그이가 신문사에 있을 때 찍은 사진이 많아. 거진 다 넘겨받긴 했네만 워낙 꼼꼼한 양반이라 체육관 사람들보다 나을 걸세. 아무튼 자네가 고생이구만."

사진사는 수줍게 웃었다.

"결혼식에 다녀와서 더 찍겠습니다."

간병인이 양복을 들고 안방으로 들자 그도 자리에서 일어났다.

볕은 의외로 따가웠다. 특히 대문 밖에 조성된 대리석 기념비들이 반사하는 빛은 주위를 다 지워버릴 듯 강렬했다. 사진사가 차를 돌리는 동안 그는 외면하듯 반쯤 던진 시선으로 그 자신을 위해 조성된 작은 공원을 바라보았다. 비석 세 개가 나란히 서 있었다. 맨 좌측에 개 형상을 뜬 동상이 있고, 오른쪽에는 그의 훈장증이 음각되어 있었다. 그 가운데는 사각 대리석만 앉힌 채 덩그러니 비어 있었다. 그가 세상을 떠나게 되면 그의 흉상이 올려질 자리였다. 그에게 어떤 귀띔도 없이 고향 사람들끼리 벌인 일을 두고 그는 언짢아하지 않았다. 공원이 조성될 무렵에 그는 한치 앞을 내다볼 수 없는 병자의 신세였다. 지금도 사람들이 그의 병세와 상관없이 유언이라도 듣겠다는 듯 베지밀과 주스를 싸들고 방문하는 것을 보면 그들이 공원을 꾸미며 그의 사후를 예비한 건 어쩌면 당연하게 여겨졌다.

하지만 이 공원의 사진을 받아보았을 때 그는 깜짝 놀랐다. 우선 관자리처럼 비어 있는 자신의 흉상 자리도 그랬지만, 무엇보다 개 동상에 놀랐다. 웬 개 동상일까 자신도 궁금하여 그는 사진 밑에 붙은 쪽지를 들여다보았다. 사진 설명은 비문 내용으로 채워져 있었는데 그 끝이 이러했다.

'그때 그 시절 비명에 간 나의 친구, 아니 우리 모두의 친구 진돗개의 슬픈 눈물을 생각하며 다시는 이 땅의 풀 한포기, 개 한마리라도 외세에 희생되는 일이 없기를 바랍니다. 이제라도 우리의 잘못을 용서해주길 바라며 이 작은 비석을 그에게 바칩니다.'

그제야 그는 아주 오래 전 어느 신문과 인터뷰한 기억을 떠올렸다. 그는 개 한마리에 대한 추억을 이야기한 적은 있었지만 그 개가 진돗개라고 말했는지는 불분명했다. 그 개를 잡아먹은 입들이 일본인들이었는지에 대해서는 더더구나 확실치 않았다. 그 사진을 받고 난 뒤로 그는 어렴풋이 고향에 가지 못하리라는 예감에 사로잡혔다. 일종의 회한이라고 할까. 모든 기억이 불분명한 가운데서도 왜 그런 마음이 드는지 그는 알 수 없었다. 여태 그는 레슬러로서 자신의 삶을 회의한 적이 없었다. 어느 시대나 그 시대만의 꿈이 있다고 그는 믿어왔다. 링은 삶이 재현되는 공간이었다. 사각의 링 안에서는 오직 싸움을 위한 팽팽한 시간만이 존재했다. 적이 있고 편이 있었다. 가난했던 한 청년이 호구와 출세를 위해 링에 올랐다면, 마찬가지로 링 밖의 나약한 대중들은 사투 끝에 링 위에 우뚝 서는 한 장사의 모습에 자신들을 겹쳐놓고 싶었으리라. 더구나 아이들에게 생각이 미치면 그는 결코 자신의 삶이 불우하지 않았다고 확신할 수 있었다. 생각해보라, 가난하고 헐벗은 조국의 아이들이 일본인과 서양인들에게 이리저리 메쳐지면서도 끝내 승리하는 한 영웅을 지켜보면서 가졌을 꿈을! 물론 그것을 꿈으로 품은 시대는 생각보다 오래가지 않았다. 장군의 죽음과 함께 레슬링도 죽었다. 다행인지 불행인지 그는 링 위에서 쓰러지지 않고 링을 떠날 수 있었다. 영원히 승리한 영웅으로 그는 팬들의 기억 속에 남을 수 있게 된 것이다. 비록 그의 삶이 그의 본질과는 다소 다르게 구성되더라도 그는 그것을 시대의 몫으로 돌려버렸다. 공인이란 그런 식으로 존재하기 십상이라는 사실을 애써 외면할 정도로 그 자신 현실에 무감각하지도 않았다. 하지만 지금 그는 다시 그 조형물 앞에 서서 어쩔 수 없이 마음 한쪽이 서늘해지는 느낌을 떨칠 수 없었다.

"여보게, 자넨 이곳이 무척 좋은가보군. 하긴 사진을 찍다보면 남들이 못 보고 사는 것도 보겠지."

차가 면 거리로 들어설 무렵 그는 오랜 침묵을 깨고 입을 열었다.

"어쩌다보니 대처로 못 나갔습니다."

사진사는 부끄러운 모양이었다.

"나는 자네보다 젊었을 때 배가 고파서 나갔네. 먹고살 만했으면 안 떠났겠지."

"제 아버님도 나갔다가 돌아오셨지요."

"어르신네 성함이 어떻게 되신가?"

"장(張), 금자, 식자를 쓰시는데 연정리(蓮井里)에 사십니다. 몇년째 거동을 못하고 누워 계시죠."

그는 희미하게 혀를 찼다. 장금식…… 알 듯 모를 듯한 이름이었다. 찾아오는 고향 사람들을 대하면서 느낀 것이지만 이름보다 낮이 먼저 들어오게 마련이었다. 그이도 얼굴을 대하고 보면 전혀 면식이 없는 사람은 아닐 것이다.

자동차는 양파를 적재하는 농협 트럭 옆을 지나갔다. 양파망을 쌓아둔 붉은 더미들이 드문드문 눈에 띄었다. 면 거리는 그가 밀항선을 타고 탈향한 1950년대와 비교도 안될 만큼 달라져 있었지만, 왠지 퇴락의 냄새는 더 진했다. 그것은 낮은 슬래브 건물 사이로 난데없이 불쑥 솟은 여관건물이나 서너 집 건너 하나씩 걸려 있는 색바랜 다방 간판에서 비롯되는 것 같기도 했다.

"선생님."

이번에는 사진사가 먼저 입을 열었다. 그는 왠지 겸연쩍은 표정을 짓고 있었다.

"제가 어렸을 때 들기로 박치기 기술이 하루아침에 나온 게 아니라면서요?"

"………"

"아버님을 따라 산에 나무하러 다닌 일이 있나요?"

"그렇지. 아주 많았어. 저기 저 금장대며 그 너머까지 두루 안 가본 데가 없을 걸세. 나무를 해다가 팔았거든."

그는 차창 밖으로 멀리 물러나 앉은 산을 더듬었다.

"그렇죠? 그 전설 같은 이야기가 참말이군요."

묵은 의문 하나를 풀었다는 듯 사진사의 표정에는 흥분기마저 감돌았다. 이제 그가 더 궁금한 입장이 되어 사진사를 바라보았다.

"도끼질을 하다가 그만 자루에서 날이 빠져 선생님 이마로 날아들 었는데 멀쩡하셨다구요?"

"그런 얘기가 있었나?"

그는 껄껄 웃고 말았다.

"저희들은 그런 얘기를 듣고 자랐습니다."

자못 진지한 표정을 살피건대, 이 딱한 어른은 아직도 그따위 이야 기를 믿고 있는 눈치였다. 그는 여태껏 그래왔던 것처럼 어떤 식의 부 정도 하고 싶지 않았다. 무력감이 엄습했으며 그로 인해 그는 갑자기 피로감에 젖어들었다.

그가 처음 레슬링에 입문했을 때 그의 스승은 골프채와 재떨이로 그의 이마를 단련시켰다. 그는 크고작은 씨름판을 휩쓸 만큼 힘과 유 연성은 갖추고 있었지만 레슬러로서의 체격조건이 그다지 좋은 편은 아니었다. 스승의 지론으로는 레슬러의 길에는 연예인과 다름없는 개 성이 필요했다. 그 개성은 물론 외모나 분장, 혹은 갖가지 반칙술이 될 수 있었지만 그의 스승은 그의 머리를 사용하길 원했다. 스승의 안 목은 탁월했다. 자전거 체인이나 각목, 혹은 쇠붙이 같은 흉기가 아닌 순전히 박치기로 상대를 제압한다는 것은 얼마나 통쾌한 발상인가? 스승은 '가장 조선놈다운 기술'이라고 치켜세우곤 했다.

그는 늘 머리가 아프고 눈이 뱅뱅 돌아 먹은 음식을 다 게워낼 지경 이었다. 그는 머리를 함부로 사용하지 않았다. 상대가 반칙을 가해오 거나 패배가 목전에 다가와 관객들이 두 주먹을 불끈불끈 쥐며 애달 아할 때, 비로소 그는 비장의 박치기로 상대방을 일격하고 승부를 뒤 집어놓았다. 링에 오르는 그에게 환호하는 관객들을 볼 때마다 그는 그들이 무엇을 원하는지 정확히 알았고, 매번 그 기대에 부응했다. 관중들이 일제히 기립하여 팔을 내지르기 시작하면 그는 몽롱한 상태로 두 번, 세 번, 상대가 완전히 나가떨어질 때까지 머리를 날렸다. 그 순간 자신을 버텨주는 힘은 쓰러지지 말아야 한다는 의지이다. 이미 그의 귀에는 관중의 환호성도 들어오지 않는다. 오직 공소리가 울리고 링을 내려가면 쓰러질 수 있다는 생각만 남을 뿐이다. 예비한 고통을 견딜 뿐 결코 그의 고통도 상대 선수만 못지않았다. 그는 그렇게 삼천 번 이상의 경기를 치렀다.

식장에 닿자마자 그는 내키지 않은 이 발걸음이 얼마나 무모했는지 대번에 실감했다. "성님!" 하며 손을 쓸어잡는 반백의 사내가 있었다. 난감하게도 얼른 기억에 잡히지 않는 얼굴이었다.

"성님이 이 꼴이 웬일이유? 천하에 우리 선수가 이게 웬일이유? 내 진작 소식은 들었수만 내 몸 하나도 못 추스르는 형편이니……"

금방이라도 사내의 짓무른 눈에서는 눈물이 굴러떨어질 기세였다. 그러고 보니 사내는 한 젊은 여인에게 부축을 받고 있었다. 아마 그의 딸이나 며느리인가 했다. 손등을 연방 쓸어대고 있는 사내의 손은 숫제 달달 떨렸는데 그건 격정에서라기보다 병적 증세임이 분명하였다.

"이 사람 어쩌다가 이리 됐누?"

어쩔 수 없이 그도 사내의 팔을 덥석 움켜잡기는 했으나 사정이 달라진 건 없었다. 아마도 함께 자란 마을 동생쯤 되는 모양인데 그에게는 그 어떤 실마리도 잡히지 않았다. 기억해내야 한다는 마음만 조급할 뿐, 그의 의식은 한발짝도 나아가지 못했다. 벌써 주위에 사람들이 몰려들어 그들은 더 서 있을 수 없게 되었다. 그는 사진사를 앞세우고 이층 식장으로 올라감으로써 일단 난처한 자리를 모면했다. 쑥스럽다는 기색으로 인사를 해오는 사람들을 헤치며 그는 계단을 올랐다. 생각보다 괜찮으시네, 많이 늙으셨구만, 하는 수군대는 소리가 그를 더욱 허둥대게 만들었다. 어지럼증이 일어 그는 몇번이나 다리를 헛디딜 뻔했다.

그가 자리를 찾아 간신히 앉았을 때는 등골이 척척하게 젖어 있었다. 사람들의 시선은 여전히 그에게 몰려 있었다. 결혼식 참석은 아무래도 무리였다고 그는 거듭 후회했다. 결혼하는 두 젊은이에게도 축복은커녕 외려 해나 되지 않을까 하는 조바심마저 일었다. 그는 숨을 들이고 나서 좌중을 훑어보았다. 마당에서 만났던 사내가 부축을 받으며 신부측 자리에 앉고 있었다. 멀리서 보니 사내는 풍을 제대로 맞은 모양이었다. 도대체 누구일까? 그는 다시 생각하기 시작했다.

"오셨소?"

그는 반사적으로 긴장하며 옆에 앉는 사내를 쳐다보았다. 다행히 아는 낯이었다. 김가는 두살 아래의 옆마을 사람이었고, 소싯적에는 그와 호형호제하며 씨름판을 쫓아다니던 동기간이나 다름없는 사람이었다. 그가 성공한 레슬러가 되어 다시 조국을 찾았을 때 그나마 소식이 닿은 유일한 고향 사람이기도 했다. 생가 앞에 조성한 기념공원도 그가 나서서 해놓은 일이라고 들어 알고 있었다.

"다마네기에 묻혀 지내다본께 집앞을 하루에도 열두 번썩 댕김시롬 못 들여다봤소."

"그렇지 않아도 내가 한번 찾아나설 셈이었네."

"이 혼인식이 우리 조카놈 혼인식이요. 성님을 역부로 뫼시라고 했소만 폐가 안됐을랑가 하고 안 편했소."

"그리 된 것이로구만. 잘했네."

"몸은 잠 어짜요? 간병하는 부인네가 영 싹싹합디다만."

"그 문익점이라는 영감쟁이가 자네였는게로군."

"말합디까? 웃자고 하는 소리요만 그 부인네 요샛말로 공주병입디다. 쌀나무가 뭣이래요, 하는 인종들이 산다등마 그 부인네가 똑이여. 그래도 살가운게 영 좋습디다."

김가는 소리내어 웃었다. 김가의 너스레에 긴장이 다소 풀린 그는,

"그런데 자네가 문익점이란 게 사실인가?"

하고 물었다.

"음마? 그 부인네 연애하잔 소리 했다가는 온 동네에 소문나것네. 일천구백칠십이년도에 나가 이장 하믄서 손수 배와다가 시범적으로 다 안 지었소?"

"그전에는 통 없었고?"

"조생종 다마네기는 그때부터제라. 그전에는 유월에나 캐는 만종이 텃밭갈이로나 좀 있었고. 나한테는 왜 비석돌 하나 안 깎어주는지 몰겄소."

"있긴 있었구만."

중얼거리듯 말해놓고 그는 꼭뒤가 간지러워 고개를 돌렸다. 예의 그 반백의 사내가 한쪽이 실그러진 미소를 보내고 있었다.

"그런데 저이가 누군가? 낯이 가물가물해."

"나도 몰겄소."

"자네도 몰라?"

그는 고쳐앉았다.

"자네도 모르는 사람이란 말이지?"

눈을 샐그러뜨린 김가는,

"첨 보요. 조카 메누리가 저 건너 섬 아인디 거기서 왔으까?"

하며 말끝을 혼잣말 비스름하게 흐렸다.

"나를 잘 아는 이 같던데……"

"아따! 성님 모르는 사램이 으디 있을랍디요."

그는 긴 한숨을 내뱉으며 등을 의자 깊숙이 묻었다. 슬그머니 웃음이 비어져나왔다. 아무것도 잘못된 게 없어, 아무것도! 그는 다시 반백의 사내를 쳐다보았다. 이번에는 움츠러드는 기색도 없이 그는 사내와 정면으로 맞섰다. 나는 널 몰라. 너도 날 모르지? 이내 사내 쪽에서 반응이 왔다. 굳은 듯한 미소가 뭉그러지더니 끝내 울상이 되어 고개를 떨구는 것이었다.

결혼식 내내 그는 하객들의 얼굴을 훔쳐보았다. 나이가 된 사람들을 골라 하나씩 짚어보면서 그는 역시 안도의 한숨을 내쉬었다. 기억에 있는 얼굴들이 많았다. 그의 옆줄 끝에는 눈을 지그시 감고 앉은 노인이 하나 있었는데 푹 주저앉은 들창코를 보자 그는 곧 '영복'이라는 이름을 떠올렸다. 그리고 연달아, 혀가 짧은 아이 하나가 물컹한 쇠똥을 두 손 가득 그러쥐고 나타나 "오임 똥. 오임 똥" 하던 광경을 떠올릴 수 있었다. 그는 울컥 눈물이 솟구칠 것 같은 격정에 휩싸였다.

그는 재미있는 놀이라도 즐기듯 한껏 여유있게 사람들을 훔쳐보았다. 사진사는 신랑 신부를 부지런히 렌즈에 담고 있었다. 장금식이라고 했던가? 그는 사진사 아비의 이름을 되뇌어보았다. 여전히 희미한 이름이었다. 그는 고개를 틀어 뒷자리로 시선을 옮겼다. 시골 아낙들이 줄줄이 앉아 있었다. 어느 부인과 눈길이 마주치자 그는 움찔 놀라 고개를 돌렸다. 잠시 후 그는 좀더 민첩하게 뒤쪽을 훔쳐보았다. 한복을 곱게 차려입은 그 부인이 멀뚱한 시선으로 앉아 있었다. 그는 두근거리는 가슴으로 머리를 저었다. 떠올리기 싫은 기억 하나가 맹렬하게 일어섰다.

　스물이 넘었을 때인지 그 아랫녘인지 정확하진 않았다. 밤낮으로 솟구치는 성욕을 주체하기 힘든 때였다. 금장대 고개 너머 화전촌 다랑이 짚가리 속에서 그는 한 처녀와 닷새가 넘게 동거하며 살을 섞은 일이 있었다. 밤낮 똬리를 튼 뱀처럼 얽혀서 그들은 서로를 탐하였다. 그 닷새 동안 먹은 것이라곤 처녀가 품고 온 딱딱한 가래떡 두 개였다. 닷새가 넘자 코에서 쇳물내가 났으나 욕정은 좀처럼 사그라지지 않았다. 그는 그 짚가리 속에서 천년만년 지내다가 죽고 싶었다. 처녀의 어미 당골레가 짚가리에 불을 놓지 않았다면 아마 그들은 누에처럼 그 속에서 말라죽었을지도 모른다. 그후 그는 그녀를 다시 찾은 적이 없었다. 삶이 한스럽고 젊음이 부끄러웠다.

　그 처녀에게 연정이 있었던가? 그는 눈을 질끈 감았다. 이것들은 망상일지 모른다. 검고 딱딱하게 변해가는 뇌가 또 장난질을 하는 것일 게다. 병든 기억을 믿다니…… 그는 거듭 머리를 저었다.

　식이 끝났는지 주위가 시끌시끌했다.

　"성님, 안색이 안 좋소."

　김가가 걱정스럽게 말했다.

　"그래, 어서 돌아가 쉬어야겠네."

　"저기 사진이나 한장 박어주고 갑시다. 괜찮겠소?"

　김가는 난감한 표정을 지었다. 그는 김가의 체면을 생각해서 그러마고 대답했다.

　잠시 후 그는 김가를 따라 단이 마련된 앞쪽으로 나갔다. 김가는 그를 억지로 끌어다가 신랑 옆에 서게 했다. 사람들이 앞으로 나오지 않고 통로에 선 채 멈칫거리고 있었다. 그는 알몸으로 서 있는 느낌이

들었다. 그는 손을 들어 얼굴을 썩썩 문질렀다.

"나도 우리 선상님하고 야무지게 한방 박을란다."

한 할멈이 허겁지겁 뛰어들었다. 그러자 멈칫멈칫 서 있던 사람들이 너도나도 몰려들기 시작했다. 사람들이 너무 많아졌으므로 사진사는 댓 걸음이나 뒤로 물러나 자리를 잡았다.

"자, 눈을 크게 뜨세요. 하나아, 두울……"

셋과 함께 플래시가 번쩍, 터졌다. 순간 그는 휘청 다리가 꺾이었다. 누군가 뒤에서 부축했다. 그는 손을 저어 앉게 해달라고 했다. 그는 가만히 엉덩이를 대고 주저앉았다. 그는 무릎을 세우고 얼굴을 묻었다. 날카롭게 눈앞을 베며 지나갔던 광경은 무엇일까? 하얀 저고리를 입은 사람들은 누굴까?

주위가 술렁거렸다.

"자, 다들 식당으로 가요. 걱정 마시고 가셔요, 어서! 괜찮으실 겁니다."

누군가 나서서 사람들을 내모는 소리가 들렸다.

그는 고개를 들어 사진사를 바라보았다.

"자네는……"

그는 막상 입을 열었으나 더이상 말이 연결되지 않았다. 무슨 말을 하려고 입을 달싹였는지 그 자신도 알 수 없었다.

그는 곧 강당 옆 사무실로 자리를 옮겨 소파에 누웠다. 김가는 안절부절못했다.

"좀 쉬면 괜찮을 걸세. 벌써 좋아지고 있는걸."

"나가 괜한 짓을 했는갑소?"

그런 그에게 그는 손을 저었다. 마침 물잔이 들어오자 그는 한모금

머금어 바짝 탄 입을 축였다.

"어이, 하나 묻세. 장금식이라는 이가 누군가?"

"정희 아재 말씀이요?"

"정희 아재?"

"거·야학소 했던 정희 아재 본맹이 장금식이지라. 저기 사진 찍는 아가 거그 자제요."

"야학소? 그 사람이 여기서 살었구만."

그는 들어올렸던 상체를 다시 소파에 뉘었다. 자신의 시야를 베고 간 그 광경이 정확히 짚여왔다. 야학소 선생이었던 정희 어른과 섬 젊은이들이 함께 야학소 앞마당에서 기념사진을 찍었던 것이다. 전쟁 전이었다.

김가가 말했다.

"우리도 다시는 안 올 중 알었는디 가막소 생활 만기 채우고 십년 만인가 돌아왔소. 늦게사 혼례도 올리고 저 아그 하날 봤는디 그거 하나 크는 것 봄시롬 안 살었소?"

"거동을 못하신다더군."

"거동이 다 뭐라요? 숨만 쉬는 시체요. 그것도 제 승질에 넘어가서 그리 됐지만서두. 한 십년 전에 여그 번영회에서 면지(面誌)를 맹글기로 했는디 그걸 해낼 인물을 물색해도 없는 거라. 그래 찾다보니 마지막으로 낙착된 사람이 정희 어른인디, 난 거절할 중 알았소. 근디 모를 일이제, 하겠다고 안하요. 한 오년 들어앉어서 고것만 했소. 공책으로 쉰댓 권이나 써다가 줍디다. 근디 글에 문제가 생겨부렀네. 좌파 우파 엉켜서 난리판굿 친 걸 시시콜콜히 다 안 적었겄소? 번영회에서 내겠다고 허간. 고것만 고쳐주라고 사정을 해도 끄떡없어. 그래서 시방까지 면사무소 창고에서 썩고 있소. 아매 그거이 상심이 되었는가 그때 씨러져갖고 안죽 그라요."

"내 얘기도 썼던가?"

"당신 자귀 야그도 시시콜콜인디 성님 야그라고 빠졌겠소? 반대한 축들이 젤 맘에 걸려한 것도 성님 대목이요."

"뭐라고 했던가?"

"뭐 그거야……"

김가는 대답을 않고 헛기침만 놓았다.

"자네도 내가 사람들을 넘기고 밀항선을 탔다고 생각하는가?"

"아따! 다 과거지사로 가분 얘기를 꺼내쌓소. 사람이 맹근 시절이었소, 그때가?"

"나는 배가 고파서 여길 떠났네!"

그는 그렇게 절규하듯 말했으나 김가는 그저 푸념으로 여기는지, 아니면 딱히 할말이 없어선지 별 대꾸가 없었다. 그는 더는 입을 열지 않았다. 이제 모든 게 확연해졌다. 자신이 기억을 왜곡하고 살았다는 생각이 들자 그는 견디기 힘들었다. 병들고 뒤틀린 기억을 찾아서 무엇을 한단 말인가? 그는 자신이 너무 오랫동안 링 위에 머물러 있었다는 생각이 들었다. 그러면서도 그는 이대로 끝나서는 안된다는 절박감에 가슴이 찢어질 것 같았다. 내 잘못이 아냐! 왜 장군은 내 머리에 총을 겨누지 않았지? 왜 섬사람들은 비석에 낱낱이 새겨넣지 않았지?

그가 돌아왔을 때 집은 비어 있었다. 사진사도 아직 돌아와 있지 않았다. 김가는 그를 방으로 부축해 침대에 뉘었다. 김가가 돌아가고 나자 집안은 다시 정적에 휩싸였다. 그는 담요를 끌어당겨 겨드랑이에

꼭꼭 눌러넣었다. 그는 소리없이 울기 시작했다. 밖이 소란스러워지더니 거실로 사람들이 몰려드는 기척이 느껴졌다.

"어서들 들어오세요."

간병인의 목소리가 들렸다.

"결혼식에 가시고 안 계신다니까요. 편하게 구경들 하고 가세요."

"한번 구경오고 잡았는디 사모님 덕에 요롷게 오네요잉."

이어서 아낙들의 말소리로 거실은 시끄러워졌다.

"오매매! 잘해놨는거. 저 선상님 사진들 좀 보소."

"요런 걸 다 놔두고 우리 선상님이 어쩧게 눈을 감을랑가 몰러잉."

"긍께 말이여. 나 같으면 눈 못 감네."

그는 울음소리가 새어나가지 않도록 이불자락을 꼭 깨물었다.

―『문학동네』 2000년 겨울호

* 이 소설은 특정인의 이미지에 기대어 구상했으나 등장인물의 구체적 삶은 특정인과 전혀 상관이 없는 상상의 산물임을 밝힙니다.

소년은 수업을 빼먹는 날이 많았다.

아이들이 학교로 가는 길목에서 그는 길을 거슬러 산으로 올라갔다.

그는 숲을 돌아다니거나 계곡에 앉아 놀기도 했고,

나무토막을 주워다가 무엇인가를 새기며 시간을 보냈다.

일명 '산공부' 를 시작한 것이다.

점심때가 되면 학교에서처럼 도시락을 까먹었다.

한국의 그림

낮잠 잘 곳도 필요해서

그는 싸리나무를 꺾어다가 자신만의 아지트를 만들었다.

그곳에서 소년은 만화 '허리케인 죠' 를 읽고

그것들을 베꼈다.

빨간 모자를 쓴 주인공 죠의 캐릭터도 좋았지만,

체력을 다 소진한 죠가 글러브를 벗은 채

링 코너에서 숨을 고르고 있는 장면은 늘 그의 가슴을 뛰게 했다.

이삿날을 받아놓고 아버지는 허리앓이가 도져서 며칠째 거동을 못했다. 어제오늘 일은 아니었다. 평생 무거운 연장가방을 허리에 두르셨으니 칠순을 앞에 둔 노구가 온전할 리 없었다. 묵은 직업병이라 그럭저럭 견디며 지냈는데 지난 봄 여름 두 철 강원도 어느 사찰 요사채 짓는 일을 해주고 와서는 꽤 심해진 모양이었다. 며칠 동안은 아예 앉지도 못하다가 침을 맞고 나서는 좀 나아졌다고 어머니가 말했다.

"남의 집 두리기둥 세우는 맛에 제 몸 기둥 무너지는 줄 몰른 인사여, 느그 아부지. 평생 허리에 붙인 파스만 모아도 웬만한 집 지붕 하나는 일 것이다."

어머니는 늘 아버지의 일 욕심을 못마땅해했다.

하는 수 없이 양평 집을 오가며 이삿짐을 쌀 사람은 나밖에 없었다. 오래 전부터 부모님은 두 분의 고향인 강진으로 내려가 여생을 보낼 계획을 갖고 있었다. 십여년 전에 이미 빈 농가를 하나 사들인 아버지는 틈틈이 오르내리며 집을 고쳐놓았다. 선뜻 이사를 못한 것은 어머니가 별로 내켜하지 않았기 때문이다. 몸에 익은 자리에서 사는 게 낫다거나 막둥이인 내가 공부가 늦어져서 그거나 끝나는 것 보고 내려가자는 말씀이었는데 정작은 자식들과 멀리 떨어져 지내고 싶지 않은 눈치였다. 그러나 아버지가 일 놓을 기미를 보이지 않으니 이번에는 어머니가 먼저 이사를 주장하였다.

안채 살림은 포장이사를 하기로 했고 나는 행랑 창고의 짐들만 챙기면 되었다. 짐들은 대부분 아버지의 연장들이었다. 대학원 수업이 없는 날 나는 양평으로 가 짐을 쌌다. 짐은 포장할 것보다 버릴 게 더 많았다. 더러 짐 속에서 우리 삼남매가 학교를 다니며 쓰던 물건들이 나오기도 했다. 나는 중학교 1학년 때 쓰던 학생모를 발견하고 얼마나 신기해했는지 모른다. 곧 교복자율화가 되었기 때문에 내가 학생모를 써본 것은 그 한 해뿐이었다.

아버지의 연장 중에서도 버릴 게 많았다. 날이 못 쓰게 된 대패도 네댓 개가 넘었고 꼭지 나간 장도리며 자루 부러진 크고작은 망치가 여럿 나왔다. 버리려고 마당 한쪽으로 내놓으면 어머니가 반은 다시 이삿짐 쪽으로 옮겨놓곤 했다. 그건 자루만 새로 해넣으면 된다, 그건 어디 절을 지을 때 쓰던 먹줄통인데 아버지가 섭섭해할 것이다, 그 끈은 잃어버렸다가 일부러 한 행비 해서 되찾아온 것이다. 나는 어머니가 얼마나 부질없는 짓을 하는지 잘 알았지만 모른 척했다.

짐들이 얼추 정리되었을 때 나는 창고 안쪽 시렁에서 웬 멍석처럼 돌돌 말린 채 비닐에 싸인 물건을 발견했다. 텐트나 천막인가 싶어서 마당에 끌어내놓고 펼쳐보니 마당을 다 덮었다. 그건 놀랍게도 텐트 천에 그린 그림이었다. 망치와 삽을 든 노동자들이 함성을 지르며 전진하는 내용의 그림은 우리가 한때 '걸개그림'이라고 부르던 것이었다.

"이게 뭐예요?"

"오매, 징한 거. 아직 그것이 있었구나 잉. 대호 아재 거여. 느그 아부지가 언제 한번 딱 노가다 사람들하고 보라매공원으로 데모를 안 갔겄냐. 그냥 품팔이하는 사람들이 가자고 해서 묻어간 거여. 그때 갖고 온 건디 돌려줘야 쓴다등마 아직도 갖고 있네이."

그러고 보니 1980년대 말인가 아버지는 딱 한차례 일용직 노동자 집회에 다녀온 적이 있었다. 평소 자식들이 데모대에 휩쓸릴까봐 노심초사하던 양반이었다.

"정 못 피하겄으면 앞에 서지 말고 뒤에 서라. 소리만 지르제 각구목은 쥐지도 마라."

나에게도 아버지는 그렇게 말하곤 했다.

"근데 왜 이 그림이 우리집으로 왔죠?"

나는 신기한 표정으로 어머니를 건너다보았다.

"대호 아재가 경찰에 잡혀가는 바람에 느그 아부지가 대신 거둬서 싣고 왔단다. 대호라믄 그저 쓸개도 빼줄 양반이여, 느그 아부지는."

어머니는 힐끗 안방 쪽을 훔쳐보았다.

"뭐란 중 아냐? 대호한테 큰 집을 지어주는 기 소원이란다. 큰 그림 그리는 양반인게 큰 집이 있어야 쓴디야. 테레비에 보일 때마다 하는 말이 노상 그 말이다. 닌장, 팔자 고친 사람 집 걱정까지 해주는 거이 느그 아부지여."

어머니의 말을 들으며 나는 설핏 웃었다.

화가 김대호 아저씨는 한때 아버지를 따라다닌 목수였다. 익히 알려진 대로 그는 '걸개그림'이라는 장르를 세계 미술사에 올린 장본인이다. 브리태니커 사전에도 '걸개그림'이라는 한국의 특수한 미술장르가 소개되고 그 개척자로 그의 이름이 올라 있다. 요새도 종종 언론에서 그이의 모습을 보는 건 어렵지 않다. 설치미술가가 된 그는 환경파괴, 전쟁의 참상이 빚어지는 곳이면 세계 어디든 달려가 화구를 푼다. 한때 그는 한국의 거리에 큰 그림을 올렸지만 지금은 세계의 광장에다가 그림을 그려 올리는 유명인이 되어 있다.

아버지는 간혹 술을 드시면 말하곤 했다.

"목수여서 그런 큰 화가가 된 거여. 나가 목수일을 갈쳐서 그런 큰 사람이 된 거라니께."

한때 그가 우리집에서 이태를 머문 인연으로 아버지뿐 아니라 온 식구들이 그를 자랑으로 여겨왔다. 별 요상한 그림을 다 그린다며 혀를 차는 어머니도 은근히 그가 명사가 된 것만은 뿌듯해했다.

1986년, 일군의 청년화가들이 경찰서에 잡혀왔다. 그들은 도심의 빌딩 벽에 벽화를 그리다가 현장에서 체포되어 온 것이었다. '상생도(相生圖)'라는 제목의 벽화는 한반도 형상을 한 태극기를 배경으로 남과 북의 동포들이 서로 손을 잡고 한바탕 신명나게 춤을 추는 내용이었다. 그림배경으로는 진달래가 만발해 있었다. 당국이 보기에 그림은 꽤 불온하였고, 자칫 방치했다가는 새로운 미술운동이 일어날 판이었다.

당시 분위기상 공안당국은 정국 반전의 대어를 낚았다고 판단했다. 화가 간첩단 사건 조작이 착착 진행되어갔다. 그러나 아주 사소한 문제가 발생했다. 잡혀온 청년 하나가 자신은 화가가 아니라고 극구 부인하는 것이었다.

"저는 작업대를 설치하러 온 목수라니까요. 화가분들한테 물어보시면 잘 알 겁니다."

"하, 이 녀석 보게. 발뺌할 일이 따로 있지, 니 혼자 살아보겠다고 거짓말을 해."

형사는 뒤통수를 갈겼다. 현장에서 찍은 사진이 증거물로 제시되었다. 사진 속에서 그는 분명 붓을 들고 벽 앞에서 그림을 그리고 있었다.

"이것 개나리 맞지? 진달래 옆에다가 요걸 그리고 있는 게 누구야? 개수작부리지 말고 눈이 있으면 똑똑히 봐, 인마."

"제가 맞긴 맞는데요, 누누이 말하지만 전 목수가 분명하대도 그러시네. 참."

"근데 왜 붓을 들고 설치냔 말이야."

"그러니까 그게…… 와, 돌아버리겠네."

그는 몹시 난처하고 억울하다는 표정을 지었다.

"작업대를 설치해놓고 옆에서 구경하자니까 화가 양반들이 진달래를 그리잖습니까. 마침 심심하던 차에 제가 한마디 거들었죠. 봄꽃에 진달래만 있느냐고요. 그랬더니 화가 선생이 그럼 또 뭐가 있느냐고 묻더라고요. 개나리도 있다고 했더니, 아 그 양반이 그럼 당신이 직접 그려보라잖습니까. 에이, 저는 농담하는 줄 알고 손사래를 쳤습니다. 그랬더니 붓을 척 건네주며 한번 그려보라는 겁니다. 그까짓 것 저도 개나리 정도는 그릴 수 있겠다 싶어 붓을 들었지요."

화가들도 한결같이 그의 말이 맞다고 증언해주었다.

일은 그렇게 넘어가는 듯싶었다. 그러나 오후부터 취조 형사가 바뀌었다. 조사과에서 정보과로 바뀐 것이다. 조사실도 바뀌어 책상과

의자만 덩그러니 놓인 방은 어둡고 을씨년스러웠다. 정보과 형사라는 사내는 말투가 아주 신사적이어서 외려 사람을 긴장시켰다.

"김대호씨, 우리 선수끼리 서로 길게 하지 맙시다."

형사는 서류철을 펼쳤다.

"자, 학력이 중학교 중퇴군요. 십대에서 이십대 초반을 어떻게 보냈는지 신원이 불분명하고요. 무슨 목적으로 화가들에게 접근했습니까?"

"네? 아까도 말씀드렸지만 작업받침대를 설치해주러 갔습니다. 일당 오만원을 받고 하는 일입니다."

"그래요? 좋습니다. 좀 구체적으로 들어가보죠. 왜 빌딩 벽에 벽화를 그렸습니까?"

형사의 질문에 그가 피식 웃었다. 형사는 큼, 하고 기침을 놓았다.

"나도 궁금해서 물어봤더니 화가 양반들이 그럽디다. 벽이 너무 밋밋해서 보기 좋으라고 그린다고."

"그림을 분석해보니 진달래꽃이 총 예순일곱 송이인데 죽어간 열사들하고 숫자가 같군요. 어떻습니까?"

"네? 글쎄요……"

"아래쪽 풀은 색깔이 전경들 옷색깔하고 동일해요. 혹시 공권력에 대한 응징을 상징한 겁니까? 대답을 못하는군요. 좋습니다. 다음, 태극기가 청색 부분보다 적색 부분이 큰데 그건 적화통일을 의미합니까?"

"네? 적화통일이요?"

그는 정신이 번쩍 들었다. 형사는 눈 하나 깜박이지 않고 질문을 계속해나갔다.

"왜 사람들이 태극기를 짓밟고 있습니까?"

"그건…… 제가 옆에서 지켜본 입장에서 단언할 수 있는데요, 밟는 게 아닙니다. 사람들은 그냥 춤을 추는 거지요."

"왜 춤을 출까요?"

"봄이잖아요."

"아, 혁명의 봄 말씀이시군. 왜 사람들을 검둥이로 그렸습니까?"

형사는 다시 벽화사진을 내밀었다. 그는 사진을 들여다보기 위해 허리를 접었다.

"밑그림이라서 그렇게 보이는 게 아닌가요?"

"밑그림이라…… 야, 이 자식, 문자 쓰네."

갑자기 형사가 눈을 부릅뜨고 허리를 폈다.

"왜 농민들이 하나같이 헐벗고 굶주린 모습이지? 이건 우리 쪽 농민들이 아니야. 이북 농민들이지."

"………"

"너 언제부터 그림 그렸어?"

"국민학교 미술시간에 조금 배웠습니다."

형사는 사진 속 태극기를 짚으며 물었다.

"너 이 빨간색의 보색이 뭐야?"

그는 그것만은 확실히 알고 있었다. 초등학교 3학년 미술시험에 그의 반 아이들이 빨간색의 보색을 청색이라고 했다가 다 틀린 적이 있었다. 선생님은 태극기를 가리키며 저것 때문에 사람들이 많이 착각한다는 말까지 덧붙이며 정정해주었다. 이상하게 그 기억은 또렷했다.

"녹색……"

"미술에 대한 전문지식이 아주 풍부하시구만. 난 네가 덜컥 청색이라고 하면 목수라고 믿으려고 했지."

그런 식의 신문이 계속되었다. 추궁에 가까운 질문은 백여가지가 넘었다. 목수는 미술시험을 보는 아이처럼 진땀을 흘렸다. 때로 그는 아주 오래 전 미술시간에 배운 채도니 명도니 구도니 하는 미술 용어들을 어렵게 기억해내야 했다. 그는 간간이 자신의 직업이 목수라고 항변했다. 몇시간의 조사가 끝났을 때 그는 완전히 녹초가 되어버렸다.

"자, 그만 하지. 더 해봤자 괜히 서로 힘만 뺄 것 같고……"

그는 반가운 마음에 고개를 쳐들었다.

"그림을 그리다가 잡혀왔으니까 직업은 화가라고 해야겠어. 목수가 그림을 그리다가 잡혀왔다고 하면 아무도 믿지 않을걸. 우리도 조사가 미진하다고 상부의 질책을 받을 거구. 그럼 다시 신문을 해야 한단 말씀이야. 또 조사를 받고 싶진 않겠지? 화가로 할게. 괜찮지?"

"………"

그는 유치장으로 돌아와 맥없이 주저앉았다. 화가들은 쇠창살을 붙들고 격렬하게 항의하고 있었다. 그러나 벽을 기대어 앉은 그는 완전히 혼이 빠진 모습이었다. 그가 가장 고통스러운 것은 왜 자신이 여기에 잡혀와 있느냐가 아니었다. 자신이 목수라고 아무리 항변해도 받아주지 않는 현실이 비참할 뿐이었다. 차라리 자신이 화가였다면 얼마나 좋았을까. 도대체 무엇이 잘못되었을까? 그는 이 요지경 같은 상황은 물론, 자기 자신도 잘 모르겠는 혼란에 빠져버렸다. 눈뜬장님처럼 살아온 자신의 삶이 부끄러워졌다.

유치된 지 사흘이 넘자 경찰도 모종의 조직사건 조작 기도를 포기한 모양이었다. 따뜻한 봄햇살이 창으로 쏟아져들어왔다. 경찰들도 화가들도 나른한 오후에 맥없이 늘어져 있었다. 중년 경찰 하나는 아예 유치장 창살 앞에 의자를 끌어다놓고 화가들에게 자녀의 대학진학을 상담했다. 그는 딸아이가 무슨무슨 상을 받았으며 지금 어느 대학을 염두에 두고 있는데 입학이 가능할지 물었다. 유치장 안에는 그가 넣어준 신문이 굴러다니고 있었다. 사회면 한 귀퉁이에는 '청년화가 7명 벽화작업중 연행'이라는 제목의 기사가 실려 있었다. 연행된 화가들 이름 끝에 목수의 이름도 있었다.

칼을 주머니에 넣고 다니는 소년이 있었다. 쇳조각을 갈아서 손수 만든 칼로 아홉살 손아귀에 쏙 들 만큼 작았다. 손잡이는 검정 고무줄로 감아서 안정감이 있었다. 소년은 일본식 목조 교사(校舍)가 남아 있는 오래된 학교를 다녔다. 학교는 중산층 주택가에 자리잡고 있었다. 학생들은 주로 그 주택가의 자녀들이었고 산동네 아이들이 일부 섞여 있었다. 정년퇴임을 눈앞에 둔 늙은 담임은 어린아이들을 가르치기에는 지나치게 무뚝뚝했다. 아이들에게 교과서 베끼기나 구구단 암기를 시켜놓고 그는 교실 뒤쪽 구석진 책상에 앉아 볕을 쬐며 조는 시간이 많았다. 아이들이 떠들어도 내버려두었고, 숙제검사 따위는 하지 않았다. 한 학기가 다 되도록 풍금 뚜껑을 열지 않아 학생들은 2학년 교과과정에서 배워야 할 노래를 배우지 못했다.

오전수업을 마치고 학생들이 돌아가고 나면 그는 자장면을 배달시켜서 먹고 오후내 졸다가 퇴근했다. 그렇다고 아이들에게 전혀 애정이 없는 건 아니었다. 그는 곧잘 아이들의 연필을 깎아주곤 했다. 딱히 즐기는 일은 아니었으나 그 일만은 꽤나 열심히 했다. 그가 도루코로 깎아낸 연필은 자동연필깎이에서 나온 것처럼 매끄러웠다. 아이들은 연필심이 부러지거나 뭉툭해지면 어느때고 선생에게 내밀었다. 그게 무슨 선생님의 관심을 받는 일이라도 되는 양 학생들은 서로 경쟁하듯이 연필을 맡겼다. 때로는 오십명이나 되는 학생들이 맡긴 연필이 책상에 쌓여서 깎는 일이 사흘씩이나 밀리곤 했다.

어느날 한 아이가 받아쓰기 시험에서 빵점을 맞았다. 답을 써야 할 노트는 백지인 채로 제출되었다. 아무리 무심한 선생이라도 이런 무례한 학생을 그냥 지나칠 수가 없었다. 교사 앞에 불려와 선 아이는 기계총 성성한 빡빡머리에 입성이 꾀죄죄했다. 이 아이가 자기 반 학생인지 의심스럽다는 눈초리로 교사는 소년을 바라보았다. 그만큼 아이는 존재감이 없었다.

"왜 답을 안 썼냐?"

몇번이나 다그쳤으나 녀석은 입을 열지 않았다.

"걔는 연필이 한자루뿐이래요."

다른 학생들이 일러바쳤다.

"네 연필이 어떤 거냐?"

교사는 책상 위에 놓인 연필 무더기를 헤쳐 보였다. 얼굴이 빨개진 아이는 마지못해 허리를 굽히더니 쓰레기통에서 몽당연필을 집어들었다. 그건 교사가 더이상 깎을 수 없어서 쓰레기통에 버린 연필이었다. 교사는 좀 짜증이 났다. 연필을 빌려서라도 쓰지 그랬느냐고 나무라자 아이는 끝내 눈물을 떨어뜨렸다. 딴에는 자존심이 무척 상한 눈치였다. 그날 이후로 교사는 될 수 있으면 아이들의 연필을 그날 다 깎아주려고 노력했다. 그건 보통의 일이 아니었다. 며칠 만에 그는 그 일을 잊어버렸고 다시 깎아야 할 연필들이 책상 위에 숙제처럼 쌓였다.

어느날 자습하는 학생들 사이를 오가던 교사는 문득 발걸음을 멈추었다. 그는 교실 바닥을 내려다보았다. 자신의 발자국이 선명하게 찍힌 바닥에는 분필가루가 뿌옇게 내려앉아 있었다. 교사는 눈살을 찌푸리며 주위에 앉은 학생들을 훑어보았다. 바로 옆에 앉은 놈이 범인인 듯 몸을 움츠리고 고개를 숙이고 있었다. 연필 때문에 빵점을 맞은 바로 그 녀석이었다.

교사는 녀석의 바지가 분필가루로 더럽혀져 있는 것을 발견했다. 그는 아이에게 손을 펴보라고 했다. 소년은 오른쪽 주먹을 꽉 쥔 채 펴지 않았다. 교사는 소년의 손가락을 강제로 벌렸다. 손아귀에 든 건 칼이었다. 선생은 짧게 탄성을 질렀다.

"그쪽도 펴봐."

왼손에서는 분필이 나왔는데 장승이 조각되어 있었다. 아이가 깎은 것인가 싶게 장승은 아주 정교했다. 교사는 아이에게 가방을 풀어 내용물을 책상 위에 쏟게 했다. 책과 공책 틈에서 나무토막과 분필들이 쏟아졌다. 하나같이 무슨 형상을 조각한 것들이었다. 각기 다른 모양의 장승이 몇개 더 있었으며 손오공의 여의봉이라든가 검, 손가락, 심지어는 교사 자신의 얼굴로 짐작되는 눈감은 노인의 흉상도 있었다. 꽤 오랫동안 익힌 솜씨인 듯 조각들은 제법 그럴듯했다.

"수업 끝나고 남아라."

교사는 벌로 아이에게 책상 위에 쌓인 연필을 깎게 했다. 오후 한나절, 아이는 그 일을 제법 능숙하게 해냈다. 교사가 낮잠에서 깨어났을 때 아이는 작은 어깨를 옹송그리고 앉아 연필을 깎고 있었다. 서른 개 남짓한 연필 끝이 한결같이 가지런했다.

"앞으로 나를 도와서 연필을 깎도록 해라. 더이상 분필은 훔치지 마라."

그리고 교사는 소년에게 새 연필을 한자루 주었다. 칼도 되돌려주었다. 소년은 쉬는 시간마다 연필을 깎았다. 아이들이 앞다투어 그에게 연필을 깎으려고 했다. 소년은 칼을 놀리는 일이라면 뭐든지 좋아서 그 일을 기쁘게 했다.

졸지에 화가가 된 그는 며칠 동안 구류를 살다가 풀려났다. 남들은 웃자고 그를 두고 관제화가라 부르곤 했다. 다시 목수로 돌아왔지만 그는 더이상 일을 다닐 수 없었다. 그는 실의에 빠져 매일 누워 지냈다. 그러던 어느날 문득 그는 십오년 전에 떠난 자신의 고향 산동네를 찾았다.

그는 가파른 길에 서서 하나도 변하지 않은 고향 동네를 바라보았다. 산중턱까지 덕지덕지 붙어 있는 붉은 지붕들, 여전히 지저분하고 냄새나는 냇물, 유난히 흰 빨래들. 얼굴이 피투성이가 된 아낙이 농약병을 들고 가파른 골목길을 불불 기어오르고 있었다. 여자의 치맛자락에는 소년이 달라붙어 울면서 따라가고 있었다.

소년이 5학년이 되었을 때 산동네에 새로 학교가 생겨서 분교를 하게 되었다. 소년은 산동네에 살았으므로 그쪽 학교로 옮겼다. 원래 그의 아버지는 벨트 하청업체를 운영했다. 지하실에 차린 공장에서 노동자 세 명을 데리고 일을 했는데 어느해 여름에 물이 들어서 가죽 원단을 다 버려야 했다. 몇년 동안 번 돈이 한순간에 날아갔다. 아버지는 손해를 만회하려고 새로운 버클 개발에 승부를 걸었다. 아버지가 개발하려는 버클은 구멍 없이도 벨트를 자유자재로 조이고 풀 수 있는 반자동식이었다. 아버지는 큰 공장에 다니는 기술자를 비싼 임금을 주고 고용했다. 그러나 벌써 일년째 그 일은 성과를 거두지 못하고 있었다. 그는 일이 뜻대로 풀리지 않으면 술을 마시고 걸핏하면 아내를 때렸다. 그때마다 아내는 농약병을 들고 산으로 올라갔다. 소년은 어머니가 자신을 버리고 도망갈까봐 늘 두려움에 사로잡혀 지냈다. 너무나 예민해져서 아이는 멀리서 집안의 풍경만 봐도 부모가 싸웠는지 안 싸웠는지 알 수 있을 정도였다.

소년은 새 학교가 마음에 들지 않았다. 우선 네모난 콘크리트 건물이 주는 딱딱함이 싫었다. 전에 다니던 학교의 타르칠을 한 목조 교사가 그리웠다. 그뿐이 아니었다. 옛 교정에는 아름드리 나무들이 울울했는데 이 학교에는 제 손목 굵기도 안되는 앙상한 나무들이 드문드문 심어져 있을 뿐이었다. 바람이 거칠 데 없이 들이쳐서 마사토 먼지가 뿌옇게 일곤 했다. 무엇보다도 운동장이 너무 작았다. 축구라도 할라치면 울타리를 넘은 공이 꼬막껍데기 같은 지붕에 얹히기 일쑤였다.

소년은 부모에게 말했다.

"전학 보내주세요."

"뭐라고? 뭣 때문에 전학을 보내달라는 거냐?"

"운동장이 너무 작아요."

"이런 철딱서니없는 놈 봤나. 공부하기 싫으니 별 핑계를 다 대는구나."

아버지는 혼찌검을 내서 아들을 학교로 내몰았다.

소년은 수업을 빼먹는 날이 많았다. 아이들이 학교로 가는 길목에서 그는 길을 거슬러 산으로 올라갔다. 그는 숲을 돌아다니거나 계곡에 앉아 놀기도 했고, 나무토막을 주워다가 무엇인가를 새기며 시간을 보냈다. 일명 '산공부'를 시작한 것이다. 점심때가 되면 학교에서처럼 도시락을 까먹었다. 낮잠 잘 곳도 필요해서 그는 싸리나무를 꺾어다가 자신만의 아지트를 만들었다. 그곳에서 소년은 만화 '허리케인 죠'를 읽고 그것들을 베꼈다. 빨간 모자를 쓴 주인공 죠의 캐릭터도 좋았지만, 체력을 다 소진한 죠가 글러브를 벗은 채 링 코너에서 숨을 고르고 있는 장면은 늘 그의 가슴을 뛰게 했다. 그 장면을 모사하는 데는 일흔여덟 가닥의 굵은 선들이 힘차게 뻗어나가야 했다. 소년은 죠 같은 고아소년은 아니지만 장차 그처럼 챔피언이 되겠다고 결심했다.

그는 몇차례에 걸쳐 정학을 당했다. 그때마다 부모와 선생으로부터 훈계와 체벌이 따랐다. 그는 정말 죠처럼 고아가 되길 간절히 바랐다. 실제로 어느날 그는 산에서 내려가지 않았다. 며칠 전부터 그는 비상식량으로 산도와 웨하스와 라면땅을 사다가 아지트에 모아두었다. 아지트 옆 소나무 가지에는 이제 그가 눈만 뜨면 두들겨야 하는 쌘드백이 대롱대롱 매달려 있었다. 이 모든 것을 허리케인 죠가 가르쳐주었다. 소년은 숲속 싸리나무 아지트에서 하룻밤을 지냈다. 밤은 춥고 무서웠지만 내려가서 부모님을 만나고 선생님에게 불려갈 일이 더 끔찍했다. 그는 마음이 흔들릴 때마다 죠를 생각했다.

동이 채 뜨기 전에 아버지가 공장 노동자들을 데리고 나타났다.

"싸가지없는 자식."

손전등 불빛 너머에서 아버지는 다짜고짜 뺨부터 올려붙였다.

소년의 어머니는 문을 걸어잠그고 방바닥에 농약병을 놓았다.

"대호야, 니가 또 그러면 엄마는 죽을란다."

이듬해 졸업을 앞두고 아버지는 드디어 새로운 버클을 개발했다. 시제품을 만들어 동대문시장에 내놓으니 반응이 좋았다. 아버지는 사채까지 그러모아 본격적인 생산채비를 갖췄다. 예상대로 버클은 날개

돋친 듯 팔려나갔다. 그러나 그도 잠깐이었다. 며칠 가지 않아 여기저기서 똑같은 버클이 쏟아져나왔다. 기술을 도용한 크고작은 업체들이 디자인을 더 세련되게 고쳐 내놓은 것이었다. 1등은 망하고 2등이 성공한다는 이쪽 판의 불문율을 아버지는 무시했던 것이다.

소년의 가족은 서울 변두리의 소읍으로 이사했다. 그곳은 소년이 나고 자란 도시와는 달리 들판 가운데에 있었다. 아버지는 값싼 창고를 빌려 벨트공장을 다시 차렸다. 이제 어머니가 유일한 노동자인 작은 공장에서 아버지는 자신이 개발한 버클을 하청받아 제조했다. 폭음은 더 심해져 매일 얼굴을 맞대고 있는 아내를 때렸다. 아내는 농약병을 품고 들판으로 도망다녔다.

이듬해 소년은 읍내의 실업전수학교에 입학했다. 그곳은 중학교에 진학 못한 가난한 학생들을 위해 설립된 농업학교였다. 학비가 무료인 대신 중등과정 졸업장이 나오지 않았다. 실내수업은 거의 없고 주로 들로 나가 실습하는 일이 많았다. 농부를 길러내는 학교이기 때문에 현장학습이 중요하다고 했다. 그것은 실습이라기보다 작업이었다. 새마을운동 부역에 동원되어 도로공사장에 나가기도 했고, 강변에서 퇴비용 갈대를 베기도 했다. 개인농장 작업에 동원되는 일은 다반사였다. 학교는 농장에서 사례비를 받아 챙겼다. 어떤 날은 가방을 비우고 산에 올라 하루종일 오리나무 열매만 따모은 적도 있었다. 읍을 지나는 국도가 있었는데 학생당 팔십 미터씩 구역이 배당되어 그 관리도 해야 했다. 비가 온 다음날이면 삽을 들고 나가 웅덩이를 메우고 돌을 골라냈다. 오월경에는 길가에 코스모스 모종을 심어야 했다. 학업성적은 누가 더 많은 오리나무 열매를 모았는지, 부역을 몇번이나 나갔는지, 도로 관리상태가 어떤지로 결정되었다.

소년은 그런 학교를 일년 남짓 다녔다. 재미가 아주 없는 것은 아니었다. 맨발로 흙을 밟는 촉감은 새로운 경험이었다. 묘하게도 그 촉감에 취하면 몸은 늘어지고 아무 생각도 나지 않았다. 주름 깊게 팬 농부들을 볼 때면 그들도 어린 나이에 들로 나왔다가 그렇게 단조로운 생활에 취해 한 세월을 훌쩍 보내버린 건 아닌지 의심스러웠다. 초목의 이름을 익히고, 작물들이 기후의 미세한 변화에 적응하며 자라는 것을 지켜보는 일은 경이로웠다. 친구들은 도회지 아이들보다 훨씬 어른스러웠다. 술과 담배의 맛을 알아버린 아이도 여럿이었고, 미꾸라지를 잡아 판 돈으로 여자를 샀다는 친구도 있었다. 닷새에 한번 꼴로 가출사건이 일어났다. 대부분 서울로 가는 길목에 있는 군경합동검문소에서 붙잡혀 되돌아왔지만 더러 도보로 가출을 감행해서 성공한 친구도 있었다. 그런 친구들은 이내 학교에서 영웅이 되었다. 그렇게 가출은 끊임없이 부추겨졌다.

어느날 그가 집으로 돌아왔을 때 마당에 상이 엎어져 있었다. 툇마루에 쓰러져 잠든 아버지는 잠꼬대처럼 욕설을 씨부렁거렸다. 어머니는 어느 들판으로 도망갔는지 보이지 않았다. 그는 아버지 곁으로 다가섰다. 주머니 속에서 칼이 뜨겁게 달아올랐다. 그는 몇번이고 빈손을 빼서 손을 문질렀다.

마침내 소년도 가출을 결심했다. 집을 나서는 그에게 가장 마음에 걸리는 이는 어머니였다. 하지만 어머니가 제 곁을 떠날까봐 두려워하며 사느니 자신이 떠나는 게 더 나을 듯싶었다. 그는 스무살이 되면 성공해 돌아오겠다는 편지를 어머니에게 남겼다. 막상 집을 나서니 아주 오래 전부터 계획한 일처럼 마음이 가벼웠다. 그는 서리 내리는 늦겨울 들판을 걸어 서울로 향했다.

가출한 아이들이 할 수 있는 일이라곤 세 가지뿐이었다. 신문배달이나 구두닦이 아니면 식당종업원이었다. 그의 첫 직장은 신문보급소였다. 그는 수송동, 삼청동, 안국동, 송현동 일대에서 조간 삼백부, 석간 백오십부를 배달했다. 한달을 일하고 받는 임금이 육만원이었다. 새벽 네시에 신문을 받아 골목을 돌다보면 몸에서는 땀이 흘러도 발가락과 손가락은 남의 살처럼 시렸다. 아침공양 짓는 조계사 아궁이에서 그는 손발을 녹였다. 중국음식점 곁방에서 기거하는 친구에게 빌붙어 지내다가 먹는 것이나 배불리 먹자는 생각으로 그는 내처 그 식당에 취직해버렸다.

"짜장이요!"

어느날 송현동 복덕방에 배달을 갔다가 그는 낯익은 사람을 맞닥뜨리고 말았다. 비좁은 복덕방에 장기판을 벌여놓고 앉은 늙은 주인은 초등학교 2학년 때 담임이었다. 선생은 그의 더벅머리를 헤작여 기계총 흉터를 확인하곤 머리를 툭 쳤다.

"칼잽이 김대호 맞구나. 네 이놈, 집을 나왔지?"

선생은 아버지가 찾아올 때까지 그의 귀때기를 잡고 있었다.

"칼 다루는 데 재간이 있으니 어디 사시미집 같은 델 보내보오."

아버지에게 인계하며 선생이 말했다.

집은 변한 게 아무것도 없었다. 여전히 아버지의 일은 신통치 않고 부모는 싸웠다. 그는 공장에서 일을 거들었다. 어머니는 어떻게든 학교에 다시 보낼 궁리를 했다. 반면 아버지는 이미 포기한 눈치였다. 벨트공장 옆에는 스테인리스 그릇을 찍어내는 프레스공장이 있었는데 한창 스테인리스 그릇이 유행하기 시작해서 아버지는 그를 그 공장으로 보내 일을 배우게 했다.

바깥바람을 한번 맛본 그는 몸이 근질거려 도저히 견딜 수가 없었다. 머잖아 그는 다시 가출을 감행했다. 이번에는 설렁탕집에 취직했다. 돈이 좀 모이면 체육관에 등록해 복싱을 배울 생각이었다. 잠자리는 식당에 딸린, 전깃불도 들어오지 않는 다락방이었다. 주인은 촛불도 못 켜게 했다. 식당 물건들이 사방 벽을 채우고 가운데 기둥 옆에 겨우 누울 자리가 남았다. 그는 캄캄한 다락방에서 잠자는 일 외에는 아무것도 할 수 없었다.

하루는 식당 탁자를 닦다가 그는 손님이 두고 간 물건 하나를 발견했다. 중년의 사내가 앉았다 간 자리였다. 묵직한 물건은 신문으로 돌돌 말려 있었다. 목수들이 사용하는 끌이었다. 주인이 찾으러 올 때까지 그는 연장을 보관하기로 했다. 다락방에 드러누웠자니 왠지 손이 근질거렸다. 그는 방바닥을 더듬어서 끌을 잡았다. 선뜻한 감촉이 전해지자 마치 어둠속에서 날선 빛에 노출된 듯한 착각을 불러일으켰다.

그는 연장 날을 조심스럽게 쓰다듬어보았다. 날은 아주 잘 벼려져 있었다. 그는 아주 오래 전 쇠붙이를 주워다가 칼을 만들던 때의 일을 떠올렸다. 운동장 스탠드의 시멘트벽에다가 며칠 동안 칼 모양이 나오도록 갈았다. 쇠는 금방 더워져서 몇번이나 여린 살을 다치게 했다. 칼 모양이 갖춰지자 그는 사포와 가죽을 구해다가 날을 벼렸다. 그 칼로 무엇을 해보겠다는 생각은 없었다. 그저 칼을 만들고 싶었고, 칼을 만들다보니 세상에서 날이 가장 잘 선 칼을 갖고 싶었을 뿐이다. 칼에 대한 기억이 떠오르자 이내 결 좋은 나무를 깎아내던 칼질의 감촉이 되살아났다. 그는 저도 모르게 끌을 그러쥐었다. 그는 방안 가운데에 솟은 기둥에다가 끌을 대고 밀어보았다. 끌은 기둥을 하얗게 밀어냈다. 그는 밤새 손끝으로 더듬으며 기둥 밑동에 어머니의 얼굴을 새겼다.

이튿날부터 그는 다락방에 촛불을 밝혔다. 불빛이 새어나가지 않게 창문을 담요로 가렸다. 그는 매일 밤 일기를 쓰듯 기둥을 깎았다. 무엇을 새기고 조각할 것인지 정해진 건 없었다. 때로는 지난날의 기억들이 새겨졌고, 어떤 날은 꿈이 새겨지기도 했다. 잡지 속의 나부들이 새겨지기도 했고, 콜라병과 농약병이 새겨지기도 했다. 그 일을 시작한 뒤로 다락방은 그의 아지트가 되었다.

"어디에서 뒹굴었기에 옷에 나뭇가루 천지냐?"

가끔 주인여자가 나무라듯이 말했다.

"혹시 쥐가 들어 나무를 쏠고 있는 거 아냐?"

그때마다 그는 주인 내외가 다락방으로 올라가지나 않을까 조바심을 쳤다.

기둥에 끌을 댄 지 한달쯤 지날 무렵이었다.

"이 자식아, 아예 서까래를 도려내지 그래!"

배달에서 돌아온 그를 주인사내가 다짜고짜 길바닥에 쓰러뜨리고 밟기 시작했다. 그는 몸을 웅크리고 손으로 머리를 감싼 채 길바닥에서 굴렀다.

"저놈 뒀다가는 아주 집을 결딴내겠어!"

주인여자가 옷가지와 가방을 길바닥으로 내던지며 소리쳤다.

"아무리 철딱서니없기로소니 기둥을 깎는 놈이 어디 있어? 어디 망해먹으라는 짓이지 그래……"

그가 없는 사이 무슨 일이 벌어졌는지 그는 짐작이 가고도 남았다. 누군가 주인사내를 붙들고 말리는 소리가 들렸다. 주인사내가 물러나며 식당문을 닫는 소리가 들렸다.

"괜찮냐?"

겨드랑이로 누군가의 손이 들어왔다. 그는 허리케인 죠가 지금 그의 옆에 와 있다고 생각했다.

"이거 정말 미안하구나."

중년의 사내가 그를 내려다보고 있었다.

"하필 니가 없을 때 올 게 뭐란 말이냐."

사내는 땅바닥에 널브러진 소년의 옷가지와 가방을 주섬주섬 챙겨들었다. 마지막으로 길바닥에 내려둔 그의 가방까지 챙겨든 사내가 말했다.

"날 따라가자. 이름이 뭐냐?"

소년은 터진 입술을 실룩여 웃었다.

"대호…… 김대호예요."

그는 절뚝거리며 사내를 따라나섰다. 사내의 가방에서 연장 부딪는 소리가 들렸다.

"난 박씨다. 목수지."

유치장에서 나온 지 한달 만에 그는 연장가방을 쌌다. 지방에서 일하는 박씨로부터 함께 일을 해보자고 연락이 왔다. 그는 기차역으로 가기 위해 시내버스에 올랐다. 학생 하나가 일어난 자리로 그는 걸어갔다. 좌석에는 학생이 두고 간 신문이 놓여 있었다. 그는 신문을 치우지 않고 그대로 깔고 앉았다. 학생 집회 때문에 도로는 극심한 정체였다. 그는 무료함을 달래느라 엉덩이 밑에 깔린 신문을 빼들었다. 무심코 신문을 뒤적이던 그의 눈에 충격적인 사진 한장이 들어왔다. 피를 흘리며 쓰러진 대학생 사진이 신문 일면을 메우고 있었다. 갑자기 그는 사진 속 대학생이 마치 자신의 모습이라도 되는 양 격정에 휩싸여 좌석에서 벌떡 일어났다.

"내려주세요."

그는 내린 자리에서 한참을 서성였다. 자신이 무엇을 하기 위해 내렸는지 알 수 없었다. 이내 약국이 눈에 띄었고 그는 그곳으로 뛰어들어갔다.

"약사님, 이 학생이 살 수 있을까요?"

그는 다짜고짜 약사에게 신문을 내밀었다. 뜨악해 섰던 약사가 고개를 저었다.

"살기 힘들단 말이죠?"

그는 무거운 연장가방을 둘러메고 곧장 대학생이 후송된 병원으로 달려갔다. 경찰들이 도로를 몇겹으로 막아서 있었고, 그 너머로는 학생들이 진을 치고 있었다. 그는 병원이 건너다보이는 길가에서 하릴없이 서성였다.

이미 기차도 놓친 그는 다시 집으로 돌아왔다. 그를 휩싼 열기는 좀처럼 식지 않았다. 그는 충격에서 헤어날 수가 없었다. 그는 나무판자에다가 신문의 사진을 옮기기 시작했다.

이튿날 옆방에서 자취하는 대학생이 그것을 보고 말했다.

"형, 이것을 스무 장만 천에 찍어서 가져갈게요."

그는 영문을 알 수 없었다. 그날 오후에 옆방 대학생이 동료 학생들과 함께 다시 나타났다.

"형, 여기저기서 더 없느냐고 난리예요."

대학생들은 그의 자취방을 작업장 삼아 판화를 수백장 찍어갔다. 대학생을 추모하는 시민, 학생 들의 가슴에 그의 판화는 리본처럼 걸렸다. 그는 학교로 불려갔다. 여학생 하나가 말했다.

"아저씨, 이 그림을 크게 그려서 건물에 걸 수는 없을까요?"

그는 별로 어렵지 않을 것 같았다. 집을 짓듯 먹줄을 퉁겨서 큰 천에 그리면 되리라 생각했다. 그는 곧바로 작업에 들어갔다. 바람에도 잘 견딜 만한 천으로 질긴 텐트 천을 구했다. 오랜 목수생활에서 얻은 지혜였다.

학교 건물벽에 그의 큰 그림이 걸렸다. 장장 오 미터 너비의 대형 그림이었다. 사람들은 이를 두고 '걸개그림'이라고 불렀다. 그는 학교를 떠나지 않았다. 각지에서 학생들과 지식인들이 영안실 주변으로 속속 집결하고 있었다. 대학생의 장례식이 가까워지면서 세상이 뒤집어질 것처럼 들썩거렸다. 전국에서 집회가 열렸고 데모 대열에는 고등학생들과 직장인들까지 가세했다. 거리는 연일 최루탄 연기로 자욱했다.

"당신이 저 걸개그림을 그렸소?"

청년화가들이 먼저 손을 내밀었다. 그때마다 그는 부끄러움으로 얼굴이 벌게졌다.

그는 화가들과 함께 대학생의 장례식에 사용할 대형 영정을 준비했다. 장례위원회에서 영정 크기가 결정되었다. 영정은 일톤 트럭에 부착하여 이동하기로 하였고, 그 이동로도 결정되었다. 문제가 될 건 별로 없었다. 단지 이동중에 만나게 될 육교가 문제였다. 장례위원회에서 구청에 확인하여 육교 높이를 확인한 자료를 보내왔다. 설계팀에서 도면이 넘어왔다. 육교 높이는 사 미터였다. 그 높이에 트럭의 화물적재함 높이를 감안해서 영정 크기가 재조정되었다. 영정틀 제작은 목수인 그에게 맡겨졌다. 그는 매일 밤 설계도면을 가지고 작업장을 빠져나와 고갯마루에 있는 육교 위에 서곤 했다.

드디어 장례식날이 돌아왔다. 영정차가 앞서가고 만장이 그 뒤를 따랐다. 백만이나 되는 조문 인파가 거리를 가득 메웠다. 장례차량이 육교 아래 이르렀을 때였다. 영정차가 그 자리에 멈추었다. 백만 인파도 술렁거리며 그 자리에 멈춰섰다. 육교 높이 계산이 틀렸는지 영정이 육교에 한뼘 정도 걸릴 판이었다. 여기저기서 웅성거리는 소리가 높아갔다. 영정 제작팀은 당황스러웠다.

군중 속에 서 있던 목수가 달려와 트럭에 뛰어올라갔고, 이내 영정은 반으로 접혔다. 그건 아무도 상상하지 못한 광경이었다. 그는 영정 도면을 받았을 때 한가지 문제점을 발견했다. 그의 경험으로 도로는 끊임없이 아스팔트 덧씌우기 공사를 하기 때문에 높이가 상승하게 마련이었다. 그는 만일을 대비해 영정틀 중간에 경첩을 설치했던 것이다.

육교 아래를 무사히 통과한 영정차량이 다시 영정을 세우고 전진해 갔다. 목수는 군중들 뒤로 처져서 이마의 땀을 훔쳐냈다.

"그 그림은 잘 개어둬."

아버지가 복대를 두르고 마당으로 나왔다.

"왜 아직 안 돌려줬어요?"

나는 그림을 멍석처럼 말며 물었다.

"갸가 언제 집 두고 사는 거 봤냐? 목수처럼 노상 돌아댕기제. 손바닥만한 그림도 아니고 저 큰 걸 어디에다가 간수할 거라고 돌려주겠냐."

"아부지, 이런 그림은 집안에 걸어두라고 그린 그림이 아니에요."

"그정도는 나도 안다. 그란다고 인자 어디 담벼락이나 길바닥에다가 그런 그림 내거는 세상이냐. 다 역사가 된 그림인게 인자 집이나 크게 지으면 넣어둬야제."

　나는 그림을 질질 끌어서 다시 창고로 넣었다. 아버지는 허리가 아파서 못 도왔고, 어머니는 그 그림이 다시 창고로 들어가는 게 영 못마땅한 눈치였다.

—『창작과비평』2004년 겨울호

긴 장마가 조금 누그러지자

나는 아이들과 함께 옥강 둑으로 나가

불어난 강물에서 떠내려오는 물건을 건져냈다.

그것은 할아버지의 할아버지가 아이였을 때로부터 내려오는 일이었다.

병, 깡통, 양은이나 플라스틱으로 된

가재도구, 버드나무에 걸린 비닐조각 따위를 대작대기로 끌어내느라

소를 줍다

우리는 며칠째 강둑에서 낚시꾼마냥 붙어 지냈다.

모두 엿하고 바꿔먹기 위해서였다.

간혹 수박이나 참외를 건져내는 운도 따랐다.

그 몇해 전에 마을 청년들이 염소를 주워서 횡재한 것을 빼면

그만한 횡재도 없었다.

그런데 그해 나는 염소 따위는

댈 것도 아닌 큰 횡재를 하게 되었다.

우리집에 소를 들인 건 세 차례였다.

아버지는 조금 흠이 있기는 했지만 훌륭한 농사꾼이었다. 다 아는 대로 우리 아버지는 원래 농사꾼이 되고 싶어했던 사람은 아니었다. 광주와 서울을 오르내리는 비둘기호 열차에서 땅콩 오징어를 파는 일이 그이의 직업이었다. 그것도 먼친척 중에 철도 강생회에 몸담고 있는 이가 있었는데, 그이가 강생회가 홍익회로 바뀔 예정이라며 그 틈을 잘 타보자고 해서 거금을 밀어넣고 세 해나 기다려서 겨우 얻은 일자리였다.

심심풀이 땅콩 오징어를 팔았지만 사는 일은 심심풀이가 아니어서 아버지는 할 수 없이 다시 낙향길에 접어들었다. 당시 기차간은 깡패 소굴인지라 불량배들이 땅콩 오징어를 제 물건 가져가듯 쓸어갔다고 한다.

"어이, 아자씨! 입이 궁금한디 거 수리매 끄슬린 거 두 마리만 내놔
봐."

"우리 거그 고객인 거 잘 알제? 장부에 달어뒤이."

"으마, 심심풀이라메?"

이 불량배님들은 아버지가 양말목에 꼬깃꼬깃 모아둔 물품대금까
지 강탈해갔다. 그 바람에 퇴근길은 노상 외상 장부만 불려오는 길이
었으니, 그이의 객지생활 삼년은 말도 아니었다. 식구 망실 없이 하나
더 보탠 것만으로도 감지덕지해야 할 판이었다.

말 그대로 아버지가 다시 귀향길에 오를 때 불린 재산은 둘째인 나
를 더 얹은 게 유일했다. 닳고닳은 세간을 밀린 방세 대신 주인집에
일괄도매로 넘기며, 그나마 주인집이 고물상이라 돌아서는 걸음에 면
목이 섰다고 한다. 세살배기로 둘러업고 올라온 큰아들은 주인집 엿
판 위에 실어 한 삼년 양동(陽洞) 시장께로 돌려대서 그나마 촌 땟국
물을 씻겼노라 허허 웃으셨다고 한다.

역시, 농사꾼으로서 아버지에게는 몇가지 흠이 있었다. 우선 농토
가 없다는 게 그중 큰 흠이었다. 어려서부터 손에 익힌 농사일이고 눈
썰미가 있는 편이었지만 치명적으로 농부에게는 생명이나 다름없는
땅이 없었던 것이다. 금점꾼 중에 노름꾼 아닌 인사 없다는 말처럼 할
아버지는 꼭 그대로 살아 손바닥만한 산밭만 남겨놓았다. 두 마지기
그 산밭이 아버지가 다시 찾아 지을 수 있는 유일한 농토였다. 아버지
는 그러나 낙향 이태 만에 묘지기 몫으로 밭 두 마지기를 맡을 수 있
었고, 소작으로도 논 세 마지기를 얻어 짓게 되었다.

또하나 아버지가 지닌 소소한 흠은, 마을 사람들의 입을 빌려 하자
면, 농사를 너무 예술적으로 접근한다는 것이었다. 아버지는 밭고랑

을 타더라도 줄을 띄워 한치의 비뚤어짐을 허용하지 않았다. 못자리를 만들 때는 미장이처럼 흙손을 들고 무논에 꿇어앉아 반듯하게 만들어나갔다. 그래서 어머니와의 다툼이 늘 끊이지 않았다.

"시방 집 지요? 넘들은 대충들 해놔도 모가 잘만 지릅디다. 요래 하다가는 넘들 나락 빌 때 우린 모 내게 생겼구만 뚝."

그때마다 아버지는 욧시! 고함을 쳤다.

"잔말 말고 줄이나 팽팽히 땡겨!"

"참 내…… 이녁은 뭔 농새를 똑 구경할라고 짓는 사람 맹이요."

어머니가 좀 죽어서 말을 흘리면,

"말 잘했다. 농새는 뿌려노믄 지심 뽑고 솎아주는 일이 반이고, 인자 오가며 들여다보는 재미가 반인디, 인자 뒤에는 눈에 나 고치재도 손 못 쓰네."

하여, 어머니로 하여금 늘 제 남편 꼭뒤에 헛주먹을 지르게 하였다.

우리집 논밭은 마치 농촌지도소 시범경작지처럼 보기에 미끈했다. 자신의 말대로 아버지는 논밭둑에 앉아 자라나는 곡식 구경하기를 즐겨하였다.

아버지의 이 능률없이 답답한 일버릇은 가축 치는 일에서는 의외로 진가를 발휘했다. 돼지 한마리를 길렀는데 열 마리가 넘는 새끼를 여덟 배나 받아냈다. 새끼 받는 날이면 아버지는 돼지우리에 남포등을 걸고 산파 노릇으로 밤을 새웠다. 그때나 이제나 돼지 젖꼭지는 꼭 악기 실로폰을 연상시킨다. 앞쪽에 붙은 것일수록 작고 뒤쪽으로 갈수록 점점 커지는 경향이 있는 것이다. 그러나 반대로 젖은 작은 쪽이 많이 나와서 앞쪽을 차지한 새끼돼지가 더 탐겼다. 한 배에서 나온 새끼들이라도 젖살이 오르면 서열이 생겨 힘없는 놈은 늘 말라붙은 젖꼭지 차지이게 마련인데, 아버지는 이 애로사항을 그 꼼꼼한 버릇대로 해결하였다. 매번 수유 때마다 새끼들을 돌려주어 젖이 고루 가게 한 것이다. 그래서 장사꾼에게 넘길 때 우리집 돼지새끼는 몸집이 더 가고 축나는 놈 하나 없이 같은 값을 받았다.

한번은 돼지가 새끼를 열네 마리나 낳아서 좋다 말 일이 생겼다. 내 셈으로도 어미 젖꼭지는 두 개나 모자랐다. 더구나 맨 뒤쪽 젖꼭지 둘은 크기만 하였지 수놈 것마냥 빈것이어서 젖꼭지는 도합 네 개가 부족한 것으로 봐야 했다. 하지만 아버지가 어떤 사람인가? 둥구미를 우리 앞에 놓고 네 마리씩 교대로 빼돌려 새끼들이 돌아가며 어미젖을 고루 먹게 하였다. 한술 더 떠서 어미가 불안하면 젖이 보타진다고 새끼를 옮길 때마다 아버지는 어미돼지 머리 위에 토란잎을 씌워 눈을 가려주었다. 열네 마리나 되는 새끼를 다 살려내 기르자 동네에는 희한한 소문이 나돌았다. 젖꼭지가 모자란 새끼 두 마리는 어머니 도롱굴댁이 손수 젖을 물려 길렀다는 웃긴 소문이었다.

그래도 우리집이 가축이 잘되는 집이라는 소문은 맞는 말이었다. 한마을 오쟁이네가 우리집에 소를 맡겼으니 말이다. 가축이 안되기로 그만한 집도 없었다. 개가 걸핏하면 쥐약을 먹고 들어와 청마루 밑을 베고 누웠고, 매어놓고 길러도 병나서 죽어나가기 일쑤였다. 하다못해 정부에서 쥐잡기운동을 벌이면서 두 호(戶)당 한마리씩 분양한 새끼고양이도 쥐 한마리 못 잡아보고 보름 만에 시름시름 죽어나갔다. 물론 그거야 오쟁이가 제 동생하고 하도 껴안고 돈 나머지 손길을 너무 타서 죽은 것이지만 어쨌든 가축 안되는 집이란 흉조는 씻을 수 없었다. 마침내 첫배를 보게 된 암소가 송아지를 사산하고 말자 오쟁이네 아버지는 부랴부랴 소를 우리집에 맡기게 되었다. 쟁기질에 맘껏 부려도 된다는 조건을 아버지가 마다할 리 없었다. 그래서 우리집이 최초로 들여놓은 소는 그 오쟁이네 암소였다.

나는 신날 일이 하나도 없었다. 아침저녁으로 오쟁이와 돌아가며 꼴을 베다주는 일도 귀찮았고, 오쟁이 녀석이 주인 행세 하는 꼬락서니도 영 마뜩찮았다.

"아부지, 우리도 소 한마리 사불어."

내가 골이 나 말하면 아버지는 오냐, 그러자 하면 좀 좋을까만,

"염병할, 소가 토깽이냐? 사고 잡다고·달랑 사게. 당장 저 도짓소라도 읖으믄 니하고 니 성, 핵교도 끝이여. 그란다고 니놈이 목에다가 멍에를 걸그냐?"

하며 씨도 안 먹힌다는 반응이었다.

"그람 차차 시양치 낳으믄 우리 주라고 해. 우리가 키와주는디 고것 하나 못해."

"네이…… 아부지가 뭐라고 하디? 입구녕이 너무 허황되게 넘의 밥그럭을 넘보는 고것을 뭐라고 하디?"

"불량배."

"지발 우리는 그렇게 개적잖게 살지 말자. 개새끼 한마리 거저 읃어다가 길렀다는 말 들어봤어도 시양치 한마리 거저 읃었다는 말은 못 들어봤응께."

"그거이 으디 공짜여, 우리집이서 재우고 멕이고 다 하는디?"

"그만 새살 까대고 얼릉 풀이나 비 와야. 저번 맹이로 쑥만 해다가 퍼믹이지 말구. 소 똥구녕 맥히는 날엔 니놈 입구녕도 밥구경 끝이여."

아버지는 꼴망태를 걸어주고 나를 막 내몰았다.

오쟁이네 암소는 우리집에서 송아지를 두 배나 착실히 쳤다. 물론 어미소도 송아지도 탈없이 잘 자랐다. 소에 대한 믿음이 생기자 오쟁이네는 이태 만에 소를 몰고 갔다. 세번째 송아지는 아버지가 받아주었지만 어쨌든 오쟁이네는 가축이 안되는 징크스에서 말끔히 벗어났다.

우리집에 두번째 소가 들어온 것은 내가 초등학교 3학년 때였다. 긴 장마가 조금 누그러지자 나는 아이들과 함께 옥강 둑으로 나가 불어난 강물에서 떠내려오는 물건을 건져냈다. 그것은 할아버지의 할아버지가 아이였을 때로부터 내려오는 일이었다. 병, 깡통, 양은이나 플라스틱으로 된 가재도구, 버드나무에 걸린 비닐조각 따위를 대작대기로 끌어내느라 우리는 며칠째 강둑에서 낚시꾼마냥 붙어지냈다. 모두 엿하고 바꿔먹기 위해서였다. 간혹 수박이나 참외를 건져내는 운도 따랐다. 그 몇해 전에 마을 청년들이 염소를 주운 것을 빼면 그만한 횡재도 없었다. 그런데 그해 나는 염소 따위는 댈 것도 아닌 큰 횡재를 하게 되었다. 소를, 그것도 숨이 붙어 있는 소를 줍게 된 것이다.

소를 가장 먼저 발견한 사람은 내가 아니었다. 정신이 좀 모자란 필구가 아랫도리를 빌빌 꼬면서 뭐라고 고래고래 소리를 질렀는데, 나는 또 무슨 지랄인가 싶어 무심코 그를 쳐다보았다. 필구는 그 모양대로 수양버들이 엉킨 강어귀에 손가락질을 해댔다. 정확히 말하면 강바위 너머였는데, 거기에서 음매음매, 마치 영각하는 소울음소리가 들려왔다. 울음소리만 아니었다면 그 시뻘건 물에서 소를 분간해내기도 힘들었을 것이다. 바위에 부딪쳐 튀는 흙탕물 속에서 소머리가 얼핏 보였다. 동네 소 한마리가 강으로 잘못 든 게 분명하였다.

아이들이 멍청히 보고 있는 동안에 나는 물로 뛰어들었다. 어린 마음에도 소 주인에게 보상을 좀 받겠다는 계산속이 빠르게 굴렀다. 죽을 동 살 동 바위에 닿아 바위 모서리를 잡고 돌아들자, 소는 엉덩이를 주저앉힌 꼴로 버둥거리고 있었다. 나는 소머리께로 돌아가 굴레를 틀어쥐었다. 소는 머리를 되게 내저었다. 고삐를 찾아쥐고 당겨도 소는 한발짝도 움직이려 들지 않았다. 나는 고삐줄을 바투 쥐고 물속으로 들어 소의 발께를 더듬어나갔다. 머잖아 뒷발 하나가 바위틈에 단단히 박힌 것을 손끝으로 확인할 수 있었다. 나는 강가에 대고 소리쳤다.

"장배 하나 던져주라!"

그러나 그 장마철에 소를 들판에 내놓는 집이 없었기 때문에 쇠말뚝이 있을 리 없었다. 별수없이 나는 아이들이 던져준 몽둥이를 바위틈에 밀어넣었다. 몽둥이가 소 발 아래에 야무지게 자리를 틀자 나는 지렛대로 관을 뜨듯 몽둥이를 내리눌렀다. 소는 꿈쩍도 하지 않았다. 아이들이 도와줄 요량으로 옷을 벗는 모습이 보였다.

"야, 들어오지 마!"

나는 아이들을 향해 소리쳤다.

"한놈이라도 오기만 해봐. 물송장을 맹글어불 거여. 절대루!"

나의 엄포에 아이들은 주춤주춤 그 자리에 섰다.

더욱 다급해진 나는 아예 몽둥이 끝에 몸을 싣고 발을 구르기 시작했다. 그렇게 발을 구르는 한편으로 소한테도 힘 좀 쓰라고 엉덩이를 철썩 때려대길 몇번이나 했을까. 어느 순간 딛고 선 몽둥이가 맥없이 주저앉으며 소가 거꾸러지듯 물속으로 머리를 처박았다. 나 역시 균형을 잃고 물속에 잠방 빠지고 말았는데, 허우적거리며 고개를 드니 아이들의 환호성이 들려왔다. 그 겨를에도 나는 손에 그러쥔 고삐만은 놓치지 않고 있었다.

강가로 끌어내놓고 보니 소는 암컷인데다가 이미 코뚜레도 해넝은 중소가 좀 넘는 놈이었다. 바위틈에 끼인 뒷발은 한뼘쯤 가죽이 벗겨져 벌겋게 살이 드러나 있었는데 피가 약간 배어나올 뿐 뼈가 상한 것 같지는 않았다. 고삐를 끌고 걸음을 걸리자 놈은 뒤뚱거리며 문제없이 걸었다.

　"누네 집 소 맹이냐?"

　나는 숨을 헐떡이며 아이들에게 물었다.

　"우리 동네 소는 아닌 것 맹인디."

　오쟁이가 대답했다. 나는 다른 아이들의 얼굴도 둘러보았다. 다들 동네 소가 아니라고 한결같이 고개를 저었다. 내가 봐도 그건 틀림없는 사실이었다. 열댓 마리도 안되는 동네 소라면 우리는 그 워낭소리만 가지고도 알아낼 수 있었다. 그만 나는 낙심이 되어 고삐를 땅바닥에 내던졌다.

　"인자 어쩔래?"

하고 오쟁이가 물었을 때 나는 너무 허망하여 쭈그려앉아 있었다. 보아하니 오쟁이놈은 쌤통이라는 표정을 감추지 않고 있었다.

　나는 대꾸하지 않고 고삐를 다시 낚아채듯 집어들고 소 잔등을 갈겼다. 나는 동네를 향해 방죽길로 소를 몰았다. 아이들이 서너 발짝 떨어져서 주춤주춤 뒤를 따랐다. 어느새 우리 사이에는 견디기 힘든 침묵이 흐르고 있었다. 나는 문득 걸음을 멈췄다.

　"느그도 봤제만 나가 분맹이 줏은 소여."

해놓고 아이들의 표정을 살피자니 이것 봐라, 녀석들은 가타부타 아무 대꾸가 없는 것이다.

　"필구, 봤어, 안 봤어?"

나는 물정 모르는 필구만 다그쳤다. 필구는 예의 그 바보 같은 표정으로 연신 벙싯거리며 "바쩌 바쩌" 했다. 그러더니 두 손을 하늘로 번쩍 치켜들고 소리치는 것이었다.

"동맹이가 소를 줏었다아! 동맹이가 줏었다아!"

되게 시끄러워졌다. 더 말할 필요도 없다는 듯 나는 돌아서서 소 잔등을 갈겼다. 워낭소리가 댕그랑댕그랑 경쾌했다.

"낼이라도 당장에 주인이 찾으러 올걸."

뒤를 따르던 오쟁이가 들릴락말락 중얼거리는 소리로 말했다. 어느덧 우리는 감은돌이재에 이르러 있었다. 저녁 짓는 연기와 마당마다 놓은 모깃불 연기에 덮여 잠잠해진 마을이 보였다. 나는 허리에 팔을 척 걸치고 오쟁이를 향해 돌아섰다.

"니 차미랑 수박 찾으러 온 사람 봤어?"

"아니."

"세숫대야랑 양푼이랑 찾으러 오는 사람 있디?"

"아니."

점점 목소리가 꺼져가는 오쟁이를 나는 몰아붙였다.

"그람 앞전에 염생이 주인이라고 누가 나서디?"

오쟁이 녀석은 결국 입을 닫고 희미하게 도리질만 했다.

"그람 인자 줏은 사람이 임자여. 알었어?"

내 말이 끝나기 무섭게 오쟁이 옆에 선 진칠이가 끼여들었다.

"그래도 손디?"

다음은 상구였다.

"저 웃동네에서 주인이 쎄가 빠지게 찾고 있을 거여."

"하믄. 갈문리 소인 중도 몰르고, 그 너미 문대미 소인 중도 몰르고……"

명철이었다.

그만 안되겠다 싶어 나는 고삐를 나무 둥치에 걸어매었다. 그리고 아이들 어깨를 툭툭 쳐서 다들 강을 향해 서게 했다. 강은 산과 들을 가르며 굽이굽이 뻗어가다가 우중충한 대기 속으로 자취를 감추고 있었다. 맑은 날 보아서 알지만 그 흐릿한 대기 너머에는 더 높은 산들이 첩첩이 어깨를 걸고 까마득할 거였다.

"갈문리, 문대미 우에 또 뭔 동네 있어?"

나는 명철이에게 따져 물었다.

"고옥하고 문꾸지제."

이번에 나는 상구를 바라보며 물었다.

"고옥하고 문꾸지 담은 으디여?"

"비석금."

"그 담은?"

"축도."

우리들의 시야에는 더이상 마을이 보이지 않았다. 물론 강, 들, 산도 그 우중충한 대기 속으로 가뭇없이 스며들고 없었다.

"똑똑한 오쟁이 너, 그 담 동네는 으디랴?"

"추실일랑가?"

"가봤어?"

"아니. 근디 우리 아부지가 거그 추실장에서 소를 사왔디야."

"글믄 그 다음 동네는 으디여?"

"몰러."

오쟁이는 머리를 저었다. 상구도 진칠이도 명철이도 시무룩해져서 머리를 저었다.

"가보도 안한 것덜이, 씨! 저 강 우로 동네가 을매나 쌔불었는지덜 알어? 저 소 터럭만치는 될 거구만."

나는 돌아서서 다시 소 고삐를 풀었다.

마을에 들어서자 필구가 앞서 달려가며 골목에다 대고 소리쳤다.

"동맹이가 줏었다! 동맹이가 줏었다!"

필구한테 어지간히 길들여진 마을 사람들은 아무도 내다보지 않았다. 나는 차라리 다행이라고 생각했다. 괜히 소문이 퍼지면 주인이 나타날지도 모르는 일이었다. 계속 필구가 그 짓거리를 하며 앞에서 얼쩡거리자 나는 돌맹이를 집어던졌다.

"야, 필구야! 느그 어메가 밥 묵으라고 부른다. 얼릉 가서 밥 묵어!"

필구는 이제 "밥 묵자"는 소리를 내지르며 제집으로 달려갔다.

나는 고개를 뻣뻣이 들고 소를 몰았다. 진창이 가로막아도 나는 첨벙거리며 지나갔다. 골목이 깊어지자 아이들도 하나둘씩 떨어져나갔다. 집앞에 이르러 나는 잠시 멈춰섰다. 어머니와 아버지, 그리고 형의 얼굴을 떠올리자 비로소 소를 주웠다는 사실이 실감났다. 나는 소코뚜레를 잡고 사립문 앞에 서서 "엄마!" 하고 불렀다.

방문이 열리고 어머니의 얼굴이 보이기 전에 목소리부터 마중을 나왔다.

"밥때 되믄 기들어와야제 으디를 싸돌아댕기다가……"

밥숟갈을 든 어머니는 말하다 말고,

"누네 소를 몰고 댕긴디야? 벨일이시, 니가 넘 소 풀을 다 멕이고."
했다.

"시방 이 소가 나가 줏어갖고 오는 소여!"

나는 소리높여 말했다. 절로 입이 벙글어지며 눈물이 막 나오려고 했다. 문 너머로 아버지가 얼굴을 내밀었다.

"저노므 새끼가 뭣이라고 해싼가?"

"소를 줏어왔다고 안하요."

어머니와 아버지가 말을 주고받았다.

"뭣이여? 소를······"

아버지는 툇마루로 나왔다. 나는 아버지에게 말했다.

"나가 소를 줏었당께."

나는 소를 마당으로 끌어넣었다.

"닌장, 으떤 얼개미 겉은 작자가 소를 대구 내돌렸디야?"

아버지의 반응이 의외로 시큰둥하자 나는 안달이 나서 주절거렸다.

"옥강이서 줏었당께요. 다 죽어가는 걸 나가 생똥을 싼시롬 건져내부렀어요. 인자 요것은 우리 것이에요."

나도 모르게 말투마저 바뀌어 괜히 간지러워졌다. 아버지는 내 젖은 몰골을 훑어보고 이내 고무신을 꿰고 마당으로 내려섰다. 소를 요리조리 둘러보더니 내 손에서 고삐를 빼앗아들고 감나무 밑으로 갔다. 감나무에 소를 매어놓고 다시 다가온 아버지는 내 몸을 사립문으로 돌려세웠다.

"으딘지 가보자."

"차암, 아부지는······ 옥강에서 줏었당께."

"긍께 말이여. 싸게 앞장서!"

나는 아버지에게 질질 끌려가다시피 감은돌이재를 넘고 옥강 둑으로 갔다. 이미 강에는 어둠이 질펀하게 내리고 있었다. 먼 마을에서 불빛이 가물가물 돋아나 있었디. 소를 건져낸 강둑에 이르리 나는 아버지에게 비교적 자세하게 설명했다. 내가 얼마나 위태롭게 소를 건져냈는지 조금 과장하여 말하는 것도 잊지 않았다. 그런데 내 말이 끝나기가 무섭게 아버지는 내 뒤통수를 냅다 내질렀다.

"이놈의 새끼! 내가 그렇게 함부로 물에 기들라고 가르치든? 응? 목심을 왜 고렇게 조심성 없이 헛치고 다니냔 말여. 이 에미 애비를 튀겨묵을 놈아!"

아버지는 몇번을 더 그렇게 쥐어박았다.

"어여 집으로 가!"

보통 손때가 매운 게 아니었다. 아버지는 칭얼칭얼 우는 나를 닦아 세우고 다시 마을로 향했다. 내가 운 것은 아버지의 손찌검 때문이라기보다 내 심정을 몰라준다는 서러움 때문이었다. 나는 호박덩어리를 건져낸 것이 아니라 소를 주운 것이다. 그런데도 이 가난하고 불쌍한 우리 아버지는 자기 집에 무슨 일이 일어났는지 깜깜했던 것이다.

아버지의 그 미적지근한 태도는 이튿날 아침 나를 더욱 망연자실하게 했다. 잠든 밤 동안 아버지가 소 다리의 상처에 석유를 뿌리고 천까지 싸매준 것은 좋았는데, 우리 형제가 가방을 메고 집을 나설 때는 뜬금없이 소를 몰고 나란히 나서는 거였다.

"소를 거기다 도로 몰다 놀 거여. 그람 주인이 찾아가겄제."

아버지는 그 말만 내놓고는 더이상 입을 열지 않았다. 나는 시무룩해져서 동구 밖 갈림길에서 아버지와 헤어졌다.

하루 내내 소 생각만 하다가 학교를 파하자마자 나는 곧장 강둑으로 달려갔다. 소는 방죽에 배를 깔고 앉아 있었다. 소가 눈에 들어오자 나는 그만 눈물이 핑 돌았다. 나는 쇠말뚝에서 고삐를 풀어 소에게

풀을 뜯겼다.

해가 지고 어둑어둑해졌는데도 나는 집으로 돌아갈 생각을 하지 않았다. 이슬 내리는 강둑에 소만 남겨놓고 돌아갈 순 없었다. 집에 돌아갈 일도 걱정이었다. 될 대로 되라는 심정으로 소와 함께 방죽에 앉아 있는데 형이 찾으러 왔다.

"인마, 니 아부지한테 죽었다. 아부지가 너 여그 가 있는 중 다 안단 말여."

"안 가!"

나는 소 고삐를 그러쥐었다. 형은 풀밭에서 내 가방을 들어 어깨에 둘러맸다.

"바보새끼, 니가 그란다고 우리 것 될 중 아냐? 아부지가 지서에 신고를 해놨응께 주인이 금방 찾으러 올 거라고."

"뭐여, 신고를 했어? 바보천치여! 아부지는 바보천치랑께!"

"어여 일어나! 저녁밥 채려났단 말여. 니도 없는디 밥숟갈 들었다가 아부지한테 도둑놈의 새끼라는 말 들었단 말여. 나도 니 땜이 성가셔 죽었다. 숙제도 많구만."

"행님아, 주인이 안 나타나믄 어찧게 되냐? 니 공부 잘한께 알제?"

"그러믄야 줏은 사람 차지겄제."

"참말로?"

"근디 누가 소 잃고 가만있겄냐? 폴쎄 마이크로 사방에 다 알렸을 건디."

나는 풀이 죽어 일어났다. 형 어깨에서 가방을 벗겨들고 나는 터벅터벅 집을 향해 걸었다. 한참 만에 나는 형한테 다짐을 받듯 재차 물었다.

"암튼 주인 안 나타나믄 저건 우리 소란 말이제?"

형은 쯧, 하고 혀를 차곤 그러나 더 말이 없었다.

집에 들자마자 아버지는 지겟작대기를 집어들고 나를 닦아세웠다.

"너 이놈의 새끼, 학교 파하면 집으로 핑 들어올 생각은 않고 으디서 자빠졌다가 인저 기들어오는겨!"

아버지는 지겟작대기로 등에 짊어진 가방을 쿡 쑤시더니,

"니 숙제는 해놓고 요라고 댕기는 거여? 대체 니는 어디서 까나온 자식이길래 그렇게 속만 썩이냐, 으이?"

하며 나를 지겟작대기 끝으로 콕 찔러 죽일 기세였다. 나는 마당 모깃불 옆에 주저앉아 입만 실룩거렸다. 왕겨를 한 삼태기 부어놓은 모깃불에서는 불꽃이 발근발근 일어나고 있었다. 아버지는 생솔가지를 올릴 셈이었다가 내가 나타나자 잊어먹은 듯, 불자리 옆에 생솔가지가 수북했다. 눈물은 삐질삐질 나오는데 나는 소리를 내지 않았다. 그게 더 얄미웠는지 느닷없이 아버지가 어깨에서 가방을 낚아챘다.

"니눔은 천상 가르채봤자 소용없고."

하곤 가방을 모깃불에 집어던져버리는 거였다. 나는 그만 땅바닥에 벌렁 드러누워 마당을 쓸며 울기 시작했다. 형이 후닥닥 달려가 모닥불에서 가방을 꺼내려고 하자 아버지가 버럭 호통을 쳤다.

"냅둬!"

형은 주춤주춤 물러섰다. 그러자 이번에는 어머니가 달려들어 불에서 가방을 꺼냈다. 벌써 불이 붙어서 불덩어리 하나가 통째로 떨어져 나온 것 같았다.

"아이고메!"

어머니는 허겁지겁 부엌으로 달려가 바가지에 물을 떠다가 가방에

끼었었다.

나는 밥도 안 먹고 가방을 챙겨들고 방에 들었다. 눈물이 그치지 않았다. 방안에선 잿내가 진동했다. 이미 책이며 공책은 비닐이 눌어붙고 타서 못 쓰게 돼버렸다.

밤중에 아버지가 툇마루를 내려서는 기척이 들렸다. 그때를 맞춰 부러 나는 마당으로 나가 모깃불에 가방을 집어던져버렸다. 아버지는 뒷간 앞 마당에서 뻐끔뻐끔 담배를 태우고 있었다.

이튿날 나는 학교에 가지 않았다. 가방도 책도 없이 무슨 수로 간단 말인가? 지난 학년, 책을 반납하던 날 정례가 선생님한테 당하던 일을 생각하면 몸서리가 쳐졌다. 정례는 도덕책을 반납 못했는데 제 할아버지가 찢어서 잎담배를 말아 피워버렸다고 한다. 선생님은 정례의 손등을 쇠자로 열 대나 때리고 하루 내내 손을 들고 서 있게 했다. 선생님을 생각만 해도 나는 겁이 나서 방바닥에 배를 깔고 누워버렸다.

밥상머리에서 아무 말도 없던 아버지로 보아 분명 당신도 후회를 하고 있는 것 같았다. 나는 그런 아버지가 얄밉고 한편으론 쌤통이라는 생각이 들었다. 밤새 배를 곯았던 나는 아버지가 보란 듯 밥 한그릇을 싹싹 비웠다.

"동맹아!"

그런데 아버지가 방문 너머로 날 불렀다.

"공부 안 가냐?"

나는 대답하지 않았다.

"그려. 니놈은 천상 공부헐 싹수는 못 되는 거 같응께 농새나 배와야제. 니 성 하나 공부시키재도 이 애비는 쎗바닥이 빠진다."

그래놓고 아버지는 벌컥 문을 열었다.

"아, 뭣혀? 콩 뽑으러 가야제."

콩밭에 앉아 콩을 뽑자니 삐질삐질 눈물이 났다. 구름은 재를 넘어 흘러갔다. 풀무치랑 메뚜기 같은 날벌레들이 장글장글한 햇볕 속을 날아다녔다. 불개미가 옷 속으로 기어들어 불알을 물고늘어졌다. 나는 불알을 긁으며 기어이 흙 위에 퍼더버리고 앉아 울음을 터뜨리고 말았다.

아버지는 점심을 먹인 후 나를 앞세우고 학교로 갔다. 선생님에게 정중하게 인사를 올린 후 아버지는 말했다.

"지난밤에 석유등잔이 자빠져설랑 방을 옴싹 태와불었어요. 그 바람에 야 책이 그만 못 쓰게 돼불었는디 넓은 혜량으로다가 선처 부탁헙니다."

선생님은 내 머리를 쓰다듬었다. 선생님은 나를 직접 데리고 창고로 가서 일일이 책을 찾아 챙겨주었다. 돌아오는 길에 아버지는 가방도 하나 새로 사주고 공책이며 연필에, 아직 한번도 가져보지 못한 지남철이 달린 필통까지 사주는 거였다.

"소는 집으로 데레다놀 거여. 주인이 찾아올 때까장만 집이서 키우는 거닝께 정붙이지 말어라 잉?"

나는 씩 웃으며 고개를 끄덕였다.

그런데 그게 어디 말처럼 되는 일인가? 아침저녁으로 나는 꼴을 베어 나르고, 오후에는 소를 몰아 풀을 뜯겼다. 아버지는 그런 내 행동을 못마땅해했다.

"행, 그걸 두고 소 궁둥이에 꼴 던지는 격이라고 하는겨. 이런 염병할, 소가 널 주인으로 뫼실 성싶으냐?"

하지만 근 한달이 지났는데도 주인은 나타나지 않았다. 소는 점차

기력을 회복해 제법 살이 오르기 시작했다. 그러는 동안에 아버지의 매운 눈은 퍽 부드러워지고 가끔 당신이 직접 고구마줄기를 뜯어다가 지게로 부려놓는 일도 생겼다.

"내불기 아까워서 소나 믹이는 거여."

나는 매일 이부자리 속에서 제발 주인이 나타나지 않게 해달라고 기도를 드렸다. 조마조마한 마음이 늘 가시지 않았던 것이다.

어느날 저녁 무렵에 소를 몰고 들어가 감나무 아래 묶으려고 하자, 아버지는 그동안 비워두었던 외양간 문을 열었다.

"어디 온 집안에 내금새가 진동하고 퍼리가 끓어서 쓰겠냐?"

외양간으로 소를 몰아넣는 나에게 아버지는 그렇게 말했다.

소를 기르게 된 지 두어 달이나 지났을까, 갑자기 소가 풀도 잘 안 뜯고 울어대기만 했다. 그 좋아하던 수숫대도 발밑으로 깔아버렸다. 멀리 하늘을 바라보는 큰 눈이 퍽이나 슬퍼 보이기까지 했다. 나는 이 놈이 제집이 그리워서 그러는 것만 같았다. 그래서 애처롭기도 하고 섭섭해 나는 곧잘 놈의 배때기를 걷어찼다.

아버지는 소꼬리를 들어보고 내려놓고 또 들어보고 하더니, 그날 밥상머리에서 말했다.

"소가 불을 낸 모냥이여."

그리고 그날 오후에는 옆마을에서 수놈을 데려왔다. 안으로 휘어진 뿔이 날카롭고 주둥이가 검은 우걱뿔이였다. 몸집도 우리 소보다 두 배는 족히 커 보였다.

"첫배요?"

우걱뿔이 주인이 물었다. 아버지가 고개를 끄덕였다.

오쟁이네 아버지도 나타나 걱정스럽다는 듯 혀를 찼다.

"소한테 덜컥 짝부텀 맺어주믄 어짠디야."

"아, 이 짐생이 서방 호적에 올려놓고 사는 짐생이여?"

아버지는 발끈했다.

"아니, 어쩧게 될 중도 모르는 소라 내 하는 말이시."

"걱정 말어. 주인이 갈래붙인 돈까지 토해내것제. 그란다고 불두덩이 뺄건 걸 기냥 냅둬."

아버지는 마을 뒷산의 Y자로 줄기가 자란 소나무에 암소 머리를 집어넣고 고삐를 친친 감았다. 동네 소는 대부분 그곳에서 암구었기 때문에 우리 아이들은 그 소나무를 '소빽나무'라고 불렀다. 우걱뿔이 주인이 수놈을 몰아오자 우리 암소는 길게 울음을 토했다. 우걱뿔이도 펄쩍 뛰더니 더 우렁찬 소리로 울었다. 놈은 이내 입에 거품을 물었다. 우걱뿔이는 무지막지하게 우리 소의 등을 타고 내리눌렀다. 빨갛고 기다란 양물이 허공에서 덜렁거리자 소 주인이 손으로 잡아 길을 찾아주는 광경을 나는 심각한 표정으로 지켜보았다. 아버지는 자꾸만 내게 물심부름을 시켰는데 나는 한달음에 그 일을 해치웠기 때문에 우리 소가 시집가는 광경을 거의 놓치지 않고 볼 수 있었다.

일이 끝났을 때 나는 아버지에게 물었다.

"그람 우리 소도 인자 시양치를 밴 거여?"

"그려. 첫배라 낼도 한번 더 시킬 거여."

"달력에 똥구래미를 쳐놓까?"

"그려."

"열달 뒤에다가도 쳐놀께잉."

"내년 달력이 있냐?"

그래도 나는 신이 났다. 가만히 기색을 살피자니 아버지도 여간 즐

104

거운 낮이 아니었다. 나는 아버지가 이제 소를 우리집 소로 기정사실화했다고 생각되자 그것이 더없이 기뻤다.

아버지는 슬금슬금 내 자리를 차지하고 들어왔다. 아침마다 쇠꼴 베라고 불러 깨우지를 않나, 소를 풀도 안 좋은 방죽으로만 몰고 다닌다고 역정을 냈다. 아침저녁으로 여물을 쑤는 것은 말할 것도 없고 읍내에서 복합사료도 져날랐다. 두달 전보다 나는 맥이 많이 빠져 있었다.

하루는 학교에서 돌아오자 마당에 큰 썰매 같은 게 널브러져 있었다. 그것은 쟁기질 뒤 마른써레질에 쓰는 끄슬쿠라는 농기구였다. 그 위에 맷돌이 올라가 있어서 나는 의아하게 생각했다.

"아부지, 저게 뭐여?"

"이, 너도 이따가 으디 가지 말고 저기 올라타라라. 소 쟁기질 연습시킬 거여."

아버지는 끄슬쿠에서 써레발을 모두 뽑아내고 소 뒤에다가 쟁기처럼 달았다. 그로부터 한 닷새를 아버지는 온 동네 골목에 흙먼지를 일으키며 소를 몰아 돌았다. 물론 나도 그 흙썰매 같은 끄슬쿠 위에 타야 했다.

"이랴, 쩌 쩌, 이랴, 쩌 쩌……"

날이 갈수록 아버지는 끄슬쿠를 무겁게 했다. 나흘째에는 동네 아이들까지 태웠다. 오쟁이가 저희 집앞에서 뾰로통하게 서 있는 모습은 참 쌤통이었다.

그럭저럭 석달이 지난 무렵이었다. 하루는 학교에서 돌아와보니 소가 간 곳이 없었다. 아버지도 보이지 않았다. 어머니만 툇마루에 앉아 한숨을 폭 쉬는 게 예감이 심상치 않았다.

"소 주인이 나타났단 말다."

어머니는 또 한숨이었다.

"올라믄 진작 오지 인자사 올 건 뭐라냐."

어머니는 뛰쳐나가려는 내 손을 끌어잡았다. 나는 칭얼칭얼 울기 시작했다.

"울지 마라. 원래 그러자고 들인 소 아니었냐?"

그래놓고 어머니는 또 한숨이었다. 아버지는 손수 고삐를 잡고 주인과 함께 고개 너머 경찰서로 넘어갔다고 했다. 나는 눈을 썩썩 문지르고 말했다.

"그람 아부지가 소를 다시 찾어올랑갑네이?"

"뭔 수로 고걸 다시 데려오겠냐."

"또 모르제. 그간 길러줘서 고맙다고 주인이 싸게 팔지도."

나는 그 긴 오후 한나절을 막연한 기대를 품은 채 아버지를 기다렸다. 혹시 쇠꼴을 베어다놓으면 그게 무슨 주술이 되어 소가 다시 돌아올 것만 같아 나는 두 망태나 꼴을 걷어다가 놓았다. 점심 전에 나갔다는 아버지는 해거름녘이 되어도 나타나지 않았다.

저녁 무렵에 아버지는 오쟁이 아버지와 함께 집으로 들어왔다. 빈손이었다.

"어떻게 됐다요?"

어머니가 물었다. 아버지는 한숨이었고 오쟁이 아버지가 대신 대답했다.

"일단 주인이 데려갔소."

그래놓고 그는 아버지를 향해 덧붙였다.

"나 말대로 하란 말이시. 이참에 좀 세게 나가서 섭섭지 않게 뽑아내란 말여. 아까 순경도 안 글등가? 그간 수고한 건 저저금 알아서들

허라고. 그거이 뭔 소리겄어? 사정이 이만저만 됐응께 소 주인이 정상을 참작해라, 그 소리제."

"거기도 영 불량한 사람은 아니더네. 그러지 말고 자네 여윳돈 좀 돌리세."

"나가 뭔 여윳돈이 있당가?"

"콩이랑 보리 매상한 것 좀 있잖여?"

"그거이 을매나 된다고?"

"아순 대로 이것저것 좀 보태믄 흥정이라도 너볼 수 있잖여."

"흥정? 와따매, 아까부터 자꼬 그 소린디 누가 빚내서 시양치도 아니고 다 큰 소를 사겄다믄 안 웃겄어?"

"다른 말 말고 좀 돌리세. 나가 낼은 직접 찾아 댕겨오겄다니게."

이튿날 아침 나는 학교에 가다 말고 동구 밖에서 걸음을 멈추었다. 밤부터 나는 작심을 하고 있었다.

"너 시방 왜 그려?"

형이 몸을 틀고 물었다.

"나 소 찾으러 갈 거여."

"뭐?"

"아부지 따러 소 찾으러 간당께."

"니까짓 거이 가서 뭘 어쩌겄다고?"

"소 돌레주라고 할 거여. 그래도 안되믄 외양간에 둔너불제."

"칫, 느자구없는 소리 하고 자빠졌네. 얼렁 가야."

형이 몸을 돌렸다. 나는 한걸음 물러났다.

"소 찾으믄 행님 니도 고등학교를 광주로 갈 수 있어."

"그래서 시방 학교 안 가겄다고? 아부지가 가만있겄냐?"

그래놓고 형은 걸어갔다. 별수없이 내가 뒤따라올 줄 알았던 모양이다.

"행님아, 나는 숙제럴 안해서 가재도 갈 수가 없다."

형은 뒤도 돌아보지 않고 저만치 멀어졌다.

나는 팽나무 뒤로 물러나 아버지를 기다렸다. 머잖아 장 나가는 차림새로 옷을 차려입은 아버지가 마을길을 걸어나오는 게 보였다. 겨드랑이에 낀 노란 종이 꾸러미는 돈이 틀림없었다. 내가 팽나무 뒤에서 쭈뼛쭈뼛 나오자 아버지는 기가 막힌 얼굴로 빤히 쳐다보았다. 나는 가야 할 길로 몸을 돌리고 섰다. 뒤에서는 어떤 기척도 없었다. 아버지는 아무 말 없이 앞서 걸어갔다.

우리는 고갯마루에서 버스를 기다렸다.

"아부지, 동네가 어디래요?"

"왜, 말하믄 니가 다 알겄냐? 문대미랴."

아버지는 아무렇지도 않게 대답했다. 이제 나는 힘이 나서 까불었다.

"버스를 타긴 타야겄네이."

문대미에서 버스를 내린 아버지와 나는 장터를 지나고 큰 동네를 두 군데나 물리면서 강을 거슬러올라갔다. 그곳 강은 우리 마을 강보다 폭이 좁았지만 물은 더 맑았다. 그동안 아버지는 서너 번이나 사람을 붙잡고 길을 물었다.

작은 마을이 나왔고, 아버지는 점방에 들어 거북선 한보루를 샀다. 주인여자는 길로 나와 들판을 가리켰다. 들판 멀리 강둑 아래로 삼나무 뒤뜰이 어두운 민가가 보였다. 아버지는 꾸러미와 함께 담배 보루를 포개서 겨드랑이 깊숙이 찔러넣었다.

집 곁을 지나자니 사철나무 울 너머로 타작소리가 들려왔다. 우리는 잠시 멈춰서서 집안을 들여다보았다. 마당에 안주인이 앉아 늦콩을 털고 있었다. 텔레비전 안테나도 안 보이는 게 우리집하고 다를 게 없이 작고 추레한 집이었다.

대문 밖 감나무 밑에서 아버지가 말했다.

"니는 여기서 기둘려이."

아버지는 대문도 없는 마당으로 들어갔다. 나는 감나무 그늘에서 고개를 기웃이 내밀고 집안을 훔쳐보았다. 행랑채에는 외양간이 딸려 있었지만 비어 있었다. 자연히 나는 집 주변을, 그러니까 들판이라든가 강둑을 살펴보았다. 강둑에 염소 몇마리는 보였어도 소 같은 건 보이지 않았다. 아버지를 툇마루로 안내해 앉힌 그 집 안댁이 냉수를 한 그릇 내다가 아버지에게 건넸다.

그녀는 바깥양반이 나무를 싣고 바닷가로 갔다고 했다.

"김 양식장에 말목을 한 사날 달구지로 내다주고 있는디 점심은 자세야 올 건디요."

"그 소가 달구지를 다 끈다요?"

아버지가 외양간을 건너다보며 놀란 눈으로 물었다. 좀 섭섭한 눈빛이었다.

"글찮애도 애 아부지가 을매나 아즘찮아하는지, 원. 소가 똑 우리 소 같지 않게 실해졌어라. 내일 새나 일머리가 든다고 한번 인사하러 댕게오겠다고 허기는 허든만요."

아주머니가 아버지에게 한번 더 굽실했고, 아버지는 큼큼 헛기침을 했다.

"내일 일머리가 든다고요? 그람 모레 새나 다시 한번 올랍니다."

아버지는 말도 못 꺼내보고 그냥 일어서는 눈치였다. 마당으로 내려서던 아버지는 잊었다는 듯 아주머니에게 담배 보루를 내밀었다.

"외려 우리가 슨사를 해도 해야 하는디……"

아주머니는 황송한 듯 불편한 듯 담배 보루를 받아들었다. 내가 툭 불거져나가 아버지 곁에 서자 안댁이 깜짝 놀라며 말했다.

"으매, 아들이 와 있었는갑네. 들어오제야?"

"야가 소 좀 보겠다고 핵교도 안 가고 요래 삐득삐득 따러 안 오요."

"오매, 그랑게 니가 갱에서 소를 건진 가구나? 영 실겁게 생겼네이."

안댁이 내 머리를 쓰다듬었다.

"소한테 정 주지 말라고 그래 해댔는디도 작것이 고만 정을 줘갖고 밤낮 밥도 안 처묵고 울기만 해싸요."

그렇게 말한 아버지는 정말 짠하고 속상한 눈빛으로 나를 바라보았다. 그러자 갑자기 나는 눈물이 찔찔 나기 시작했다. 나는 점점 콧물까지 삼키며 서럽게 울어버렸다. 나도 모를 일이었다. 안댁이 어쩔 줄 몰라했다.

"허허, 넘 부담시럽게…… 뚝 못 그치냐?"

아버지는 꺼칠한 손바닥으로 내 낯을 훔쳤다. 안댁이 집안으로 뛰어들어갔다가 돌아와 내 손에 뭔가를 덥석 쥐여주었다. 천원짜리 한 장이었다.

"공책 사서 써라 잉."

"아따, 뭘 이런 걸 주고 그란다요, 애 버릇 나뻐지게."

아버지와 나는 마을을 걸어나왔다. 장터에서 아버지는 자장면을 사주었다.

이틀 뒤 나는 수업이 끝나자마자 집으로 달려갔다. 아버지는 돌아와 있지 않았다.

"점심 자시고 가셨는디 금방 오겄냐?"

어머니가 찐 고구마를 내놓으며 말했다.

"소 꼭 사온다고 했제?"

"그랄라고 갔다만…… 오쟁이 아부지가 따러나섰응께 잘 안되겄냐? 그 양반이 그래도 흥정 붙이는 디는 느그 아부지보다 난께."

해가 설핏 기울고 형이 돌아왔는데도 아버지는 돌아오지 않았다. 나는 형과 함께 동구 밖까지 서너 차례나 들락날락했다.

"하긴 버스에 못 태운께 소를 걸켜 오자면 늦을 거네 잉?"

위안이나 삼자고 나는 네댓 차례도 넘게 같은 말을 반복했다. 어머니가 저녁상을 밀어주었지만 우리는 뜨는 둥 마는 둥 했다.

아버지가 돌아온 것은 달빛이 훤할 때였다.

술에 취해 비틀거리며 사립문을 들어서는 아버지를 보며 우선 나는 소 고삐가 들렸는지 살펴보았다. 그러나 달빛 아래 선 아버지는 맨손이었다. 아니다. 손에는 예의 그 종이 꾸러미가 달랑달랑 매달려 있었다. 아버지는 종이 꾸러미를 땅바닥에 내던지고 감나무 밑으로 걸어가 통나무처럼 털썩 주저앉았다.

나는 얼른 종이 꾸러미부터 풀어헤쳤다. 돈 꾸러미를 확인해야 현실을 받아들이겠다는 조급함 때문이었다. 하지만 종이 꾸러미에서는 차갑고 물컹한 고깃덩어리가 나왔다.

"워매, 소를 잡어부렀는갑다, 씨!"

나는 나도 모르게 그렇게 소리쳤는데, 형이 대뜸 내 뒤통수를 콕 쥐어박았다. 아버지가 껑껑 울고 있었던 것이다.

"그 집구석도 한심하더란 말이지. 그 소가 단매소라 그거 없으믄 농새고 뭐고 못 묵고 산디야. 위매!"

아버지의 우는 모습을 본 것은 그때가 처음이었다.

뒷날 가출한 형이 송아지 한마리를 몰고 나타났을 때 아버지는 그 송아지를 하룻밤 동안 대문 밖에 세워두고 들이지 않았다. 당시 고등학교 3학년생이던 형은 사귀던 여자가 임신을 했다는 소식을 듣고 무작정 가출을 했다. 수술비를 마련한답시고 서울로 올라간 것인데 두 달 동안 가리봉동 사출공장에서 삼십만원을 모아 내려와보니 그 여자가 새빨간 거짓말을 했다더란다. 집에 들어오기도 면목이 없던 형은 그 돈으로 송아지 한마리를 사온 것이다. 소가 똥금이던 시절이었다.

"위매, 내력없는 손지가 하나 들어왔네. 내력없는 소 손지가……"

아버지는 며칠간 외양간 앞에서 그렇게 한탄했다.

아무튼 그 송아지가 자라 송아지를 낳고, 그 송아지가 또 송아지를 낳아 지금은 얼추 네댓 대나 배가 갈린 암소가 외양간을 지키고 있으며 아버지는 그놈 기르는 재미로 사신다.

"요놈의 짐생이 정을 안 줄래도 정이 안 들 수가 없는 짐생이여. 하긴 우리 자석놈들은 요놈이 다 갈챘응께. 난 심 하나 안 썼구만."

—『실천문학』 2000년 겨울호

지난 몇년을 나는

이상스럽게도 상주(喪主)가 된 기분에 젖어 지냈다.

하루하루가 상중이었다고 해도 지나치지 않았다.

그것이 역사라는 것에 대해 갖는

지나친 엄숙주의라 해도 좋고, 죽은 이들에 대한

알량한 부채의식이래도 상관없다.

연이 생각

이제는 전부나 전무의 상태가 존재하리란 건 믿지 않는다.

하지만 분명한 것은 내가

그 죽음의 터널을 채 빠져나오지 못한 데에는

그의 죽음이 늘 놓여 있다는 자각이었다.

나는 그를 잃은 슬픔과 고통을 말하려는 게 아니다.

일상을 잃은 상주의 일상에 망자를 향한 슬픔과 고통만이 있겠는가?

상주의 일상은 도피한 자의 그것과 같을 수도 있다.

좀 독했던 여자에 대해 이야기하려고 한다. 하지만 독하다는 표현
엔 썩 자신감이 없다. 나는 종종 연이(淵伊)——그에게도 이름이 있었
으나, 망자가 된 마당에 실명을 거론하는 게 아무래도 육신을 못 썩게
하는 일만큼 가혹하리라 싶어 그저 '연이'라 부른다——에게 독종이라
고 말한 적은 있지만, 그가 자진한 마당에 도대체 어떤 삶을 두고 독
하다고 해야 하는지 지금으로선 모호해졌다. 때때로 죽음보다 못하게
여겨지는 삶에 맞서 살아남는 일이 독한 것인지, 스스로 생을 버리는
행위가 보통의 용기로는 어림없는 짓이라면 그야말로 독종이 아닌지,
생각이 연이의 죽음에 이르면 더없이 혼란스러워진다.

　　연이는 스물다섯의 나이로 짧은 생을 접었다. 벌써 칠년 전의 일이
다. 칠년은 죽은 자를 잊기에는 턱없이 짧은 세월일지 모른다. 하지만
망각의 집념이 강한 존재가 또 사람이어서 누군가를 열두번도 더 잊

을 만한 시간일 수도 있다. 더구나 아름답지 못한 죽음에 대한 우리의 망각의 집념은 얼마나 맹렬하던가.

따지고 보면 그의 죽음 이후에도 나는 잘 살아왔다. 앞으로 그에 대한 추억을 상실한다 해도 난 무난하게 살아갈 것이다. 그렇다면, 무엇 때문에 시간이 한참 물러난 마당에 그의 삶과 죽음을 들춘단 말인가? 말과는 달리 행여 나는 그의 죽음을 합리화하거나 미화하여 그 덫으로부터 도망치고 싶은 욕망에 사로잡혀 있는 것은 아닐까.

그럴지도 모른다. 솔직히 나는 그의 죽음에 어떤 의미를 부여하느라고 꽤 애를 쓰며 살아왔다. 나는 그가 생이 버거워서 도망쳐버린 아이쯤으로 남아서는 안된다는 무슨 강박증 같은 심리에 시달려왔다. 일테면 나는 무모하게도 그의 죽음이 한때 거리에서 쓰러져간 숱한 젊은이들의 죽음과 나란히 놓여 있기를 바랐을 것이다. 그의 죽음이 저 1991년 여름, 소위 그 전염병처럼 번지던 죽음의 행렬의 마지막으로 기억되길 원했으며, 나아가 열사의 시대라고 해도 지나치지 않을 저 1980년대적인 죽음들에 대한 어떤 마지막 상징쯤으로 자리잡기를 바랐는지 모른다. 그래서 연이를 추억하는 행위가 결국은 한 시절에 대한 기억을 지우겠다는 것 아니냐고 누군가가 혐의를 씌운다고 해도 나는 딱히 부정할 생각이 없다.

아무튼 나는 연이의 죽음에서 어떤 의미를 찾으려는 의도를 꽤나 진지하게 마음속에서 키워온 셈이다. 이때껏 그 아이의 죽음은 그런 의도 때문인지 늘 내 곁에 머물렀다 해도 과언이 아니다. 마치 나는 상복을 못 벗은 상주처럼 일상을 잃고 살아왔다. 그렇게 되자, 마치 그의 죽음에서 자유롭게 되는 길은 그 길밖에 없는 것마냥 여겨지기도 했다. 그렇다고 해서 그의 죽음 앞에 어떤 비석을 세우자는 의도는 아니었다. 열사라니, 당치도 않다. 그는 그저 평범한 대학생이었고, 그 나이에 할 법한 고민을 안고 살다가 스스로 목숨을 버린 나약한 젊은이에 불과할 뿐이다. 그에게 누군가 열사의 이름을 붙인다면 그것은 오히려 그 시대에 대한 지독한 희화화이기 십상이고, 한편 연이에게는 더없는 모욕이 되리라 생각한다.

그렇지만 지난 몇년을 나는 이상스럽게도 상주(喪主)가 된 기분에 젖어 지냈다. 하루하루가 상중이었다고 해도 지나치지 않았다. 그것이 역사라는 것에 대해 갖는 지나친 엄숙주의라 해도 좋고, 죽은 이들에 대한 알량한 부채의식이래도 상관없다. 이제는 전부나 전무의 상태가 존재하리란 건 믿지 않는다. 하지만 분명한 것은 내가 그 죽음의 터널을 채 빠져나오지 못한 데에는 그의 죽음이 늘 놓여 있다는 자각이었다. 나는 그를 잃은 슬픔과 고통을 말하려는 게 아니다. 일상을 잃은 상주의 일상에 망자를 향한 슬픔과 고통만이 있겠는가? 상주의 일상은 도피한 자의 그것과 같을 수도 있다. 쾌감까지는 아니더라도, 자책감 따위는 안 가져도 되는, 일탈이나 혹은 도피를 꾀한 자의 은근한 안락함이 공존할 수도 있다는 것이다. 하지만 그것은 죽음의 이름으로 얻어지는 휴가증이다. 그래서 일탈과 도피의 일면을 의식하는 순간 상주는 스스로 못 견딜 만큼 황폐해진다. 그럼에랴 제 스스로 죽음의 그늘로 도망가버린 자의 마음은 어떻겠는가. 나는 더 황폐해지기 전에 아무도 입혀준 적이 없는 이 상복을 벗고 빨리 일상으로 되돌아가고 싶었다.

하지만 돌아가야 할 내 일상이란 게 있었는가?

졸업과 함께 들어간 직장에서 나는 건강상의 이유로 한달을 채 못버티고 나와야 했다. 1997년 봄이었다. 동료들과 점심을 먹고 나서 나는 책상을 정리하고 가방을 쌌다. 회사 문을 나선 나는 어디로 가야 할지 몰라 한참을 회사 앞에 황망히 서 있었다. 그러고 보니 터무니없게도 가죽 가방은 버튼이 채워지지 않을 만큼 불룩했다. 회사로 다시 돌아올 수 있을 것이라는 막연한 기대로 병원에서 챙겨볼 만한 서류들을 담아 나온 사실을 그제야 알아챘다. 실직자가 된 신세에 감히 직장인의 일상을 꿈꾼 것이다. 나는 퇴근 후 동료들과 곧잘 드나들곤 하던 회사 옆 당구장 건물로 향했다. 나는 당구장으로 오르는 계단에 서서 그동안 참기라도 한 듯 찔찔 눈물을 짰다.

　B형간염으로 치솟은 GOT, GPT 하는 간기능 수치를 다스리기 위해 병원에 입원했다가 열흘 만에 퇴원하여, 담당의사의 권유대로 행여나 간염 바이러스에 대한 항체가 형성될까 싶어 확률이 낮은 인터페론 치료에 들어갔다. 일주일에 세 차례씩 냉장고에서 인터페론 주사제를 꺼내 손수 팔뚝이나 다리 정강이의 근육을 찾아 주사해야 했다. 약을 투여한 날은 몸살 기운과 흡사한 전신결림, 미열, 구토증, 그리고 무력감으로 종일 누워지냈다. 약기운이 잦아들어 운신할 만해진 이튿날은 폐병환자처럼 창백한 얼굴을 하고 아파트단지의 근린공원으로 볕을 쬐러 갔고, 그 이튿날 다시 바늘 자국이 없는 근육을 찾아 주사를 놓았다. 이 역시 후유증의 일종인지, 아니면 그런 생활의 연속이 낳은 심리상태 때문인지 나는 스스로 목숨을 놓고 싶은 욕망에 시달렸다. 몸을 한없이 가라앉히는 약의 후유증은 하루이틀 시간이 지나면서 그런대로 견딜 만해졌지만, 자살 충동만은 오히려 더 강렬해졌다. 그럼에도 나는 살아보려고, 아니 그런 목적도 상실한 채 손수 제 몸에 주삿바늘을 꽂고 약기운이 퍼지는 것을 느끼며 나날을 살아내고 있었다. 생존이 결코 의식적인 활동이 아닌, 지극히 자연스런 몸

의 반응일 뿐이란 사실도 새삼스러웠지만, 생명현상 자체가 그토록 치욕스러울 수 있다는 것도 실감하는 날들이었다.

하루는 상경한 친척 어른을 배웅하기 위해 서울역에 나가야 했다. 서울은 바야흐로 황사의 계절이었다. 매연과 섞여 하늘을 뿌옇게 뒤덮은 황사는 마음속까지 밀려들어 일식의 대낮처럼 어떤 불안과 불쾌감마저 던져주었다. 간간이 바람이 있었지만 하늘 깊숙이까지 고인 그 불투명한 공기는 전혀 씻겨나가지 않고 더욱 농밀해져갔다. 그날은 약을 거른 날이었음에도 오랜만의 장거리 외출 탓인지 나는 미열에 멀미 기운까지 겹쳐 몸과 마음은 끝없이 바닥으로 가라앉았다.

서울역 광장에서 예기치 않은 한 전시회와 맞닥뜨리면서 내 마음은 더욱 흔들리기 시작했다. 빨랫줄처럼 철줄이 쳐지고, 그 줄에는 두꺼운 하드보드의 대자보가 백오십여장 만국기처럼 치렁치렁 매달려 있었다. 전시용 줄은 족히 백 미터가 넘었다. 흔히 우리가 열사로 부르는 인물들이 대자보마다 한명씩, 영정사진과 짧은 생애와 죽음에 이른 정황, 간혹 유언 한마디가 덧붙여져 간단히 소개되어 있었다. 매년 유월경 민족민주열사 합동추모제에 즈음하여 거리에서 구경하곤 하던 그런 전시회 풍경이었다.

걸음을 멈춘 채 대자보를 들여다보는 사람들은 드물었다. 스무 명 남짓한 노숙자들이 뿌연 하늘에 계란 노른자처럼 눌어붙은 볕을 쬐며 콘크리트 차단벽에 걸터앉아 있었다. 행인들의 시선은 오히려 그 노숙자들의 무리에 머무는 편이었다. 살림이 거덜난 나라의 상징이 되어버린 군상들을 확인하고픈 심사들이었을까. 그러나 어찌 보면 구경이라기보다는 반쯤 던져진 무심한 시선에 지나지 않은 것 같기도 했다. 내가 역 광장에 발을 들여놓을 때부터 그랬듯, 행인들도 역시 열

사들의 대자보와 노숙자라는 두 피사체를 외면하고픈 부담감에 사로
잡혀 있었는지도 모른다. 나는 그 백오십여명에 이르는 영정을 무슨
긴 담벼락이라도 끼고 걷는 사람처럼 예의 그 엉거주춤한 시선으로
지나쳐갔다. 그 영정의 담벼락이 끝나는 지점에 모금함이 놓여 있었
다. 또 한번 난감한 상황에 직면한 기분이었다. 나는 천원권 지폐 한
장을 모금함에 넣고, 그 모금함 옆에 쌓인 자료집 한권을 낚아채듯 해
서 자리를 벗어났다.

버스가 용산 국제빌딩 앞을 지날 무렵, 나는 비로소 그 백여 쪽에
달하는 자료집을 돌돌 말아 손에 쥐고 있음을 알았다. 신문을 펼치듯
나는 무심히 그 자료집을 펼쳐들었다. '우리의 죽음을 헛되이 하지 말
라'는 제목의 자료집에는 전시회의 대자보에 실린 그 사진과 글들이
수록되어 있었다.

펼쳐든 자료집에는 한 노동자의 흑백사진이 실려 있었다. 권미경.
1969년 6월 24일생. 나와 동갑내기였다. 초등학교를 졸업하자마자 부
산 보세신발공장 노동자가 된 그는 1991년 (주)대봉에서 미싱공으로
근무하다가 회사 삼층 옥상에서 투신, 경남 양산 솥발산묘원에 안장
되었다고 했다. 그 밑에는 짤막하게 그의 마지막 행적들이 기록되어
있었다.

지역 노동자들의 독서모임인 '도서원 광장'에 나가면서 노동자의 의
식에 눈을 뜬 그는 신발업체인 대봉에서 1991년 11월부터 어용노조
의 협조 속에서 회사가 펼치는 30분 일 더하기 운동, 구사 운동 등 노
동 통제 강화에 맞서 공장 옥상에서 투신, 죽음으로 항거하였다. 다음
은 팔뚝에 남긴 유서 전문이다.

'사랑하는 나의 형제들이여! 나를 이 차가운 땅에 묻지 말고 그대

들 가슴속에 묻어주오. 그때만이 우리는 완전한 하나가 될 수 있으리. 인간답게 살고 싶었다. 더이상 우리를 억압하지 마라. 내 이름은 공순이가 아니라 미경이다.'

이런 내용의 죽음, 혹은 죽음 자체를 알리는 글들을 한때는 일상적으로 보아온 터에 나는 왜 그랬을까. 난데없이 울컥 솟구치는 격정을 주체할 수 없었다. 당황한 나는 주먹으로 눈자위를 누르면서 사람들의 시선을 피해 창밖으로 낯을 돌렸다. 퇴근시간이라 도로는 막히고 있었다. 번번이 신호 구간에 갇힌 버스는 신호가 세 번 정도 바뀌어야만 겨우 그 구간을 벗어날 수 있을 지경이었다.

나를 당황케 한 그 격정의 원인이 무엇인지 알 길이 없었다. 어렴풋이나마 짐작하건대 그 죽음의 비극성에 나 자신을 투사하고 있는 듯했다. 나는 그 비극적 죽음에 기대어 일종의 대리만족을 하고 있다는 느낌을 받았다. 그 죽음은 나의 죽음이었고, 순식간에 틀어막았던 격정은 나의 죽음에 흘리는 세상의 눈물이리라는 생각이 들었다. 어쩔 수 없이 나는 심한 혐오감에 사로잡혔다. 그리고 연이가 생각났다. 그 마지막이 얼마나 절박하고 외로웠을까?

1993년. 그해 추석은 구월 마지막날이었다.

추석 연휴를 이틀 앞두고 나는 연이가 지내고 있는 기숙사에 전화를 걸었다. 내 쪽에서는 거의 일년 만에 취하는 연락이었다. 스스로 힘들고 외롭다는 생각에 젖어 있던 나는 예전에도 그랬듯이 연이로부터 어떤 위로를 받고 싶었을 것이다. 아쉽게도 그와는 연락이 닿지 않았다. 며칠째 학교에서 보이지 않는다는 경비실 아저씨의 신경질적인 대답만 들을 수 있었다. 추석이 끝나고 나는 그의 학교로 직접 찾아갔다. 경비실 아저씨는 몇번이나 관계를 물은 뒤에야 그가 추석 전에 학교 연못에 투신자살했다는 말을 전해주었다. 소식을 알리지 말라는 유족들의 간곡한 부탁이 있었다는 말도 덧붙였다.

수소문 끝에 장례식에 동행한 학교 친구 한명을 만나보았지만 분당 어름의 생모 무덤 옆에 묻혔다는 이야기뿐 다른 대답은 얻지 못했다. 그 동료라는 여학생은 장의차에서 내내 머리를 박고 있었기 때문에 그곳이 어디쯤이었는지 기억할 수 없다는 것이었다.

형부 되는 이가 서울에서 지낸다기에 그곳에도 연락을 취해보았다. 그는 서초의 어느 빌딩 한 층을 세내어 '신선초 녹즙 서울영업소'를 운영하고 있었다. 연이를 통해 아버지와 오빠가 고향의 바닷가에서 신선초 농장을 몇년째 운영하고 있다는 말을 이미 들은 터라. 그의 가족 중 한사람이 영업소의 일을 맡고 있다는 사실이 새삼스럽지는 않았다. 그를 찾아나설 무렵에 나는 그의 자살 동기를 확인하겠다는 생각 따위는 하고 있지 않았다. 나는 그의 장지를 알고 싶었다. 마치 그의 무덤 앞에 서면 망자로부터 왜 죽었는지 직접 얘기를 들을 수 있다고 믿는 사람처럼 나는 그의 실존 공간인 무덤을 찾고 있었다.

그러나 그의 형부는 되레 집안에서도 조용히 잊혀져가니 사정을 이해해달라는 부탁을 해왔다.

"며칠 후면 처제 결혼이 있어요."

처제라면 연이의 배다른 언니를 이르는 말인 듯싶었다. 나는 두말없이 물러나야 했다.

그 집 사정도 이해되지 않는 바는 아니었다. 따지고 보면 연이의 죽음은 아무래도 내놓고 알릴 만한 것은 아니었던 것이다. 그런데도 나는 그 가족의 처사가 얄밉고 서운했다. 그의 죽음에 얽힌 시시콜콜한 내막을 듣자는 것도 아니고, 단지 망자의 지인으로서 묘 앞에 분향할 기회를 갖자는 것인데 그렇게까지 나올 필요가 있느냐는 생각이 들었다. 그의 죽음이 있고 바로 며칠 동안 내가 당했던 피곤하고 당혹스런 일들을 생각하면 가족에 대한 서운함은 한층 더했다.

생이 짧았든 길었든 연이도 이제 몇가지 선험적인 말로 남을 때가 된 것 같다. 그에 대한 숱한 기억들은 곁가지는 흩어지고 몇개의 굵은 가지로만 남았으리라.

비록 연이는 짧은 생애를 살다 갔지만 그에게는 여러 층위의 인간관계가 있었다. 그에 대한 기억들은, 그래서 여러 층위로 존재할 것이다. 우선 내 경우는 남도의 소읍을 동향으로 두고 있는 고향 친구인 쪽이다. 그렇다고 죽마고우는 아니다. 그와 함께 보낸 시간이라고는 중학교 시절의 이년과 1990년을 전후로 한 일년 남짓이 전부이다. 그 외에 그와 특별히 함께 묶여질 만한 추억은 별로 없다. 우리는 고등학교와 대학교도 따로 다녔고, 중학교 졸업 후 만났던 기억도 기껏 스무번 안팎을 헤아리지 못한다. 그 소원한 만남을 메울 그나마의 소통이 있었다면 가끔 주고받은 편지와 엽서 정도나 될까.

나와 처지가 같은 동향의 몇몇 친구들은 그를 당찬 아이로 기억하고 있는 편이다. 그런 경우는 대부분 그가 우리 앞에 나타난 중학교 2학년 무렵을 기억하는 친구들이다. 내가 다닌 중학교는 졸업생을 두 학년밖에 못 낸 신설학교였다. 마을이 없는 들판에 무슨 은밀한 연구소처럼 들어선 학교였는데, 보통 신설학교가 그렇듯 여러모로 정돈이 되지 않아 퍽 어수선하였다. 비가 오면 운동장의 모래가 휩쓸려내려가 전교생이 진흙이 불컥거리는 운동장으로 나가 땅을 고르고 마사토와 모래를 뿌리는 일에 동원되었다. 체육시간과 실업시간은 아예 정원 가꾸는 시간으로 대체되었고, 교실과 복도의 바닥을 윤내느라 바지 무릎은 늘 양초 때로 반질거렸다.

연이가 우리 앞에 나타난 날도 우리는 운동장에서 돌을 골라내는 작업을 하고 있었다. 두 여자아이가 손을 맞잡고 교문으로 들어섰다. 우리는 일손을 놓고 두 아이를 지켜보았다. 큰 아이는 우리 또래로, 작은 아이는 한참이나 어린 일고여덟살 정도 되어 보였다.

돌연 두 아이는 진입로 중간에서 걸음을 멈추었는데, 그때부터 우리는 한동안 입을 다물 수 없었다. 작은 아이가 치마를 걷고 길 위에 쪼그려앉았다. 학생들이 빤히 쳐다보는 길 가운데에서 그 아이는 천연덕스럽게 똥을 누는 거였다. 금방이라도 그 냄새가 우리의 코끝으로 달려드는 기분이었다.

"음마, 저 가시내들 좀 봐."

누군가 어이없다는 듯 중얼거렸다.

동생이 똥을 누는 동안 언니는 연습장을 찢어내 비벼서 밑씻개를 만들었다. 이윽고 동생이 일을 마치자 언니는 동생에게 엉덩이를 들게 하고 서너 번에 걸쳐 밑을 말끔히 닦아주었다.

동생을 그 자리에 세워놓은 언니는 이제 우리들 쪽으로 다가왔다. 우리는 황당함과 호기심이 뒤섞인 시선으로 이 낯선 이방인의 숨소리도 놓치지 않겠다는 듯 뚫어지게 바라보고 있었다. 머리를 두 갈래로 땋아내린 여학생은 얼굴이 희다 못해 희묽어 보였다. 그는 우리들 중 하나를 찍어놓고 다가오는 것 같았다. 그 많은 시선을 한몸에 받으면서도 그 아이의 시선은 전혀 흔들리지 않았다.

"얘, 그것 좀 빌려줄래?"

그는 한 남학생 앞에 서서 그렇게 말했다. 그 녀석은 바짝 굳어서 손에 들고 있던 삽을 내놓았다. 내놓았다기보다는 그 아이가 빼앗았다고 해야 옳았다. 삽을 받아든 그는 오던 길로 되돌아갔다.

그 여학생이 변을 떠다가 울타리 너머 밭으로 던지는 모습을 우리는 조용히 지켜보았다. 삽질은 별로 능숙하지 않았는데 일련의 그 행동으로 인해 그 아이는 꽤나 어른스러워 보였다.

이튿날 한 아이가 서울에서 전학을 왔다는 소문이 나돌았다. 덤으로 따라붙은 소문은 혀를 내두를 만큼 만만치 않았다. 재혼하는 아버지가 미워서 여동생 하나를 데리고 외가를 찾아 제 발로 내려온 아이라는 거였다.

뒷날 대학생이 되었을 때 동창들 사이에 그에 관한 확인 안된 일화 한토막이 회자되었는데, 지하철이 터널 속에서 멎자 문 옆에 밀봉된 도끼를 꺼내어 문을 열었다는 이야기이다. 일견 촌스런 아가씨의 실수담으로 웃음거리가 될 만도 했지만, 오히려 친구들 사이에서는 그의 당찬 이미지를 더욱 굳혀주는 구실을 하기에 충분했다. 그러나 당찬 아이로 기억하는 축들은 대부분 그를 중학생 시절에 접했거나 피상적으로 관계를 맺어온 편에 속한다.

그에 관한 기억에서 나오는 반응 중 또다른 갈래도 있다.

"아, 그 부담스러운 아이!"

당찬 아이와 부담스러운 아이가 어떻게 한가지 기억에서 나올 수 있을까? 그럴 수도 있을 것이다. 당차다거나 부담스럽다는 인상평은 동전의 양면과 같은 것이니까. 하지만 그가 부담스러운 아이였다는 기억에는 우리 세대가 일반적으로 갖는 심리도 한몫 작용하고 있다. 흔히 아버지 세대가 가지고 있는 요소를 그는 많이 가진 편이었다. 일테면 식민지와 전쟁, 가난과 독재를 체험한 세대에게서 종종 느껴지는 곤궁함, 핍진함 따위가 그에게도 느껴졌다는 것이다. 모든 것은 생

(生)으로 귀결되고, 선택의 여지가 없다는 듯 늘 몸으로 밀어간다. 그것은 우리 세대에게 이질감을 갖게 하는 것들이다. 끝없이 주눅들게 하는 만큼 또 불편하기도 한 게 그 세대의 체험과 정서이다.

연이의 복잡한 가족사도 그러했고, 스스로의 선택인지는 모르나 아르바이트와 학업을 병행했던 그의 소녀가장 노릇도 친구들에게는 그런 이미지를 심어주었을 것이다.

중학교 졸업 후 연이를 다시 만난 것은 대학에 진학한 1989년이었다. 노량진에서 고향 친구들이 모였는데 거기 홍일점으로 연이가 앉아 있었다. 그는 모대학에서 루마니아어를 전공하고 있었다. 권좌에서 쫓겨난 독재자 차우셰스쿠로 인해 그 나라가 부쩍 가까워진 시절이었다. 그는 여전히 아버지와 불화중인지 백화점에서 아르바이트를 하네, 과외지도를 하네 하며 어렵게 학교를 다니고 있었다. 재수생의 길을 밟는 친구들이 하숙을 하고 있는 노량진이 자연스럽게 모임의 장소가 되었다. 가끔 연이가 백화점 아르바이트를 하는 을지로로 나가 철없이 그의 주머니를 축내기도 했다. 미팅도 꺼리던 당시의 대학가 분위기에서 그 모임에 나가는 자체만으로도 나는 마치 휴가를 얻은 군인처럼 숨통이 트이곤 했다.

때로 집회장에서 연이를 만나기도 했다. 정리집회가 끝나고 그를 찾아보면 그는 벌써 아르바이트를 하러 자리를 떠나고 없었다.

어느날 불쑥 연이가 내 자취방을 찾아왔다. 잠결에 허리를 감는 섬뜩한 냉기에 나는 번쩍 눈을 떴다.

"아이, 추워!"

연이였다. 밤길을 걸어왔는지 그는 무릎을 꿇고 내 허리 밑에 차가운 손을 묻고 있었다.

"야, 너두 내가 민중으로 보이니?"

그는 앞뒤없이 불쑥 그렇게 물었다.

"너두 내가 소녀가장에다가 지지리 궁상인 게 마음에 드냐구?"

그러고 보니 그의 입에서는 술냄새가 풍겼다. 나는 몇차례 들은 적 있는 주정인 것 같아 "애인하고 싸웠구나?" 하고 대꾸했다.

"날 좋아하는 이유가 글쎄, 고아에다가 고학생인 프롤레타리아이기 때문이래. 니가 들어도 정말 유치하지 않니?"

"니는 자발적인 고아에다가 용돈 많은 부르주아 학생이야."

나는 그렇게 응대하고 말았는데, 실제로 당시 애인이었던 그의 선배가 그런 이유로 연이를 좋아했는지 어쨌는지는 모르겠다. 그 선배와의 연애는 그리 오래가지 않은 것으로 알고 있다.

그날 밤, 간간이 눈을 떠보면 연이는 주방에서 무슨 먹을거리를 지지고 볶느라 부산하게 움직이고 있었다. 이튿날 아침에 일어나보았더니 연이는 보이지 않고, 상 위에 반찬 몇가지와 함께 쪽지가 놓여 있었다.

'동생한테 반찬 몇가지 해서 여수에 내려간다. 네 것도 좀 떼어놓았으니 잘 먹고 깡깡 성해라.'

상 위에는 장조림, 멸치볶음, 어포무침 따위가 놓여 있었다. 그후로도 연이는 백화점 아르바이트를 마친 금요일 늦은 밤이면 내 방을 찾아와 밤새 반찬을 만들어서 첫 기차 편으로 여수에 가곤 했다. 그 똥을 누던 동생이 자라 여수에서 중학교를 다니고 있었다.

연이에게 친구 이상의 어떤 감정을 품지 않았다면 거짓말일 것이다. 언젠가 나란히 누워 이야기를 나누다가 내 손이 그의 가슴으로 조심스럽게 올라간 적이 있다. 그는 내 손을 살며시 쥐었다.

"아마 난 너희들을 한번씩은 다 떠올리며 수음을 했을 거야."

연이가 그렇게 말했을 때 나는 그의 손길이 무엇을 의미하는지 잠깐 헷갈렸다. 내 손이 다시 움직이자 그는 완강하게 쥐었다.

"내가 왜 데모에 나가는 줄 아니?"

"………"

"동무들이 다 거기에 있기 때문이야. 난 혁명이니 민주화니 하는 거, 별로 관심없는 것 같아. 솔직히 내가 꿈꾸는 세상이 너희들이 말하는 세상하고 같은 것인지도 잘 모르겠어. 그게 내게 무슨 의미가 있는지도 잘 몰라. 단지 난 거기에 가 있어야 할 것 같아서 시간에 쫓기면서도 부득불 나가. 나는 다 하고 살 거야. 대학도 꼭 졸업할 거고, 동생도 가르치구, 연애도 할 거구……"

그런 연이가 살며시 내게 입맞춤을 해왔다. 그의 볼은 축축이 젖어 있었는데, 입술을 뗀 그의 입에서는 웬일인지 깊은 한숨이 묻어나왔다.

"날 이기적이라 욕해도 어쩔 수 없어. 좋은 친구를 잃고 싶지 않아."

이듬해 나는 군에 입대를 했다. 그로부터 띄엄띄엄 편지가 배달되어왔다. 친구들이 하나둘 군에 입대를 해서 외롭다는 둥, 새로운 연애를 시작했다는 둥 하는 내용으로 몇차례 편지가 이어지더니 한동안 소식이 끊겼다. 상병이 되었을 때 다시 편지가 날아왔다. 휴학을 하고 고향에 내려가 있다며 남도 생활을 세세히 적어보내왔다.

바야흐로 분신정국이 이어지는 동안 나는 장교들의 쓰레기통에서 나오는 신문을 뒤적거리며 심한 열패감에 젖어 있었다. 그나마 그의 편지가 유일한 위안이었다. 그 무렵 그의 편지를 생각하면 '희망'이니 '절망'이니 하는 말과 함께 '생명'이라는 단어가 떠오른다. 불꽃으로 떨어지는 동료들이 죽음은 사실 우리들이 불러들인 것이라고 했던가. 아무도 지켜봐주지 않았다면 결코 꺼지지 않았을 목숨들이라는 말을 그는 했던 것 같다. 아마 우리는 오랫동안 고통을 당할 거라고 했다. 다분히 자학적인 그의 말을 되새길 때면 반감도 없지 않았다. 젊은 죽음들은 분명 권력을 향해 있다는 공분 때문이었다. 그러나 사실 열패감과 무력증에 더 발을 들여놓고 있던 나는 내심 그의 생각처럼 지내지 않았나 싶다.

휴학을 하고 고향에 내려가기 전, 연이는 학교에 위탁교육을 와 있는 정보장교와 연애를 했다. 그 장교와 연애하는 동안 주위의 친구들이 모두 떨어져나간 것 같은데 당시의 분위기로 봐서 충분히 있을 법한 일이었다. 연이는 그 장교와 결혼도 생각했던 모양이지만 남자 쪽 집안에서 그의 가정환경을 탓하여 혼담이 깨진 것으로 친구들 사이에는 알려져 있다.

그러나 이도 연이의 죽음 이후에 알게 된 사실이지만, 그들의 이별에 결정적인 사건이 있었다고 한다. 그의 애인인 정보장교가 일단의 동료 학생들에게 프락치로 오인을 받아 학내문제로 비화된 일이 있었다. 그 내막은 자세히 모르지만 그의 애인은 학생들에게 감금되어 자술서를 썼고, 그것이 대자보로 학내에 나붙었다고 한다. 그때 연이는 친구들과 애인 사이에서 어떤 행동을 취했는지 알 수 없다. 연이는 죽기 직전까지도 그때의 충격에서 헤어나지 못한 것 같다. 그가 루마니아에까지 건너가 찾은 것들 중에는 파견근무중인 그 정보장교도 있었다.

마지막 휴가를 나올 무렵에 그와 연락이 다시 끊어졌다. 이번에는 내 쪽에서 답장을 몇차례 걸렀기 때문이다. 친구 몇명으로부터 나는 연이에 관한 불미스런 소문을 들었다. 연이가 피라미드 영업을 하면서 친구들 여러 명에게 피해를 주었다는 거였다. 연이의 죽음 이후에 친구들과 만났을 때 개중에는 연이에게 피해를 본 친구들도 있었다. 그들이 하나같이 변상을 받았다는 말을 듣고 나는 다소 충격을 받았다. 어떤 친구는 삼개월 만에, 어떤 친구는 죽기 한달 전에 돈을 돌려받았다는 것이다. 증권사에 다니는 친구는 이런 말을 했다.

"드러내놓고 말들은 안했지만 운동권이 한때 그곳에 많이 몰렸다. 왜 그랬겠어? 단순히 벌어먹기 위해서였을까? 아니야. 그게 아주 고약해. 단순히 보면 이게 한때 우리가 꿈꾸었던 그런 대동세계와 논리가 아주 닮았단 말이야. 순수하면 다 넘어가게 돼 있어."

그 친구들을 만나면서 받은 느낌은 모두가 저만의 애인을 잃은 놈들처럼 하나같이 비통해하였다는 사실이다. 모두가 연이와 어떤 일이 있었다는 뉘앙스를 풍기는 말들을 주워섬겼다. 심지어 술에 취해 따라죽겠다고 설치는 녀석도 있었다. 나 자신도 예외는 아닐 거였다. 어찌나 부끄럽든지 나는 그 술자리에 앉아 있는 게 고통스러웠다.

1993년 봄에 나는 다시 학교로 돌아왔다. 하지만 학교 분위기는 삼년 전과는 영 딴판이었다. 말 그대로 광장에서 도서관으로 모든 게 물러나 있었다.

연이는 여학생임에도 불구하고 여태 학교에 남아 있었다. 보통의 여자라면 대학도 졸업하고 결혼생활이나 직장생활에 한창 바쁠 나이였다. 그런데도 연이는 그때껏 학생의 신분을 벗어나지 못하고 있었다. 89학번. 휴학에 휴학을 거듭한 끝에 늦게까지 학교에 남아 있던 것이다.

봄 축제를 핑계로 한번 만나자는 엽서가 왔는데, 나는 연락하지 않았다. 마음의 여유도 없었거니와 전역 후에 부모님으로부터 자립해야겠다는 결심으로 아르바이트를 하고 있었고, 대학에 들어와서 한줄도 써내려본 적이 없는 소설을 무슨 과제물처럼 붙들고 있었다. 일학기가 끝나기 전에 다시 그로부터 엽서가 왔다. 장학생 특전으로 방학 동안 루마니아로 어학연수를 떠나게 되었다는 내용이었다. 엽서 곳곳에서 꽤나 들뜬 기분을 읽어낼 수 있었다. 당시 연이도 뭔가 자신을 새롭게 추스를 돌파구를 찾고 있었는데, 그게 선교활동인 모양이었다. 그는 어학연수 동안 자신이 선교활동을 할 수 있을지 알아볼 계획이라고 했다. 서로간에 종교 이야기가 오고간 적이 없었기 때문에 그 소식은 다소 의외였다.

루마니아에서 엽서가 두 통 더 날아왔다. 한결같이 절망적인 내용이었다. 독재자를 무너뜨려 민주화를 쟁취한 국민들의 생활이라고는 믿어지지 않을 만큼 참혹한 그곳 민중들의 생활을 목도하고 있노라고 했다. 석탄을 구하느라 구덩이에 들었다가 매몰되어 죽은 두 어린이의 장례식도 보았다고 했다.

'기대했던 것보다 더 병들었고 상상했던 것보다 더 아름답다는 묘한 느낌이 공존하는 나라가 우리 루마니아다. 굳이 우리 루마니아라고 하는 것은 어떤 몸부림일까. 이곳에 온 후 내게 일어난 변화라고 믿고 싶은데 아직은 의지일 뿐이다. 그렇지만 지금은 이 나라보다 더 내가 불확실하다. 너무 성급했다 싶어. 지금 내게 남은 과제는 앞으로의 내 삶이다. 풀고 가면 싶다.'

연수기간이 끝날 무렵에 보내온 마지막 엽서는 더욱 절망적이었다. 한국으로 돌아가 어떻게, 무엇을 하며 살아야 할지 자신의 모든 게 너무 불확실하다는 내용이었다.

'떠날 채비를 끝냈다. 혼란도 스스로 지쳤는지 더이상 상념 속에 빠져들지 않아 좋다. 이제 세상 속으로 다시 돌아가야 할 시간인데 웬일인지 아무 느낌도 들지 않는다. 친구들이 보고 싶을 뿐이다.'

그는 아무것도 풀지 못하고 돌아오는 셈이었다. 그렇지만 나는 그가 그곳에서 무엇을 찾길 원했는지 정확히 알지 못한다. 더구나 그를 죽음에 몰아넣은 절망의 실체도 모른다. 그는 유서도 없이 입을 닫고 말았다. 그가 보내온 두 통의 엽서들을 최근에 다시 들춰보면서 나는 미처 보지 못한 한 구절을 다시 발견할 수 있었다.

'그가 날 그렇게 쉽게 용서할 줄 몰랐어. 사람들이 의외로 시간의 매듭을 잘 짓고 살아간다는 게 놀랍다. 정작 용서받고 싶은 사람은 나 자신이었는가봐. 너무 성급했다 싶어.'

왜 나는 그 짧은 엽서의 글을 숱하게 읽으면서도 그 문장을 놓쳤을까? 의도적으로 그의 엽서를 왜곡하며 읽어왔다는 사실은 꽤나 당혹스러웠다.

아직도 나는 그의 무덤 앞에 분향을 하지 못했다. 무덤을 찾아 그 앞에 선다는 게 이제 와서 새삼 무슨 의미가 있을까 싶기도 하다. 투사도 그 무엇도 아니었던 한 친구가 황량한 새벽길을 걸어가서 연못에 몸을 던졌을 뿐이다. 나도 어느 새벽을 그 연못가에서 맞아보았는데 안개가 매혹적인 연못이었디. 지켜봐주는 건 안개뿐, 아무도 없이 자신의 그림자만 어린 연못 속으로 연이는 뛰어든 것이다.

아마도 우리 세대에게는 분신정국에 보낸 젊은 주검들에 대한 기억이 전쟁이나 가난처럼 기억될지 모른다. 연이는…… 공교롭게도 젊은 죽음들이 많았던 시절의 뒤끝이라는 사실 외에, 그의 죽음을 기억할 이유는 아무데도 없어 보인다. 아직 나는 연이를 어떤 식으로 기억해야 할지 모르겠다. 시간이 스스로 묻고 답해주리라는 기대를 갖고

그를 추억하며 살아가기에는 아직 벅찰 만큼 나는 자신에게도 정직하
지 못한가보다.

—『창작과비평』2001년 봄호

회색 페인트칠로 덮고 있었지만

난간에는 탄흔이 뚜렷했다. 눈을 돌리니 그것은 한두 군데가 아니었다.

마치 소매를 걷으면서 줄줄이

부스럼을 확인할 때처럼 눈길마다 탄흔이 들어왔다.

그는 등골이 오싹해지면서

심장이 뛰는 것을 느꼈다. 누군가 등 뒤에서

국경을 넘는 일

총부리를 들이대고 있으리라는 공포가 엄습해왔다.

그런 심리의 변화는 아주 순식간이었다.

착각이라는 사실을 그 자신도 잘 알았지만 박은 뒤를

돌아볼 엄이 나지 않았다. 금방이라도 등에

총알이 날아와 박힐 것 같은 공포감에 그는 옴짝달싹할 수 없었다.

그때 어디선가 호루라기 소리가 들렸고

박은 저도 모르게 뛰기 시작했다.

국경의 다리 앞에 섰을 때 박에게 특별한 감회 같은 것은 없었다. 단지 자신이 지상의 어느 국경도 걸어서 넘어본 적이 없다는 사실을 깨닫고 약간 긴장했을 뿐이다. 실제로 그는 이곳까지 오면서 돌아가는 일에만 집착했지 국경이 어떤 형태로 존재하는지 생각해본 적이 없었다. 그러나 그곳에서 긴장할 만한 풍경은 눈에 띄지 않았다. 캄보디아 경비병과 태국 경비병이 다리를 사이에 두고 마주서 있었지만 그마저도 백화점 경비원들처럼 정물이 된 풍경이었다. 몇년 앞서 내전기간에 이곳에 서 있었더라면 혹 느낌이 달랐을지도 모른다. 그는 그저 고국의 어느 군사도시 검문소 앞에 이른 느낌이었다. 지나온 다른 마을들보다 행인들과 짐들이 부쩍 늘었고, 출입국사무소니 경비초소니 하는 낡은 콘크리트 건물들이 눈에 띄었다.

박은 하늘을 올려다보았다. 눈이 시리게 깊은 하늘에는 흰구름이

뭉글뭉글 맺혀 있었다. '캄보디아 왕국'을 알리는 아치형 청색 구조물 앞에서 사까모또 일행은 각자의 사진기로 돌아가며 사진을 찍었다. 짐꾼 하나가 흙먼지를 일으키며 거대한 손수레를 끌고 지나갔다. 웬만한 트럭보다 더 큰 손수레였는데 여남은 명이나 되는 사람들이 뒤를 밀고 있었다. 사까모또는 제 친구에게 이 수레를 배경으로 사진을 찍어달라고 주문했다. 이십여 미터 남짓한 다리가 있고, 그 너머로는 태국 땅이었다. 그 다리를 통해 농부나 상인으로 보이는 현지인들이 등짐을 메고 오갔다. 하나같이 종이박스를 마대로 싸서 짊어지고 있었는데, 아마도 국경을 넘어오는 생필품인 듯했다.

박은 맨 뒤로 처져 출국 수속을 밟았다. 외국인 전용 창구는 백인들 몇에 사까모또 일행처럼 젊은 일본인들이 대부분이었다. 국경 인근에 외국인 전용 카지노가 있다는 말은 들었지만 출국 수속 창구 앞에 선 사람들은 대부분 앙코르와트가 있는 시엠 립을 다녀오는 육로 여행객들 같았다. 앙코르와트에는 춘기방학을 맞은 일본 대학생들이 많이 와 있어서 일본의 어느 관광지에 온 느낌마저 들었다.

어느덧 차례가 된 박은 창구 앞에 섰다. 박은 약간은 초조한 마음으로 여권과 출국신고서를 내밀었다. 거무스름한 피부에 눈자위가 유난히 붉은 관리원이 무뚝뚝한 얼굴로 박을 훑어보았다. 박은 자신이 출국 수속을 밟는 게 아니라 심사를 받고 있다는 느낌이 들었다. 관리원이 무슨 흠이라도 잡아낸다면 자신은 국경을 못 넘을 수도 있다는 생각이 들었다. 그런 상상을 비웃듯 관리원은 여권에 도장을 꽝꽝 박았다. 그는 여권을 돌려받으면서 관리원에게 꾸벅 절을 했다.

박은 다리 위로 무심히 발을 내디뎠다. 다리에 들어서자마자 사까모또와 그의 일본인 친구들이 다시 호들갑스럽게 사진기를 눌러댔다.

박은 그들이 오히려 더 신기해 보일 정도였다. 바다로밖에 국경을 상상할 수 없는 그들과 자신은 어쩌면 입장이 다를지도 몰랐다. 시엠 립에 머무는 동안 박은 사까모또 일행과 한 게스트하우스에서 묵었다. 그들은 국경으로 가는 육로여행을 위해 픽업트럭을 대절했다며 박에게도 동행을 권했다. 사까모또는 앙코르와트 여행에서 빼놓을 수 없는 체험거리 중 하나가 이 고단한 육로여행이라고 말했다. 출발 전에 그들은 아랍인들처럼 캄보디아 전통 스카프를 얼굴에 두르고 썬글라스를 착용하여 한나절 동안 헤쳐가야 할 먼짓길에 단단히 대비한 차림이었다.

과연 시엠 립을 벗어나자 아스팔트길은 곳곳이 깨지고 파여 트럭이 덜컹거리기 시작하더니 머잖아 그 아스팔트길마저도 사라지고 비포장길이 나왔다. 메마른 웅덩이도 부쩍 많아져서 트럭은 지그재그로 길 양쪽을 넘나들고 심지어는 도로를 벗어나 메마른 들판을 달릴 때도 있었다. 트럭은 마치 불타는 차처럼 꼬리에 뿌연 흙먼지를 달고 달렸다. 사까모또와 구로다, 우라야마, 그리고 그들과 한대학에 재학중이라는 독일인 유학생 얀은 화물칸 울에 위태롭게 앉아 밧줄을 단단히 그러쥔 채 트럭이 우끈 까불릴 때마다 놀이기구라도 탄 양 비명을 질러댔다. 픽업트럭에는 이들말고도 일본인 고바야시씨와 그의 대학생 딸 나오꼬도 함께 타고 있었는데 나오꼬가 멀미를 해서 트럭이 몇차례 서기도 했다. 이들 부녀는 시종 싸운 사람들처럼 서로 냉연하여 동행인들의 마음을 한자락 어둡게 했다. 어쩌면 딸이 육로여행을 고집했고, 마지못해 트럭에 오른 아버지는 거친 길에 지쳐 화가 난지도 몰랐다. 어쨌든 이 육로여행이 일본 젊은이들 사이에 유행이 되어 있는 건 분명해 보였다. 그러니까 국경을 넘는 일은 이 기획여행의 절정에 해당하는 셈이었다.

태국 쪽에서 걸어온 한 소년이 걸음을 멈추고 웃는 낯으로 다리 위에 선 그들을 바라보았다. 예닐곱살쯤 될까, 웃통을 벗고 운동복 반바지만 걸친 이 검게 그을린 소년은 짐의 무게에 눌려 몸을 한껏 굽힌 채 그 천진난만한 미소를 한동안 보내다가 다시 걸어서 사라졌다. 어떤 기시감에 박은 멈칫해서 고개를 돌렸다. 소년은 금세 인파 속에 묻혀서 보이지 않았다.

발길마다 뿌옇게 흙먼지가 이는 다리는 국경의 다리치고는 무척 낡아 보였다. 박은 일행을 따라 느릿느릿 걸었다. 다리 밑에서 오리 울음소리가 들려오는 것 같았다. 짐꾼들을 피해 콘크리트 난간 쪽으로 다가서던 박은 무춤 물러났다. 회색 페인트칠로 덮고 있었지만 난간에는 탄흔이 뚜렷했다. 눈을 돌리니 그것은 한두 군데가 아니었다. 마치 소매를 걷으면서 줄줄이 부스럼을 확인할 때처럼 눈길마다 탄흔이 들어왔다. 박은 등골이 오싹해지면서 심장이 뛰는 것을 느꼈다. 누군가 등뒤에서 총부리를 들이대고 있으리라는 공포가 엄습해왔다. 그런 심리의 변화는 아주 순식간이었다. 착각이라는 사실을 그 자신도 잘 알았지만 박은 뒤를 돌아볼 염이 나지 않았다. 금방이라도 등에 총알이 날아와 박힐 것 같은 공포감에 그는 옴짝달싹할 수 없었다. 그때 어디선가 호루라기 소리가 들렸고 박은 저도 모르게 뛰기 시작했다. 박은 앞서 걷던 일행들을 밀치고 달렸다. 마주 오던 현지인 하나와 부딪쳐 그를 넘어뜨렸다. 등뒤로 캄보디아 초소 쪽에서 호루라기 소리가 다급하게 들려왔다. 이십여 미터 남짓한 다리가 왜 이리 긴 걸까. 박은 다리를 다 건너기 전에 쓰러지고 말 것 같았다. 다리 끝 태국 쪽 경비병이 허겁지겁 바리케이드를 내리는 모습이 보였다. 박은 바리케이드 앞에서 쓰러졌다.

공안원들이 배낭에서 물건들을 끄집어내 책상 위로 늘어놓는 모습을 박은 의자에 앉은 채 남의 일처럼 지켜보았다. 공안원 하나가 박으로부터 여권을 받아들고 옆방으로 사라졌다. 물 한잔이 앞에 놓였지만 박은 입에 대지 않았다.

"나는 호루라기 소리에 놀라 뛰었다."

"당신이 뛰기 전에 호루라기 소리는 없었다."

박과 공안원들은 같은 말을 수차례 반복했다. 짐에서 특별한 게 발견되지 않자 공안원들은 박을 세우고 몸수색을 했다. 티셔츠에서 반바지로 내리 더듬는 손길이 맨몸을 더듬는 것 같았다. 여권을 가지고 나갔던 공안원이 돌아와 서류 한장을 앞에 놓고 추궁하듯 묻기 시작했다. 그들은 박을 밀수범이나 문화재 사범으로 오인한 것 같았다.

여권과 짐에 특별한 이상이 없어선지, 아니면 그의 말을 믿기로 한 것인지 알 길이 없었지만 박은 삼십여분 만에 풀려났다. 공안원은 문 앞까지 따라나오며 국경에서는 함부로 뛰지 말라고 주의를 주었다.

사까모또 일행은 사무소 앞 벤치에 나란히 앉아 박을 기다리고 있었다. 걱정을 많이 한 눈치들이었다. 박은 부끄러워서 고개를 들 수가 없었다.

태국으로 넘어서자 우선 도로 사정부터 확연히 달라졌다. 아란 시내로 가기 위해 택시를 잡아탔는데 아스팔트길을 달리는 승차감이 그렇게 편안할 수가 없었다. 나오꼬의 표정만 봐도 알 수 있었다. 그녀는 물병의 물로 손수건을 적셔 얼굴이며 목덜미를 닦아내고 박에게도 물이 필요한지 물어왔다.

박의 옆자리에 독일인 유학생 얀이 앉아 있었다. 그는 줄곧 호기심

어린 눈으로 박에게 말을 걸어오곤 했다. 일본인 친구들이 좀더 어리고 자유로워 보인다면, 안경 너머 갈색 눈으로 한참 뜸을 들이고 나서 입을 떼는 얀은 다소 진지하였고 그만큼 경직되어 보였다. 그는 트럭이나 식당에서도 가끔 말을 걸어왔는데 그때마다 박은 긴장하지 않을 수 없었다. 짧은 영어로 소통해야 했고, 또한 그가 주로 입에 올리는 화제가 사회문제인 탓이었다. 오리엔탈리즘을 어떻게 보느냐, 실제로 한국이 이라크에 군대를 보낼 것 같으냐는 둥 박 자신도 명확하게 판단할 수 없는 답을 요구해왔다. 그가 옆에 있으면 박은 슬며시 자리를 피하고 싶은 심정이었다.

"당신을 이해할 것 같다."

박의 얼굴에 웃음기가 돌기 시작하자 그가 넌지시 말을 걸어왔다. 그가 어떤 말을 또 내놓을지 긴장하며 박은 자리를 고쳐앉았다.

"북한 사람들이 많이 죽고 있다고 들었다. 경제적 어려움으로 아이들이 많이 희생되고 있다는데 사실이냐?"

"나도 그렇다고 들었다."

박은 싱긋 웃어 보였다. 그러자 돌연 얀의 표정이 굳어졌다.

"어떻게 웃을 수 있느냐?"

놀랍게도 그는 힐난조로 물었다. 박이 정색을 하고 자리를 고쳐앉았는데 얀은 이미 몸을 돌려 창밖으로 시선을 던져 외면한 채였다. 단단히 틀어진 독일 친구의 어깨를 보며 박은 짧은 한숨을 내쉬었다. 언어가 아니라 표정이 오해를 불러일으켰다니 참 난감했다. 박은 어깨라도 두드려서 변명을 할까 하다가 그만두었다.

일행은 아란 시에서 방콕행 버스를 탔다. 박은 버스가 출발하기 전에 탄산음료를 사다가 일행들에게 돌렸다. 박으로서는 국경에서 끼친

폐를 범충하는 셈이었다. 버스가 주유소에 잠시 멈추었을 때 나오꼬가 박 옆에 와 앉았다. 박은 당황해서 고바야시씨를 건너다보았다. 그는 눈을 감고 있었지만 잠이 든 것 같지는 않았다. 나오꼬는 구운 옥수수 하나를 내밀며 고개 숙여 인사했다.

"아까 자리를 양보해주셔서 감사합니다."

캄보디아 나올 때 트럭의 조수석을 양보한 일을 두고 하는 말 같았다. 심한 멀미에 시달리던 그녀는 국경을 한시간쯤 남겨두고 급기야 음식을 게워냈고, 박은 자신이 앉은 조수석을 양보해야 했다.

"이젠 괜찮으세요?"

박은 나오꼬의 안색을 살피며 물었다.

"그럼요. 배가 고파요."

나오꼬는 옥수수를 들어 보였다. 그녀는 영어 구사가 유창했는데 못 알아듣는 말이 있을 때마다 수첩에 철자를 적어가며 확인시키곤 했다. 그녀는 아오모리 쪽이 고향이고 대학에서 심리학을 전공하고 있다며 3학년인데 졸업 후에는 심리상담사로 일할 계획이라고 했다. 그녀는 한국에 다녀간 경험이 있다고 했다. 어머니와 함께 주말을 이용해 남대문시장에 쇼핑을 갔다가 돌아왔기 때문에 한국에 대해서는 많이 모른다고 부끄러워했다. 어찌나 말투가 조곤조곤한지 박은 옥수수에 입을 댈 수가 없었다. 혹시 그 어머니를 최근 잃은 것일까? 박은 새삼 고바야시씨에게 눈길을 돌렸다. 그는 눈길이 마주치자 고개를 창 쪽으로 돌려 피해버렸다.

"아까 국경에서 얀이 공안원들에게 알려주었어요."

나오꼬가 측은한 눈길로 말했을 때 박은 그녀가 무슨 말을 하는지 얼른 알아들을 수 없었다.

"얀이 알려주다니요?"

"한 아이가 장난감 호루라기를 불었고, 그 소리에 놀라 당신이 뛰었다고요. 저희들은 못 들었는데 얀도 깜짝 놀라 하마터면 함께 뛸 뻔했대요."

그녀는 설핏 웃었다. 박은 버스 통로 맞은편에 앉아 잠든 얀을 건너다보았다.

"그랬었군요."

박은 혼잣말처럼 읊조렸다.

"군대 경험 때문이세요?"

뜻밖의 질문에 박은 그녀를 다시 한번 쳐다보았다.

"제 또래의 한국 남자는 의무적으로 군인이 된다는데 사실인가요?"

아까 국경에서 박을 기다리며 저희들끼리 그런 이야기가 오갔는지도 모른다. 박은 그렇다고 대답했다. 그러나 군대 경험 때문에 그랬던 것은 아니라고 말해주었다. 박은 그녀의 이야기가 조금은 실마리가 될 것도 같았다. 박은 조심스럽게 한국이 분단국가라고 말해주었다. 그녀는 곧바로 하이, 하고 고개를 주억거렸다. 잘 알고 있다는 표정이었다.

"우리에게 국경을 넘는 일은 죽음을 의미하지요. 아마 제 무의식 속에 그런 국경에 대한 공포가 잠재돼 있었던 모양이에요."

나오꼬는 금방 이해하는 눈치였다. 그녀는 조금은 신기하다는 표정으로 박을 바라보았다. 박은 말을 하면서 줄곧 자괴감에 빠져 있었다. 그게 진실일까 의문이었고, 이 이국의 여자 앞에서 자신을 어떤 식으로든 포장하고 싶다는 욕망을 떨칠 수가 없었던 것이다.

잠깐 화제가 끊겨 어색한 침묵이 흐르자 그녀는 생각났다는 듯 수첩을 몇장 넘겼다. 수첩 갈피에는 노란빛이 감도는 꽃이 눌려 있었다. 아직 덜 말라서 물큰하게 향이 배어나올 것 같은 생화였다. 이 치자꽃을 닮은 남방의 꽃을 박은 알고 있었다.

"잠빼이 꽃이군요?"

"이 꽃을 잘 아세요?"

"시엠 립 외곽에 있는 프놈크롬산을 가보셨습니까?"

나오꼬는 머리를 저었다.

"호텔 정원에서 주워왔어요."

"프놈크롬산은 거의 벌거숭이에다가 높이도 얼마 되지 않아 언덕 같은 산인데 그곳에 오르면 똔레삽 호수가 한눈에 내려다보이지요. 산꼭대기에 프레아칸 못지않게 고적하게 허물어져가는 사원이 하나 있는데 늙은 승려가 사원 마당 가득 이 꽃을 말리고 있었지요. 그러고 보니 사원 곳곳에 이 꽃나무들 천지더군요. 약재로 쓰는 꽃이라며 그가 이름을 가르쳐줬어요. 한국에도 크기며 향기가 이와 비슷한 치자꽃이 있답니다. 흰 꽃이 피고 붉노란 열매가 맺는데 약재와 옷감 염색에 사용하지요. 꽃 지는 모습도 비슷해요."

"잠빼이."

나오꼬는 꽃 이름을 나지막하게 읊조렸다. 아마 일본에도 다른 이름으로 불리는 치자가 있을 것이다. 잠깐 그런 생각을 하며 박은 나오꼬의 파리한 얼굴을 훔쳐보았는데 불현듯 세계가 낯설다는 느낌이 여울처럼 일었다. 잇따라 무언가에 대해 영원히 알지 못하리라는 슬픔이 밀려왔고, 그는 왠지 마음이 고즈넉해졌다. 박은 자신이 가장 좋아하는 꽃은 벚꽃이라고 말했다. 나오꼬는 놀란 표정을 지었다. 그녀에게 환심을 사겠다는 생각은 아니었는데도 막상 나오꼬가 그렇게 나오자 박은 다소 당황했다. 곧 이어진 나오꼬의 말을 듣고서 박은 자신이 오해한 것을 알아차렸다.

"저도 벚꽃을 가장 좋아해요. 좋아하는 사람이 너무 많아서 잘 안 밝히지만."

그녀가 그렇게 말할 때는 천생 어린 소녀처럼 보였다. 박은 등을 의자 등받이에 기대었다.

박은 눈두덩에 벚꽃 때문에 생긴 상처를 하나 갖고 있었다. 그가 다닌 초등학교는 일본인들이 세운 오래된 학교로 아버지와 어머니가 졸업을 했다. 교사(校舍)는 새로 바뀌었지만 박이 다닐 때까지만 해도 교정에는 아름드리 벚나무가 그대로 남아 있었다. 삼월 말이면 꽃망울이 터지기 시작해 일주일 새에 온 학교가 환해지도록 만개했다. 벚꽃은 질 무렵이 더 장관이었다. 바람이 불면 꽃비가 분분히 날렸다. 꽃비, 혹은 비꽃을 어떻게 표현해야 할지 박은 잠시 망설였다. 딱히 떠오르는 영어 단어가 없어 박은 나오꼬의 수첩에 '花雨'라고 써 보여주었다. 꽃비라는 말을 사용할 수 있는 꽃은 아마도 박이 알기로는 벚꽃밖에 없을 터였다. 그러나 나오꼬는 얼른 알아듣지 못했다. 박은 숫제 손짓으로 꽃잎이 쏟아지는 모양을 해 보였다. 조금 시끄러웠던 모양이다. 고바야시씨가 힐끗 건너다보았는데 경계하는 눈빛이 역력했다.

"그만 아버지에게 가봐야겠는데요."

박이 말하자 나오꼬는 고바야시 쪽을 힐끗 건너다보았다가 이내 고개를 돌렸다.

"하나 아라시."

표정을 과장이라도 하듯 금방 나오꼬는 웃는 낯이 되었다.

"일본에는 하나 아라시라는 말이 있어요."

나오꼬는 수첩에 '花嵐'이라고 썼다. 꽃과 강한 바람, 화람, 하고 박이 읊조리자 그녀는 정말 머리 위로 꽃잎이 흩뿌리기라도 하는 듯 버스 천장을 올려다보았다.

"영혼을 빼앗긴다는 느낌이 아마 그럴 거예요. 하나 아라시는 상서로운 거라고 신도들이 특히 좋아해요."

박은 교정의 벚꽃 그늘에 서 있기를 좋아했다. 초등학교 2학년 무렵이었는데 그때를 생각하면 벚꽃 만개한 교정만큼 기억들이 뿌옇게 떠올랐다. 그는 한 여자아이를 은근히 좋아하고 있었다. 그애는 담임선생님의 딸이었다. 얼굴 생김새가 어땠는지, 어떤 머리 모양을 했는지 기억은 가물거려도 그 아이의 체취만은 선명하게 떠올랐다. 그 아이한테서는 늘 파스 냄새가 났던 것이다. 담임선생님은 선량해 뵈는 인상이 무색하게 한순간에 몹시 괴팍해지곤 했다. 화가 나거나 성에 차지 않으면 다른 아이들은 전혀 손을 대지 않으면서도 유독 자신의 딸에게는 손찌검을 심하게 했다. 맨주먹으로 뺨이며 등짝을 어찌나 매섭게 후려패는지 그런 날은 교실이 공포에 휩싸이곤 했다. 풍금을 칠 때 흥에 겨워 눈을 감고 고개를 좌우로 흔들거리던 그 선생님이 맞나 싶을 정도였다. 그는 딸아이를 때린 날은 으레 자습을 시켜놓고 딸을 데리고 사택으로 가서 파스를 붙여 돌아오곤 했다. 그 아이가 계모 밑에서 산다는 소문이 있었는데, 아이들은 쉬쉬하면서 그 아이를 콩쥐라 불렀다. 파스를 목덜미와 등짝, 뺨에 붙이고 앉아 있는 그 아이가 웃는 것을 박은 한번도 보지 못했다. 그 아이를 보고 있노라면 박은 아릿한 슬픔에 젖곤 했다. 그러던 어느날 청소시간에 박은 그 아이가 교실 창닦이를 하다 말고 기쁨인지 슬픔인지 모를 묘한 표정을 지은 채 망연히 창틀에 붙어 있는 것을 목격했다. 그날도 그 아이는 산수시간에 직선의 '미만'과 '이하'의 차이를 제대로 설명하지 못해 선생님에게 얼굴이 빨개지도록 맞았다. 창 너머로 그 아이는 마치 백치처럼 보였다. 분분히 날리는 비꽃에 취한 눈빛이었다.

박은 그 아이의 시선이 머무르는 벚꽃나무 그늘 아래로 나무막대기하나를 들고 들어갔다. 힘껏 나무막대기를 던지자 색종이 바구니가 열리듯 꽃잎이 쏟아져내렸다. 창가를 힐끗 쳐다보니 여자아이는 눈을 동그랗게 뜨고 입을 벌리고 있었다. 그는 다시 한번 막대기를 집어던졌다. 그때였다. 뭔가가 날아와 박의 눈을 덮쳤고, 그는 눈을 감싸쥐고 주저앉았다.

"누군가 던진 빗자루에 맞은 겁니다. 자, 여기예요. 상처 보이죠? 아홉살 때였습니다. 병원에서 다섯 바늘이나 꿰맸는데 하마터면 실명할 뻔했죠."

"범인은 잡으셨나요?"

나오꼬가 웃음지으며 물었다.

"그 아이였습니다. 눈을 뜰 수가 없었는데 그 아이가 막 욕을 퍼부으며 우는 소리를 들었어요."

"저런…… 왜 그랬을까? 저도 벚나무 때문에 입은 상처가 있는데."

나오꼬가 수긍해져서 말했다.

박의 시선이 얼굴을 더듬자 나오꼬는 여기요, 하며 손바닥을 정수리에 올렸다. 그러고 보니 그녀의 표정과 몸짓에는 동화를 구연하는 사람처럼 조금 과장된 면이 있었다. 박은 이내 그 이유를 알아차렸다. 그녀의 시선이 잠깐 아버지 쪽을 훑고 돌아왔던 것이다. 그러니까 나오꼬는 지금 아버지를 의식하고 있었다. 어쩌면 제 아버지에게 시위

하느라 나오꼬가 옆에 와 재잘거리고 있는지도 모른다는 생각이 들었다. 박은 마음속에 실망감이 차올랐다.

"집 곁에 키는 크지 않지만 늙은 벗나무가 한그루 있었거든요. 옥상에 심은 단호박 덩굴이 그 나무로 올라가곤 했어요. 우리 고장에서는 단호박찜을 많이 해먹거든요. 가을이면 호박이 익어서 주렁주렁 매달렸어요."

그녀는 쑥스러운 표정을 지어 보였다.

"오빠 친구들이 그 호박에 돌팔매질을 많이 했는데 나무 밑을 지나다가 그만 그 돌에 맞았지 뭐예요."

나오꼬가 제 머리를 '호박'으로 표현한 것 같아서 박은 소리내어 웃었다. 웃다 말고 박은 그녀의 아버지가 의식되었고 슬슬 불편해지기 시작했다.

"귀국하면 벗꽃 철이 돌아오겠네."

웃음 끝에 나오꼬가 한숨처럼 말했다.

"그렇겠군요. 지금은 그 교정의 나무들이 다 베어지고 없답니다. 제가 졸업한 후에 새로 부임한 교장선생님이 일본인들이 심은 나무이고 일본 국화(國花)라고 다 베어냈다는군요."

나오꼬는 울상이 되었다. 박은 뭔가 더 말을 해야 할 것 같아서,

"사실 저는 거기에 동감하지 않아요."

하고 얼른 덧붙였다.

"그러니까 과거 청산이라는 게 그런 것은 아닌 듯하거든요. 기껏해야 나무를 없애고 건물을 부수는 것으로 청산을 다한 것처럼 생각하지요. 음, 청산은……"

박은 그만 입을 다물었다. 그녀의 마음까지 헤아리며 미묘한 부분

을 다 설명할 재간이 없었다. 그게 나오꼬에게는 더 심각하게 보였던 모양이다.

"몰랐어요."

나오꼬가 침울하게 말했는데 벚나무가 그렇게 사라진 게 놀랍다는 뜻인지, 그도 아니면 식민지 역사 자체를 몰랐다는 것인지 분명하지 않았다. 초조했지만 박은 더이상 묻지 않았다. 혼자 생각인지 모르나 그는 두 사람 사이가 서먹해진 느낌이었다. 눈이 따끔거리고 쓰라렸다. 먼지와 햇볕을 많이 쐰 탓인지 고질적인 안구건조증이 다시 도지고 있었다.

"나오꼬!"

마침내 고바야시씨가 그녀를 불렀다. 나오꼬는 얼굴이 굳어 자리로 돌아갔다.

방콕 카오산 거리에 도착했을 때는 저녁 여덟시가 넘어 있었다.

고바야시씨 부녀는 일행과 헤어졌고, 사까모또 일행은 그냥 헤어지기 아쉽다며 박에게 저녁식사를 함께 하자고 했다. 그들은 내일 북부 치앙마이 쪽으로 트레킹을 떠날 예정이라고 했다. 박은 비행기 티켓이 아직 사흘이나 남아 있었지만 무슨 계획을 갖고 있지는 않았다. 그러나 그들처럼 북부로 떠나기에는 시간이 넉넉지 않았다. 그는 하룻밤 쉬고 나서 남은 일정을 어떻게 보낼지 생각해보기로 했다. 방콕 시내 여행을 하는 것도 괜찮을 테고 정 내키지 않으면 일정을 당겨 귀국할 수도 있었다.

일행은 저녁을 먹고 맥주홀로 자리를 옮겼다. 박은 십년 이상이나 나이가 위였지만 왠지 나이차가 의식되지는 않았다. 반대로 박이 이들보다 어렸더라도 마찬가지였을 것이다. 그것은 이방 문화와의 교섭

이 가져.오는 영향 때문인 듯했다. 이렇게 오다가다 만나는 이국인과의 대화는 원천적으로 내밀하고 사적일 일이 별로 없었다. 상대 민족이나 문화에 대해 갖는 피상적인 인상 정도를 겨우 주고받기 십상이었다. 그러나 박은 왠지 이들에게 좋은 인상을 심어주고 싶었다. 타인과의 관계에서 흔히 갖게 되는 마음이 아니라 그는 자신이 한국인이고 그들이 일본인이라는 사실을 의식하고 있었다. 박은 얀에게도 국경의 일로 고맙다는 말을 전하고 싶었으나 기회가 잘 닿지 않았다. 앞자리의 구로다 옆에 앉은 얀은 의도적인지는 몰라도 줄곧 옆 테이블의 우라야마와 이야기를 나눌 뿐 박과는 눈을 마주치려고 하지 않았다.

구로다는 학교에서 한국어를 배운 적이 있다며 서툰 한국어로 박에게 말을 걸어오곤 했다. 머잖아 그가 토오꾜오대의 재일교포 출신 강교수를 아느냐고 물어왔고, 박은 국내 신문의 칼럼을 통해 가끔 그의 글을 읽은 적이 있다고 대답했다. 어떤 실마리라도 잡고 얘기를 나눠보고 싶어하는 이 청년을 바라보며 박은 꽤 긴장되었다. 더구나 구로다 옆에 앉은 얀을 의식하지 않을 수 없었다.

"일본을 어떻게 보십니까?"

구로다의 질문은 허리가 펴질 정도로 직접적이었다. 박은 서로의 짧은 언어 때문이라고 생각했다.

"글쎄요."

박은 난감했다.

"반일감정을 두고 하시는 말씀이라면 요즘 젊은 세대는 과거에 비해 자유로운 편입니다. 그렇지만 한국인들은 일본의 존재를 식민지 기억과 떼놓고 생각할 수 없습니다."

"저는 한국이나 중국의 입장을 잘 이해하지만 동양이 너무 내셔널리즘에 빠져 있다고 생각합니다. 동아시아의 저력이 소모되는 것 같아 아쉽습니다."

어느덧 언어는 영어로 돌아가 있었다.

"그건 일본 영향 탓이 가장 큽니다. 한국의 내셔널리즘은 방어적이라고 할 수 있습니다. 가해자였던 일본의 실체가 여전히 위협적이기 때문입니다. 솔직히 당신 나라는 제국의 욕망을 그대로 가지고 있지 않습니까? 그런 의미에서 일본의 내셔널리즘은 더 위험하다고 봅니다. 왜 당신들은 아시아인의 정체성을 갖고 있으면서 아시아인이기를 거부합니까?"

박은 서로 우호적인 호기심으로 말을 시작했지만 그러기에는 너무 뜨거운 말을 입에 머금은 것 같았다. 한편으로 이런 식의 대화법이 자신에게 익숙지 않다는 사실도 새삼스러웠다. 구로다도 비슷한 생각을 했던 것일까. 그는 맥주로 입을 축이고 말을 이었다. 얀도 흥미롭다는 듯 두 사람 사이의 대화에 귀를 기울이고 있었다. 그의 존재를 의식한 탓인지 구로다는 점점 대화를 깊게 몰고 갔고, 그 점에서는 박도 마찬가지였다.

"일리가 있습니다. 사실 많은 일본인들은 패전을 서양으로부터의 패전이지 아시아로부터의 패전이라고 생각하지 않습니다."

"일본은 아시아에 속하는 것을 치욕으로 여기지 말아야 합니다. 아시아 국가들이 다 야만적이며 미개하다고 생각하고 있습니다. 그게 어디 아시아인의 시선입니까? 저는 거기에 문제가 있다고 봅니다. 일본이 서양을 의식한 아시아의 맹주로 남겠다는 욕망을 버리지 않는 한 아시아의 평화는 지키기 힘듭니다."

"그래서 저는 강교수의 중심해체를 눈여겨보았습니다. 그러나 그건 미국이나 유럽, 가까이는 중국이나 북한이 엄연한 국제질서 속에서는 불가능한 얘기처럼 느껴졌습니다."

"늘 일본은 그 현실론 뒤로 숨곤 하지요. 일본은 왜 그 국제질서의 지도에서 빠져 있습니까?"

"일본은 패전국입니다."

"패전이 일본을 제약하고 있다고 생각하겠지만 일본은 오히려 누리고 있습니다. 필요에 따라 약자와 강자의 가면을 바꿔쓰고 있습니다."

"그건 그렇지 않아요. 주체성의 문제인데, 일본은 그걸 회복하고 싶은 겁니다. 그리고 한국의 방어적인 내셔널리즘도 어느 순간 공격적으로 바뀔 수 있잖습니까?"

"그렇습니다. 당장 구로다씨와 대화를 나누면서 저는 내 내면을 보고 놀라고 있습니다. 개인과 국가가 모호해지며 혼재하는 경험 말입니다."

"저도 왠지 제가 일본의 대표선수가 된 느낌이었다는 걸 솔직히 실토하겠습니다. 저는 단지 당신과 친해지고 싶었습니다. 아까 국경의 일로 당신에 대한 우리들의 의견이 분분했습니다."

구로다는 맥주잔을 들어 보였다. 박도 이끌리듯 맥주잔을 들어 부딪쳤다.

"죄송하지만 친구들은 당신이 정신이 이상한 사람이라고 말했습니다. 그러나 얀은 당신의 행위를 보면서 한국에 대한 강한 암시를 받은 모양이었습니다. 한반도의 분단 말입니다. 얀은 동독 출신이거든요."

구로다의 말에 박은 다소 놀라 테이블을 대각선으로 두고 앉은 얀을 건너다보았다. 얀의 존재가 박은 까닭없이 짜증스러워졌다. 그는 시선을 거두고 구로다에게 말했다.

"저를 통해 한국 젊은이들의 이미지를 보지 말았으면 합니다. 아까는 아주 돌발적이고 사적인 일이었습니다."

구로다는 고개를 끄덕였다.

"그리고 얀, 아까는 고마웠습니다."

박이 잔을 내밀자 얀이 제 잔을 들어 보였다.

사까모또가 구로다에게 뭐라고 이야기를 하더니 그들은 소리내어 웃었다. 일본말이었기 때문에 박은 그들이 무슨 일로 웃는지 알 수 없었다. 박은 자신을 두고 그러는가 싶어서 구로다를 건너다보았다.

"고바야시씨와 나오꼬 이야기였습니다. 아무래도 그들이 연인 사이 같다는군요."

박은 입을 벌렸다. 충격도 충격이지만 모든 의문이 풀리는 느낌이었다.

박은 술자리에서 먼저 일어났다. 게스트하우스를 찾아들어 침대에 누웠지만 모래가 눈동자를 긁고 다니는 것 같아 잠을 이룰 수 없었다. 맥주를 마셔서 눈은 더욱 벌겋게 충혈되어 눈을 뜨고 있기가 괴로웠다. 하루 내내 먼짓구덩이를 맨눈으로 헤집고 다닌 게 화근이었다. 박은 얼음주머니라도 만들어 찜질을 해야 할 것 같아서 다시 거리로 나섰다. 밤이 깊어지면서 카오산 거리는 세계 각지에서 모여든 배낭족들로 불야성을 이루고 있었다. 맥주홀은 가득 차서 테이블이 거리까지 나와 있었고, 길거리에는 노점상들로 채워졌다. 음악소리와 호객소리, 그리고 물건을 나르는 오토바이 소리로 정신이 산란할 지경이었다.

박은 파인애플 세이크를 만들어 파는 노점상에게 얼음을 샀다. 그것을 비닐봉지에 담고 다시 손수건으로 싸서 눈두덩에 대자 한결 나아지는 느낌이었다. 그는 얼음주머니를 번갈아 눈두덩에 대고 거리를 걸었다. 게스트하우스 근처의 편의점 앞을 지날 때였다.

"헤이, 박!"

누군가 그의 어깨를 건드렸다. 돌아보니 놀랍게도 나오꼬였다. 그녀는 조금 뛰었는지 숨을 헐떡거리고 있었다.

"저기서부터 불렀는데 모르고 그냥 가시더라고요."

나오꼬는 길거리 맥주홀을 가리켰다. 박은 놀라움과 반가움이 뒤섞인 얼굴로 그녀 뒤를 따라갔다. 테이블에 맥주 한병이 올려져 있고, 의자에는 큰 배낭이 동행인처럼 앉아 있었다.

"아버지는……"

사까모또의 말이 떠올랐고 박은 이내 말끝을 흐렸다. 나오꼬에게는 전혀 당황하는 기색이 없었다.

"그가 제 아버지라고요? 아니에요."

그녀는 깔깔 웃었다. 막상 그렇게 나오자 박은 말문이 막혔다.

"눈이 아프신가요?"

그러고 보니 박은 아직 눈두덩에 얼음주머니를 올리고 있었다. 박은 얼음주머니를 뗐다.

"눈이 빨갛군요."

예의 과장된 듯한 표정이 그녀의 얼굴에 스쳤다. 그 과장된 행동에서 왠지 자유로움이 느껴졌고, 그녀에게 매력이 있다면 그런 언행에서 기인하지 않을까 그는 잠시 생각했다.

"어디로 떠나는 중인가봐요?"

박이 다시 배낭을 쳐다보며 물었다.

"짐을 찾아오는 길이에요. 그쪽은 어디로 가는 중이었나요?"

박은 손가락으로 골목 너머를 가리켰고, 그곳에 숙소가 있다고 알려주었다.

"여행 일정이 한 사흘 남았는데 아직 정하지 못했습니다."

"저는 내일 아침에 코사멧으로 갈 생각이에요."

"코사멧이요?"

"네, 파타야 밑에 있는 작은 섬이에요. 많이 알려져 있지 않아서 조용한 곳이지요. 시간이 되면 가보실 만해요."

"사까모또랑은 북부로 트레킹을 떠난다더군요."

"네, 그들은 라오스까지 다녀올 계획이더군요. 사월 중순에 개학을 하거든요."

그녀는 술병을 비웠다.

"제가 술을 좀 살까요?"

박이 물었다. 나오꼬가 고개를 끄덕이며 쓸쓸하게 웃었다.

"제 별명이 놈베예요. 술꾼이란 뜻이죠. 그래도 술주정꾼은 아니랍니다."

그녀는 때로 시선을 거두어 도망자처럼 거리를 훔쳐보곤 했다. 박은 그녀가 버스에서처럼 꽤 불안정한 상태라는 것을 알 수 있었다. 박은 맥주를 두 병 더 주문했다. 재회를 기념하는 사람들처럼 그들은 병을 부딪쳤다. 몇모금을 마실 때까지 그들은 말을 나누지 않았다. 간간이 후덥지근한 바람이 지나갔다. 탁자마다 손님이 가득 차서 웨이터들은 정신없이 움직이고 있었다.

"아까는 죄송했어요."

한참 만에 나오꼬가 정색을 하고 말했다. 박은 어리둥절한 표정으로 그녀를 건너다보았다.

"그 사람을 아프게 하고 싶었어요. 저는 앙코르와트는 보지도 못하고 나왔거든요. 이틀 동안 죽 호텔에서만 지냈지요. 꽤 기대했던 여행이었는데 아쉬워요."

나오꼬가 맥주병 주둥이에 시선을 둔 채 말했다.

"그 사람은 고향에서 오퍼상을 했는데 사업이 망해 방콕에서 일년째 도피생활중이에요. 고바야시는……"

그녀는 한참 뜸을 들인 뒤 말을 맺었다.

"영혼이 망가진 가엾은 사람이에요."

그녀의 눈에 갑자기 눈물이 맺혔다. 박은 숨을 몰아쉬었다. 그녀가 왜 이런 이야기를 자신에게 털어놓는지 당혹스러웠다. 그를 특별한 사람으로 대하고 있는 것 같지는 않았다. 그녀는 지금 몹시 혼란스럽고, 그래서 누군가 제 이야기를 들어줄 사람이 필요한 게 분명했다. 자아가 강한 이 소녀는 여행지의 낯선 외국인이야말로 얼마나 숨기 좋은 대상인지 잘 알고 있는 듯했다. 그녀가 진솔한 포즈를 취하고 있었기 때문에 박은 오히려 긴장이 되었다. 이런 경우 듣는 자도 그만한 값을 치러야 했으므로 그는 제 이야기를 꺼냈다.

"저는 두번째 여행이었는데 중단하고 나오는 길입니다. 삼년 전에는 여자친구하고 왔지요. 우리는 첫 해외여행이었는데 아주 괜찮았어요. 뜨겁게 달구어진 돌 위에 누워 밀림으로 저녁이 내리는 것을 지켜보곤 했어요."

"오호, 그러니까 추억여행이셨군요? 누구와 함께 가서 좋았던 여행지는 혼자 다시 찾을 곳이 못 된대요. 헤어지셨나요?"

박은 가슴으로부터 뭔가가 휙 날아가는 손짓을 해 보였다.

"사랑이 식었겠지요."

여행 내내 가슴에 무슨 체증처럼 얹힌 말을 이처럼 쉽고 가볍게 토해낼 수 있다는 사실에 박은 놀랐다.

"아, 술이 떨어졌군요. 이번에는 제가 사겠어요."

나오꼬는 술병을 뒤집어 보이며 말했다. 그들에게 시선을 주는 웨이터는 없었다. 나오꼬는 휘청이는 몸으로 일어서서 직접 홀 쪽으로 몸을 옮겼다. 그 서슬에 탁자 위에 있던 레저가방과 여행티켓이 바닥으로 떨어졌다. 박은 허리를 굽혀 그것들을 주워 탁자에 올려놓았다. 티켓은 여행사에서 발급한 것으로 왕복 차비와 뱃삯이 포함된 교통권이었다. 웨이터가 맥주 두 병을 놓고 돌아갔는데도 그녀는 오지 않았다. 박은 맥주병을 들어 눈두덩에 댔다. 화장실에라도 다녀오는지 젖은 손을 털며 나오꼬가 다가왔다.

"이제 다 끝난 일인걸요. 저는 속이 다 후련해요."

그녀는 의자에 앉으며 팔을 들어 가벼워진 몸짓을 했다. 먼 여행길에서 돌아오는지 먼지를 뒤집어쓴 백인 청년 한 무리가 그들 곁을 지나갔다.

"제가 싫으세요?"

나오꼬가 물었고 박은 눈을 크게 뜨고 그녀를 바라보았다.

"한국 사람들은 일본인을 싫어한다면서요? 그래서 저는 당신이 저를 싫어할까봐 두려워요."

그녀는 게슴츠레한 눈길로 박을 노려보았다. 사뭇 도발적인 그녀의 시선은 잠시 그녀의 나이를 망각하게 하여 박은 마음이 홀가분해지는 느낌이었다. 어쩌면 그 느낌은 아까부터, 그러니까 늙은이와의 사연을 알게 되면서부터 갖게 되었는지도 모른다. 다소 황당하고 낯선 연애담은 그녀를 훨씬 관능이 성숙한 여자로 보이게 했고 그것은 묘하게도 그를 편하게 했다.

갑자기 그녀가 자리에서 일어나 테이블 위로 활강하는 새처럼 길게 상체를 뻗어왔다. 박은 반사적으로 몸을 뒤로 젖혔다. 나오꼬는 눈을 꼭 감고 오므린 입술을 내밀고 있었다. 그는 가만히 자신의 입술을 나오꼬의 입술에 갖다댔다. 기다렸다는 듯 나오꼬는 팔을 뻗어 박의 목을 휘감았다. 혀와 함께 밀려드는 그녀의 숨결에서는 옅은 밀냄새가 맡아졌다. 그녀의 키스는 격정적인데다가 만만한 상대를 다루듯 장난스럽기까지 했다. 박은 그녀의 몸을 살며시 밀어냈다.

"게스트하우스로 가겠어요?"

박이 물었고 그녀는 고개를 젓고 쓰러지듯 의자에 주저앉았다.

커튼이 나부끼며 박의 등을 간질였다. 등을 보이고 잠든 나오꼬한테서 고르고 여린 숨소리가 들렸다. 그녀는 다시 조그만 이국의 소녀가 되어 있었다. 거리에서는 이국 여행객들의 외침소리와 오토바이소리와 음악소리가 고적하게 들려왔다. 몽롱해지는 의식 속에서 박은 코앞에 떨어진 나오꼬의 체모 하나를 집어들었다. 그는 가슴에 여운처럼 남은 뭔가 색다른 충만감의 정체를 더듬었다. 육체의 열락과 상관없이 그의 의식 속에서 피어난 충만감은 왠지 불온하나 매혹적인 느낌으로 떠돌았다. 나오꼬. 일본 여자. 기필코 그녀는 그의 생에서는 도저히 상상해보지 못한 낯선 존재였다. 그건 정서적으로도 그러했다. 가장 멀리 있고 가장 까다로운 여자와 그는 사랑을 나눈 것만 같았다. 그는 뭔가를 뛰어넘은 느낌이었다. 외부의 어떤 세계가 아니라 자신의 내부를 뛰어넘은 것 같았다. 하지만 그는 이 불온한 쾌감이 육체의 열락과 동등하게 놓이는 것을 원치 않았다. 그따위의 쾌감이 몸집을 키워 덮친다면 그는 스스로도 견딜 수 없을 만큼 황폐해질 것 같았다. 그러자 마음 한쪽에서 또다른 혐오감이 치밀었다. 뭔가를 뛰어넘었다고 생각했으나 알고 보니 제자리인 자신을 발견하는 기분이었다.

그들은 간간이 눈을 떠 대화를 나누다가 다시 잠이 들곤 했다. 나오꼬는 아이를 다루듯 빨갛게 충혈된 박의 눈에 입김을 불어넣어주곤 했다.

"황폐한 사무라이 같아요."

그렇게 말해놓고 나오꼬는 킬킬거리며 웃었다.

"우리의 호기심은 어떤 종류일까요? 한국 사람, 대답해봐요."

"호기심?"

"그래요. 우리를 서로 끌리게 만든 호기심."

"서로 도망쳐야 할 데가 필요했겠지."

"재미없어요. 아무리 도망치고 싶대도 이렇게 낯선 데로 했을라구. 우린 상상할 수 없는 낯선 사람들이에요."

"정말 우리는 상상할 수도 없는 낯선 사람들인가?"

박은 혼잣말처럼 뇌까렸다. 나오꼬의 상상이란 나이일까, 국적일까? 박은 다시금 자신에게 찾아온 혼돈을 생각했다. 이 갑작스런 행위를 그는 어떻게 판단해야 할지 알 수 없었다. 이 상황을 이성적으로 판단하려는 자신의 몸부림이 우습기도 했다. 한편으로 우울함과 고독이 귀국한 뒤에까지 이어질까 두려웠다.

"박상은 언제 처음 쎅스를 했어요?"

나오꼬가 잠기어린 목소리로 짓궂게 물었다.

"군대에 입대하기 전날. 많은 한국 남자들은 통과의례처럼 입대 전날 홍등가를 찾아갑니다."

"전 열아홉에 처음 했어요."

"그렇게 빨리?"

침대에 머리를 박은 나오꼬의 입에서 웃음소리가 흘러나왔다.

"다른 친구들에 비하면 조금 늦은 거라고요. 보통 열일곱이면 첫 경험들을 하는데."

조금도 쑥스러워하는 기색 없이 말하는 나오꼬를 보며 박은 뭔가 개운한 느낌이 들었다. 나오꼬가 일본 여자가 아니라 동족의 여느 여자였더라도 박은 충분히 매혹되었으리라 생각했다. 그는 나오꼬의 품으로 파고들었다.

이튿날 아침, 그가 눈을 떴을 때 나오꼬는 보이지 않았다. 그녀의 배낭도 보이지 않았다. 그녀는 새벽녘에 슬그머니 방을 빠져나간 모양이었다.

그는 여행티켓을 발급한 여행사를 기억해냈다. 삼십분을 찾아 헤맨 끝에 두 블록 남짓 떨어진 거리에서 여행사를 찾아냈다. 여남은 명쯤 태울 수 있는 작은 승합차 한대가 대기하고 있었다. 여행자 네댓 명이 탑승해 있었으나 나오꼬는 보이지 않았다. 여행사 직원에게 물었더니 아침에 이미 코사멧행 승합차 한대가 출발했다고 알려주었다. 여행객들이 몇명 더 나타났고 이내 승합차는 시동을 걸었다. 그는 잠시 갈등했다. 마음을 굳힌 그는 팔십 달러를 지불하고 티켓을 끊었다.

승합차는 점심 무렵에 작은 항구에 도착했다. 여행객들은 곧바로 여객선에 올랐다. 코사멧은 육지에서 배로 십분도 걸리지 않는 가까운 섬이었다. 선착장에서 내리자 작은 트럭들이 대기하고 있었다. 섬 반대편에 휴양지가 있는 모양이었다. 열대 관목림이 한국의 동백숲처럼 그늘을 드리운 야트막한 고개를 넘자 하얀 백사장과 푸른 바다가 펼쳐졌다. 전형적인 열대 휴양지였는데 생각보다 섬은 컸다. 해변 숲을 따라 오두막처럼 지은 방갈로가 여러 회사 이름으로 드문드문 들어앉아 있었다.

트럭은 해안을 따라 늘어선 방갈로에 손님을 차례로 떨어뜨리면서 섬 서쪽으로 깊숙이 이동했다. 길이 끊기고 트럭이 멈춰섰다. 섬 가장 안쪽 해변의 방갈로였다. 목조로 지은 방갈로가 바다에 면한 언덕바지에 십여채 지어져 있었다. 키가 껑충하고 밋밋한 열대나무들 밑으로 지형을 따라 방갈로로 연결되는 계단길이 놓여 있었다. 그 길로 새카맣게 탄 소년이 내려와 그를 안내했다. 방갈로에는 등나무로 만든 흔들의자가 놓인 작은 테라스가 있었으며 방문을 열자 방을 반 이상 차지하는 흰 침대가 눈에 들어왔다. 다른 소품은 없어서 침대는 더 커보였다. 모기장을 댄 넓은 창이 양쪽으로 나 있었는데 흰 커튼이 바람에 나부껴서 방안을 가득 채웠다.

박은 가장 높고 외진 방갈로에 짐을 풀었다.

한시간쯤 낮잠을 잔 뒤 그는 테라스로 나가서 바다를 바라보았다. 오후의 강한 햇살이 수면 위로 부서지고 있었다. 그는 무엇을 해야 할지 알 수 없었다. 박은 거의 충동적으로 이 섬까지 오게 된 자신을 의식하기 시작했다. 만약 나오꼬가 나타난다면 그는 울어버릴 것만 같았다.

박은 해변으로 내려갔다. 방갈로 회사에서 운영하는 레스또랑과 바가 해안에 있었고 레스또랑의 홀을 가로지르자 곧바로 모래사장이 나왔다. 해변으로 내딛던 그는 발길을 멈칫했다. 해수욕과 일광욕을 즐기는 여행객이 백인 일색이었던 것이다. 그는 왠지 잘못 들어선 사람처럼 몸을 돌려 해변을 바라보았다. 주름진 커튼처럼 모래사장이 서너 차례 굽어지며 동쪽으로 아득했다. 그는 동쪽을 향해 해변을 따라 걸었다. 햇살이 얼굴이며 팔뚝으로 뜨겁게 내리쬐었고 머리는 착 달라붙어 해풍에도 움직이지 않았다. 박은 마음이 꽤 가라앉아 있는 자신을 발견했다. 자신이 도대체 무슨 짓을 하고 있는가 하는 자괴감은 많이 누그러져 있었다. 대신 기다리는 자 특유의 새로운 열기로 마음이 들뜨기까지 했다. 그는 깡마른 소녀가 장난기 어린 얼굴로 해변을 걸어오는 상상을 해보았다. 상상 끝에는 주문을 외우듯 "꼭 만나게 될 거야" 하고 중얼거렸다.

박은 오랫동안 해변의 바위에 앉아 있었다. 그는 멀리서 현지인 사내 하나가 지뢰탐지병처럼 막대기 같은 기계를 메고 해안을 따라 천천히 다가오는 광경을 지켜보았다. 가끔 사내는 모래밭에서 뭔가를 주워 허리에 찬 가방에 담곤 했다. 그가 가까이 다가왔을 때 어깨에 멘 기계가 정말 금속탐지기라는 것을 알아챘다. 그는 그 기계를 이용해 관광객들이 해안에 흘린 동전이나 반지를 줍고 있는 모양이었다. 참으로 별나게 살아가는 사람도 있다고 박은 생각했다.

이튿날 아침 늦게까지 박은 잠을 잤다. 레스또랑에 빵과 커피를 시켜놓고 그는 테라스의 흔들의자에 묻혀 오랫동안 앉아 있었다. 그는 오후 배로 방콕으로 돌아가야겠다고 생각했다. 며칠간 뭔가에 홀린 기분이 들었으며 그로 인해 마음은 더없이 서글퍼졌다.

박은 배낭을 싸서 방갈로 한쪽에 두고 해변으로 내려갔다. 백인들이 나와 있었지만 그를 의식하는 눈길은 없었다. 그는 입은 채로 바다로 들어갔다. 그는 물속에서 오랫동안 숨을 참고 버티기를 반복했다. 파도에 떠밀리듯 그는 기진맥진해져서 모래사장으로 올라와 드러누웠다. 살포시 감은 눈 위로 벌겋게 감기는 태양은 더욱 뜨거웠다. 그는 눈꺼풀 너머의 붉은 기운을 의식하며 숨이 잔잔해질 때까지 누워 있었다.

사박사박 걸어와 옆에 서는 인기척이 느껴졌다. 박은 가까스로 눈을 떴다. 누군가 그를 빤히 내려다보고 있었다. 시선에 검푸른 반점이 떠돌아서 상대의 얼굴을 제대로 알아볼 수가 없었다.

"당신에게 놀러 왔어요."

나오꼬의 목소리였다. 박은 벌떡 일어나 앉았고 나오꼬는 쪼그려 앉았다. 딸기 문양이 박힌 챙 넓은 모자를 쓴 그녀는 놀랐지, 하는 표정으로 생글거렸다. 그가 아무 말도 못하고 있자 그녀가 다시 입을 열었다.

"저는 저쪽 방갈로에 머물러요."

그녀는 동쪽 해변을 가리켰다. 세 굽이 너머의 해변을 가리키는 모양이었다. 두 사람은 파라솔 놓인 해변으로 올라갔다.

"어머! 이쪽은 백인들 천지군요. 제가 있는 곳은 대부분 태국인들이랑 아시아인들이던데."

나오꼬는 해변의 백인들을 보고 놀라워했다.

"그렇지 않아도 조금 부담스러웠습니다."

"왜요?"

"백인들 틈에 동양인 혼자 앉아 있을 생각을 하니 막막하던데요."

나오꼬는 고개를 끄덕였다. 겉만 돌던 두 사람은 이내 침묵으로 빠졌다. 박이 먼저 입을 열었다.

"나오꼬 뒤를 바로 따라왔지요."

박은 원망어린 눈빛으로 그녀를 바라보았다.

"네, 어제 트럭을 타고 들어오시는 걸 봤어요."

나오꼬의 얼굴이 침울해졌다.

"이따가 저녁에 이곳에서 다시 만날래요?"

나오꼬가 슬며시 일어나며 말했다. 그녀는 다시 오던 길로 되돌아 걷기 시작했다. 그녀가 몸을 돌리더니 말했다.

"저녁은 드시고 오세요."

그런 그녀가 다시 뒤를 돌아보지 않았기 때문에 박은 몇걸음 쫓다가 멈추었다.

저녁 어스름이 내릴 무렵 박은 해변으로 내려갔다. 여행객들이 일광욕을 하던 자리에는 길게 씨푸드점이 차려지고 전등이 켜지고 있었다. 뷔페식으로 손님이 재료를 골라 요리를 부탁하면 되었다. 나오꼬는 자신이 채식주의자라고 말했다. 아버지가 승려라서 어린시절부터 자연스럽게 그렇게 되었다고 했다. 박은 쌜러드와 새우볶음 요리와 맥주를 시켰다.

"눈치챘겠지만 고바야시와 함께 와 있어요."

그녀가 말했다.

"대학에 떨어져 재수를 할 때였는데 어머니와 심하게 다투었어요. 제가 그의 옷가게로 찾아갔지요. 그는 어머니가 한때 좋아했던 사람이에요. 어머니에게 복수하고 싶은 심사였지요."

"복수요?"

박은 물어놓고 설핏 웃었다. 나오꼬는 시무룩해져서 말을 이었다.

"그러나 그 뒤에는 진짜 그를 사랑하게 되었어요. 가끔 그가 자학할 때는 솔직히 제가 진짜 복수를 하는 것 같아 두려웠어요."

"그건 사랑하는 사람들의 속성이잖아요. 힘든 모습을 보이는 것으로 연인에게 고통을 주지요. 행복한 모습도 이별한 연인에게는 고통이 될 거라 생각하지요."

박은 제 이야기라도 하듯 시선을 피한 채 말했다.

"그게 아니에요. 처음부터 그런 건 아니라고요. 그는 때로 나를 어머니로 착각하는 것 같았어요."

"그건 나오꼬의 피해의식 아닐까요? 당신에 대한 죄의식으로 그가 그럴 수도 있잖아요."

"죄의식?"

나오꼬는 머리를 세차게 저었다. 그 모양이 매우 단호하여 박은 더이상 말을 이을 수 없었다.

그들은 조급해졌다. 이내 두 사람은 말없이 박의 방갈로를 향해 걸었다. 나오꼬는 똑바로 걸었고, 간혹 박이 뒤를 돌아보았다.

"와, 연애하기 좋은 방이네."

나오꼬가 얼굴에 휘감기는 커튼을 걷어내며 말했다.

그는 나오꼬의 맑은 살결을 쓰다듬어내렸다. 나오꼬는 물고기처럼 파닥이며 넓은 침대를 미끄러져 올라갔다. 그는 놓치고 말 것 같아 두려워서 처녀의 작고 메마른 가슴을 파고들었다. 그의 손길이 다리 사이로 미끄러졌을 때 흡, 하고 그녀가 몸을 뒤채어 올라왔다. 저는 내일 섬을 떠나요. 그녀는 밀어처럼 더운 입김을 박의 귀에 불어넣었다. 이제껏 작고 여린 물고기만 같던 그녀가 박의 의식 속에서 거대한 고래가 되어 유영하는 듯했다. 낯선 대양으로 처음 나서는 몸부림처럼 나오꼬의 몸짓은 서투르나 맹렬했다. 저 자유로운 존재 앞에서 자신은 얼마나 취약한가? 갑자기 박은 그런 생각이 들었다. 그는 맥없이 사정을 하고 말았다.

나오꼬가 그의 목을 꼭 그러안고 이마에 입을 맞추었다.

"당신은 아까 밥 먹을 때부터 흥분해 있었어요."

설핏 잠이 든 박을 나오꼬가 흔들어 깨웠다.

"제 반지 혹시 못 봤나요?"

나오꼬는 이미 옷을 입은 채였다. 그녀는 박이 몸을 일으키자 시트를 들추었다. 박은 그녀의 손가락에서 반지를 본 적이 없었다.

"무슨 반지 말이에요?"

"주머니에 넣어놓았는데 없어졌어요."

박은 침대 밑이라든가 샤워실을 돌아다니며 찾아보았지만 반지는 보이지 않았다. 이내 포기하리라 생각했는데 나오꼬는 정신이 나간 사람처럼 안절부절못했다.

"혹시 해변에다가 빠뜨린 것은 아닐까요?"

그녀는 당장 해변으로 뛰어나갈 사람처럼 말했다.

"이따가 저랑 같이 나가서 찾아봐요."

박은 그녀를 진정시키고 침대에 앉혔다. 그는 섹스 때문에 약간 열패감에 빠져 있었는데 다시 그녀를 안고 싶었다.

"내일 제가 찾아줄게요. 정 못 찾으면 다른 거라도 구해드릴게요."

박은 금속탐지기를 들고 다니던 사내를 떠올렸다. 그가 어깨를 꺼안자 그녀가 밀어냈다.

"가봐야겠어요."

그녀가 벌떡 일어나더니 모자를 쓰고 방갈로를 나섰다.

나오꼬는 해변을 거슬러 자신의 방갈로를 향해 걸어갔다. 박은 서너 걸음 뒤로 처져서 따라갔다. 나오꼬는 뒤를 돌아보지 않았다. 가끔 박은 한숨을 내쉬며 황망한 시선으로 그녀의 뒷모습을 바라보았다.

그는 자신의 처지를 견딜 수 없어 실소를 터뜨렸다. 무엇이 잘못되었단 말인가? 박은 나오꼬와의 관계가 처음 시작될 때부터 자신이 뛰고 움칠 여지가 없었다는 사실을 깨달았다. 그는 나오꼬를 만나서 딱딱하게 굳은 자신의 내면을 확인하는 일밖에 한 게 없었다. 자신에 대한 분노로 그는 견딜 수가 없었다.

"내가 한국인이라서 그래? 나도 네가 무서워."

그는 뒤에다 대고 외쳤다. 나오꼬는 움칠하며 잠시 멈추었다가 다시 걸어갔다. 방갈로 입구에 도착했을 때 이윽고 나오꼬가 돌아섰다. 입술을 굳게 사려물고 울고 있었다.

"그 반지는 내가 내버리려던 거란 말예요. 그렇게 잃어버리면 안되는 반지였어요. 당신이 뭘 알아요?"

종잡을 수 없는 말을 해놓고 그녀는 고개 숙여 인사했다.

"미안해요."

"나도 내일 정오 배로 나가겠어."

박은 화난 표정을 감추지 않고 말했다. 그녀는 별 대꾸도 없이 돌아서서 걸어갔다. 박은 대문의 나무기둥을 발로 걷어찼다. 나오꼬는 고개 한번 돌리지 않고 불이 켜진 제 방갈로로 들어갔다.

박은 오도가도 못하고 서성거리다가 방갈로 마당으로 들어섰다. 그의 발걸음은 조심스럽게 나오꼬의 방갈로 창문 아래로 향했다. 커튼이 드리워진 창가에 서서 그는 방안에서 흘러나오는 흐느낌소리를 들었다. 박은 가슴이 아릿하게 저려왔다. 가끔 고바야시씨로 짐작되는 남자의 목소리가 들려왔는데, 한껏 짓눌린 목소리는 무슨 말을 하는지 알아들을 수 없었다. 처음에 박은 나오꼬가 우는 줄 알았으나 그건 고바야시씨의 음성이었다. 박은 힘없이 돌아섰다.

이튿날 정오가 가까워 선착장으로 나가던 박은 발길을 돌렸다. 나오꼬와 한 배를 타고 나갈 자신이 없었다. 세시 막배를 탈 생각으로 그는 해변 파라솔 아래 지친 사람처럼 누워 있었다.

오후 두시 반 무렵 박은 다시 선착장으로 나갔다. 선착장이 보이는 길목에 들어서다가 그는 흠칫 놀라 발걸음을 멈추었다. 선착장 끝에 서서 낚시꾼을 구경하는 고바야시씨가 보였다. 박은 주위를 둘러보았다. 나오꼬는 대합실 앞 벤치에 우두커니 앉아 있었다. 그녀도 박을 피하느라 일부러 배를 한차례 거른 게 분명했다. 박이 앞에 섰을 때 그녀 역시 흠칫 놀랐다.

"정오 배를 놓쳤어요."

변명하듯 나오꼬가 힘없이 말했다. 두 사람은 아무 말 없이 그대로 한동안 앉아 있었다.

그녀는 멀리 바다로 시선을 던져둔 채 미동도 하지 않았다. 가끔 그녀에게서 옅은 한숨소리가 들려왔는데 박은 당장 무슨 할말이 떠오른다고 해도 입을 열 수 없을 것 같았다. 여객선이 선착장으로 들어오고 있었고 승객들이 움직이기 시작했다. 박은 기둥 뒤로 비껴앉았다. 무슨 말을 하려고 입술을 달싹이던 나오꼬가 힘없이 배낭을 메고 일어섰다. 박이 그녀 앞에 버티고 서자 나오꼬는 빤히 쳐다보았다. 잔뜩 겁에 질린 눈빛이어서 박은 주춤 물러섰다. 나오꼬가 잠긴 목소리로 말했다.

"여기서 작별해요. 고마웠습니다."

그녀는 허리를 굽혀 정중하게 인사했다.

"난……"

박은 침을 삼켰다. 재촉하듯 뱃고동이 울렸다. 나오꼬는 목례를 하고 몸을 돌려 선착장으로 걸어갔다. 그녀가 나무로 만든 선착장으로 올라 거의 사라져갈 때 박이 외쳤다.

"너는 그냥 어린 계집아이일 뿐이야."

한국말이었다. 발걸음을 뗄 수도, 그렇다고 머물러 있을 수도 없어 어정쩡하게 그는 서 있었다. 흐릿한 그의 시선에는 또다시 건너야 할 이국의 바다가 펼쳐져 있었다.

—『문학사상』 2004년 7월호

대령은 낮잠이 깊어지곤 했다.

그럴 때면 꼭 꿈을 꾸었다. 꿈은 스토리를 잃고 짧은 이미지들로 채워졌다.

헬기가 추락하고 후송되어 마취에서 풀릴 때까지

그는 가끔 의식을 차리곤 했다. 차가운 눈물이 입술을 적실 때,

금속의 은빛이 시야를 스칠 때

그는 고통보다도 가슴속 깊이 협협해지는 느낌에 사로잡혔다.

사형(私刑)

풍경이 낯선 게 아니라

자신의 생이 낯설다는 느낌이 강렬했다.

사흘이나 되는 긴 시간이 단속적인 꿈처럼 아주 짧았다.

올가미가 목을 죄고,

미루나무에 걸린 밧줄에 자신이 매달려 있는 광경을 보았을 때

그는 자신이 깨어 있는지 잠들어 있는지 헷갈렸다.

때로는 전쟁터의 아비규환이 징소리와 함께 들려오곤 했다.

대령은 근무중 불의의 사고를 당해 준장으로 예편했다. 엄연한 장성임에도 사람들은 그를 대령으로 불렀다. 그는 개의치 않았다. 오히려 대령이라는 호칭에서는 야전의 화약내가 풍기는 것 같아 은근히 자부심마저 들었다. 군부독재를 거친 대부분의 신생국가들이 숱한 전쟁 영웅을 낳듯 그도 그 반열에 한몫 끼일 야전부대 지휘관이었다. 그는 한국전쟁중에 학도병으로 입대해 낙동강전투를 겪고 전쟁 막바지에 갑종 장교로 임관했다. 월남전에는 말년 소령 계급장을 달고 채명신 장군 휘하의 일선 대대장으로 참전해 살아돌아왔다. 그를 두고 전쟁의 화신이라는 말도 있었지만 그만한 전력만으로도 그는 지휘관으로서 영(令)이 섰다. 그는 숱한 일화를 남겼다. 전방 전투사단의 연대장으로 재직할 때 남긴 일화는 그의 면모를 단적으로 보여주었다.

사단장에게 호출되어 헬기로 이동중이던 대령은 어느 들판 위에서 깜짝 놀랄 광경을 목격했다. 헬기까지 동원된 급한 길이었다.

"저게 뭔가?"

대령은 동승한 주임상사에게 물었다. 주임상사는 대령이 지휘봉으로 가리키는 들판을 내려다보았다. 들판은 꽃을 막 피워올린 망초로 무성했는데 프로펠러에서 인 노대바람에 휩쓸리고 있었다. 대령이 지목한 것은 그 풀밭 가운데에서 빠른 속도로 움직이는 정체불명의 물체였다. 얼룩덜룩한 게 무슨 짐승 같았으나 식별이 쉽지 않았다. 주임상사는 망원경을 눈에 댔고, 곧 상황을 파악했다. 그건 짐승이 아니라 어린 병사였다. 엉덩이를 까내린 병사는 바람에 흘린 종이 쪼가리를 잡으려고 풀숲을 불불 기고 있었다. 주임상사는 변명할 말이 궁색하여 얼버무렸다.

"매복나온 사병이 쓰레기를 줍고 있는 모양입니다."

"이 야전에서 쓰레기를 줍는단 말이지?"

대령은 헬기 착륙을 지시했다. 일정이 분 단위로 잡혀 있었기 때문에 주임상사는 연대장이 명령을 거두어주길 청했다.

"저 멋진 부하를 만나보지 않고 어디를 간단 말인가?"

헬기는 방향을 틀어 들판에 내려앉았다. 멀리서 병사는 헬기에까지 들릴 만큼 큰 소리로 경례를 해왔다. 주임상사가 뛰어가 사병을 데려오는 동안 대령은 친히 풀밭으로 내려와 사열을 받는 지휘관처럼 서서 기다렸다.

끌려온 자처럼 굳어 선 병사는 이등병이었다. 대령은 감격에 겨워서 병사를 껴안았다.

"소속부대가 어딘가?"

병사는 목청껏 관등성명과 소속부대를 댔다. 주임상사가 재빨리 끼여들어 보고했다.

"매복지를 정리중이었답니다."

대령은 즉석에서 이등병에게 포상 조치를 내렸는데 6박7일짜리 휴가증이었다. 포상휴가를 명받은 병사의 심정은 어떠했겠는가. 일개 사병을 치하하려고 사단장의 헬기를 들판에 내린 대령의 기개를 두고 소영웅주의라고 폄훼하는 이는 없었다. 영웅심을 가진 장수만이 전사(戰史)를 새로 썼다. 병사들에게 그는 신화를 안겨주었고 그의 신화는 꽤 오랫동안 회자되었다.

승승장구하던 대령의 무운에 먹구름이 끼기 시작한 건 휘하의 장교가 살해되는 사건이 나고서부터였다. 그는 군복을 벗어야 하는 상황까지 갔으나 그의 화려한 전력이 뒷받침되어 가까스로 모면했다. 그러나 이미 그의 운명은 기울고 있었다. 군 출신 대통령이 시해되고 난 이듬해 꽃샘추위가 막 지날 무렵이었다. 그는 갑작스럽게 후방의 특전여단 참모로 차출되었다. 그는 자신에게 모종의 임무가 주어질 것이며, 자칫 그 임무로 인해 군복을 벗어야 하는 상황이 올지도 모른다고 직감했다. 그리고 그 상황은 빨리 찾아왔다. 진압부대 편성과 차출 명령이 텔렉스로 하달되었고, 작전참모로서 그는 상황실에 박혀서 장고에 들어갔다. 군인은 명령에 산다. 한발짝만 나서면 별이 보일까? 그러나 야전을 누비던 무장으로서 나의 영광은 어디로 가는가? 그는 채 고민이 끝나기도 전에 보직에서 해임되었다.

그는 보급대의 한직으로 밀려났다가 불의의 헬기추락 사고를 당하고 전역해야 했다. 전역하는 그를 두고 사람들은 수군거렸다. 대령 말년을 꽉 채우고 군복 벗을 날만 기다리다가 허벅지 하나를 내주고 별을 얻었다. 애초부터 장군감이 아니었다고 서슴없이 말하는 이도 있었다. 설령 그가 정치군인들 편에 줄을 섰더라도 일회용으로 사용되고 버려질 운명이었다는 것이다. 갑종 출신의 장군이 탄생하면 뉴스거리가 되는 시절이었다. 그래도 그는 하늘의 별보다 따기 어렵다는 별을 이마에 달아본 사람이었다. 아무리 세상이 변하여 예전 같지 않다지만 그는 영욕의 시대를 풍미한 퇴역장군이었다. 그러나 권위가 군복에서 나왔다는 듯 옷을 벗자마자 그는 초라한 낭인으로 전락했다. 정치권 어디에서도 손짓하는 곳이 없었고 정부산하단체는 물론이고 그를 위해 책상 하나 마련해주는 기업체가 없었다. 설령 대령 자신이 그런 것을 원치 않았더라도 어쩔 수 없이 그는 비감에 젖었다. 다리 하나를 잃으면서 얻은 장군의 지위는 분명 불명예스런 영전(榮典)이었던 것이다.

대령에게는 마리라는 일점혈육이 있었다. 월남전에 나가 있는 동안 얻은 딸이었다. 전쟁에서 돌아와보니 아내는 사라지고 아이는 고향의 노모가 맡아 기르고 있었다. 언젠가 그는 아내에게 딸을 낳으면 마리라고 짓고 싶다고 말한 적이 있었다. 마리는 6·25전쟁 때 야전병원에서 그를 돌봐주던 미군 간호사관의 이름이었다. 그녀는 영화 「무기여 잘 있거라」의 제니퍼 존스를 연상시켰다. 그는 생애에 단 한번 사랑의 열병을 앓았다. 그 사연을 아내에게 들려준 적이 없었으니 아내는 그저 속죄하듯 소원 하나를 들어주고 떠난 게 분명했다.

대령은 야전으로 숨가쁘게 돌면서 아이의 존재를 까맣게 잊어버렸다. 그는 임지를 전방부대로 선택하며 수년을 떠돌았다. 여자가 그리우면 술집여자를 찾았다. 가끔은 월남전에서 남편을 잃은 하사관의 미망인과 만나기도 했다. 그 미망인은 대위시절에 잠깐 몰래 만나던 여자였다. 그가 재혼을 결심한 것은 중령 진급을 앞두고서였다. 주위에서 재혼하라는 권유가 빗발쳤다. 어느 자리에서는 사단장까지 나서서 진급할 생각이라면 가정을 꾸리라고 사뭇 협박조로 나왔다. 그는 미망인과 살림을 차렸다. 까마득히 잊고 있던 딸을 슬하에 거둔 것은 그 무렵이었다. 마리는 할머니 곁에서 벌써 일곱살이 되어 있었다. 말수 적고 침울해 보이는 아이에게 그는 별로 정이 가지 않았다. 함께 살게 되었다고 달라진 건 없었다. 훈련장에서 귀대하여 군장을 점검하듯 잠깐씩 돌아보면 아이가 있을 뿐이었다.

마리는 고등학생이 되어 제법 처녀티가 나기 시작했다. 그 무렵에는 이미 미망인과도 갈라선 뒤라 마리가 집안살림을 주장했다. 대령은 딸의 얼굴에서 언뜻언뜻 도망간 아내를 느끼곤 했다. 그 아이의 어머니를 사랑하지는 않았지만 자신을 떠났다는 열패감은 고스란히 흉중에 가시처럼 박혀 있었다. 마리는 여전히 침울했으며 라디오를 끼고 방에서 나오지 않았다. 부하 장교나 하사관들을 집으로 초대해 회식할 때면 대령은 소리쳐 말하곤 했다.

"야, 네가 따먹어버려."

그는 아무한테나 그런 소리를 지껄였다. 마치 전리품을 나눠주는 고대의 장군처럼 그는 추태를 부렸다. 그 소리는 방안의 마리에게도 똑똑하게 들렸다. 마리는 라디오 볼륨을 한껏 올려놓고 울곤 했다. 자신의 몸이 더럽혀진 것처럼 치욕스러웠다. 부하들은 대령의 농담을 호기로 받아들일지 모르나 마리로서는 모욕으로밖에 생각되지 않았다. 대령의 그 입버릇은 마리가 스무살이 되어도 전혀 고쳐지지 않았다. 맨정신에도 얼굴 하나 붉히지 않고 그 말을 내뱉곤 했다.

말은 씨가 되게 마련으로 대령의 말을 곧이곧대로 실행한 자가 나타났다. 대령의 부대원 하나가 신작로 풀숲으로 마리를 밀어넣고 욕정을 채운 것이다. 그는 평소 대령 집에 드나드는 중위였다. 마리는 아버지에 대한 적개심으로 치를 떨었다.

대령은 중위를 잡아다가 꿇어앉히고 권총을 뽑아 그의 관자놀이에 올렸다. 마리는 그 광경이 자신이 당한 일보다 더 끔찍했다. 중위는 사색이 된 얼굴로 읍소했다.

"따님은 제가 책임지겠습니다."

대령은 억눌린 목소리로 물었다.

"당시 복장이 군복이었나, 사복이었나?"

"······군복이었습니다."

대번에 대령은 권총 손잡이로 중위의 머리를 내리쳤다. 대령은 중위를 헌병대에 넘기지 않고 손수 다스렸다. 그는 병영에서 할 수 있는 온갖 가혹한 체벌을 동원하여 중위를 초죽음으로 몰고 갔다. 그는 중위의 군복에서 계급장을 떼게 만들었으며 사병들 사이에 유행하는 얼차려를 가하여 장교로서 어떤 품위도 지켜주지 않았다. 야전삽 깔고 머리박기, 철모 위에 배 깔고 팔 벌리기, 머리 밑에 치약뚜껑 놓고 머리박기, 머리 밑에 군번줄 말아넣고 박기, 오금에 삽자루 끼워넣고 밟아주기, 부동자세로 서서 입에 모포 물기, 산 개구리 입에 머금고 있기······ 이 일이 상부에 알려져 문제가 되었지만 대령의 마음은 전혀 흔들리지 않았다. 외려 조직과 한판 붙어보겠다는 결기마저 느껴졌다. 사건은 의외의 인물을 통해 파국으로 치달았다.

대령은 단말마의 총성을 듣고 자신의 집무실에서 뛰어나왔다. CP(지휘본부) 앞마당에 중위가 모포를 물고 쓰러져 있었다. 그 옆에는 M16 소총을 껴안은 중사 하나가 눈동자가 돌아간 채 주저앉아 있었다. 그는 인근 공군부대의 중사였는데 희고 깡마른 얼굴이 유리그

룻처럼 예민해 보였다. 중사는 마리와 삼년째 사귀어온 사이였다. 아무도 그 사실을 알지 못했다. 중사는 근무기한 오년에서 마지막 일년을 남겨두고 있었다. 고향에 농사를 짓는 노모가 있었고, 복무중에 대학에 합격하여 제대와 함께 복학할 예정이었다.

그 일이 있은 뒤 마리는 아버지를 떠났고, 다시는 돌아오지 않았다.

대령이 무엇무엇한 투자회사에 퇴직금을 밀어넣었다가 털려버리고 고향 근교의 별장으로 밀려왔을 때는 세파와 술에 찌들어 괴팍함만 남은 늙은이에 불과했다. 별장은 대령이 현역시절에 동료 여덟과 함께 투자해 지은 사층짜리 연립주택이었다. 소도시 외곽의 산중턱에 '자연발생유원지'라는 제법 풍광 좋은 저수지가 있었고, 주택은 저수지를 반이나 돌아든 북서쪽 골짜기에 자리잡고 있었다. 누가 보아도 건축허가가 나지 않을 자리였는데 시장과 친분이 있는 동료가 줄을 대어 별장을 지을 수 있었다. 저수지 아랫마을 주민들도 수질오염이니 하는 환경문제에는 아직 눈을 못 뜬 때라 골치아픈 송사 따위는 없었다.

저수지를 거실에 담기 위해 별장은 북향으로 지어졌다. 당시로서는 꽤나 신경을 써 지은 주택이었다. 거실과 안방의 조명등도 한창 유행인 유리주렴이 주렁주렁한 샹들리에를 달았다. 동료들은 투자가치가 별로 없어서인지 하나둘 처분을 하였고, 대령만이 그 특유의 무관심으로 여태 소유하고 있었다. 대부분의 가구가 그 도시의 사업가들 손에 넘어가 있었다. 그는 팔년 남짓한 시간 동안 한번도 별장을 찾지 않았다. 세입자를 들이고 빼는 일 따위는 부동산에 맡겼다. 부동산이 문을 닫고 나서 삼년째 별장은 세입자도 없이 비어 있었다.

연립주택은 더이상 여유로운 사람들의 별장이 아니었다. 집주인들이 대부분 지방에서 작은 기업이나 점포를 운영하는 사업가들이었는데 아이엠에프 때 부도를 맞아 경제사범이 되어 도망중이거나 집을 통째로 금융회사에 넘겨버린 경우가 많았다. 이미 경매에 넘어간 집도 있었다. 부동산중개인에게 들어보니 애초에 은행 담보물건으로 쓸 용도로 집을 인수해서 대출을 빼먹고는 닦아버리는 전문가도 있다고 했다. 대부분의 가구가 비어 있었다. 야밤에 가끔 경찰들이 찾아와 빈집의 문을 두드리곤 했다. 밤이 되어 전등 불빛이 새어나오는 가구는 대령의 101호와 301호 두 곳뿐이었다. 그러니 관리가 잘될 리 없었다. 공용 전기를 사용하는 계단등과 마당의 가로등은 전기가 끊어져서 들어오지 않았다. 빈집에서 보일러가 터지고 수도파이프가 새는지 일층의 대령 집 천장과 벽은 곳곳에서 곰팡이꽃을 피우고 있었다.

대령은 봄에 입주했다. 황사 날리고 봄비 내리면 산벚이 피고 베란다 앞에서는 목련과 등나무가 꽃을 벌렸지만 그는 눈뜬장님처럼 세상을 내다보지 않았다. 가끔 마당으로 차가 들어오고 삼층 사람들이 오르내리는 기척이 들렸다. 더러 어느 밤이면 삼층으로 한 무리의 사람들이 올라갔고 장송가 같은 찬송가 소리가 들려오곤 했다. 이미 대령은 상당한 알코올중독자가 되어 있었는데, 현역시절부터 사용했던 낡은 등나무 흔들의자에 깊이 묻혀서 하루종일 술병을 끼고 지냈다.

어느날 저녁 사내 하나가 대령 집 베란다 앞에 와서 술주정을 했다.

"요 앞전에 정화조 풀 때 말이오, 팔만원이나 나온 돈을 나 혼자 옴팡 둘러썼단 말씀이야. 설마 우리 세 식구가 두 차나 싸질렀다고 잡아떼진 않겠지? 주민들이 코빼기라도 내비쳐야 뭘 해보지. 니미럴, 옥상도 새고 지하수 모터도 걸핏하면 고장이고, 상의해서 돈 쓸 일이 어디 한두 가지라야 말이지. 지금 제대로 살림하고 사는 집은 거기 101호

하고 나하고 두 집뿐인데 그렇게 나몰라라 문만 닫아놓고 살면 다냐 말이야? 사람이 더불어 사는 맛이 있어야지."

사내는 그렇게 퍼부어놓고 담배를 태우는지 한동안 더 머물렀다가 계단을 밟고 올라갔다.

연립주택에서 유일하게 시야가 트인 곳은 저수지 쪽이었다. 자주 창 너머로 산안개가 장막을 치곤 했다. 대령은 새벽부터 아침까지 그나마 정신이 맑은 시간 동안 시시각각으로 변해가는 산안개를 내다보았다. 안개는 골바람을 따라 서서히 골짜기 아래로 흘렀다. 거대하고 뭉글한 외곽을 보이며 물러난 안개 위로 펜촉처럼 미루나무 우듬지들이 떠오르곤 했다. 그건 빗자루처럼 보이기도 했다. 눈을 쓸던 병사가 잠시 어깨에 올려놓곤 하던 싸리나무 빗자루들 같았다.

맑은 날에는 멀리 벌판의 공단과 그 너머 고속도로까지 보였다. 밤이면 벌판의 온갖 소음들이 골짜기로 공명하며 올라오곤 했다. 그 소리들이 아니더라도 골짜기는 괴괴한 소리들로 가득했다. 오른쪽 능선 너머로 굿당이 있는지 징소리가 밤새 끊이지 않는 날이 많았다. 또 개울 건너 가까운 숲에서는 개 짖는 소리가 시끄러웠다. 한마리가 짖기 시작하면 몇마리인지 가늠할 수 없는 개들이 한꺼번에 짖어댔다. 개 사육장이 있는 게 분명했다. 저수지 가에는 흔히 가든이라고 부르는 식당이 하나 있었는데 금요일 저녁부터 시작된 노래반주기 소리가 주말 내내 골짜기를 흔들어놓았다.

송홧가루가 날아와 방바닥에 뿌옇게 쌓이곤 했다. 대령은 흔들의자를 베란다로 내놓고 앉았다. 그는 깨어 있으면 마셨고, 마시면 잠들었다. 때로는 베란다 바닥에 의족을 내던져놓고 나동그라져 잠들곤 했다.

드디어 301호 사내가 찾아와 이맛살을 찌푸렸다. 그 사내를 정면으로 보기는 처음이었다. 이들 부부는 무슨 일을 하는지 새벽같이 화물차를 몰고 나갔다가 저녁 늦게야 돌아오곤 했다. 그는 아이 교육상 좋지 않으니 집안에서 술을 마셔달라고 말했다. 딸내미 이야기라면 사내는 잘못 짚고 있었다. 그 집 중학생 딸아이는 부모가 없는 대낮이면 삼층 베란다에서 꽁초를 몇개씩 마당으로 내던졌다. 남자친구가 오토바이를 타고 와 싣고 나갔다가 부모가 들어오기 전에 데려다주곤 했다. 그러나 사내는 따로 또 작심을 하고 온 내용이 있는지 물러가지 않았다.

　"새로 온 사람이면 뭘 좀 내놔야 할 것 아니요? 그간 관리비조로 가로등 하나쯤은 살려놓을 수 있잖소? 많은 돈도 아니고 미납금 팔십만원만 내면 공용 전기를 다시 넣어준다는데 새로 온 사람이 최소한 예의로다가……"

　대령은 사내를 무표정하게 바라보았다. 그러던 사내의 눈빛이 일순 흔들리는가 싶더니,

　"대대장님!"

하고 거수경례를 척 붙이는 거였다. 대령도 엉겁결에 손바닥을 들어 응대했는데 어찌나 근엄하고 절도가 있는지 술에 절어 흐늘거리던 노인 같지 않았다.

　두 사람은 금방 술잔을 주고받는 사이가 되었다. 대령은 사내를 '김병장'이라 불렀다.

　301호 사내는 한때 이 집을 소유하기도 했던 세입자였다. 그 집도 경매로 넘어가 비워줘야 하는 입장이었는데 그는 새주인에게 이사비용을 두둑이 받아내겠다고 벌써 일년째 버티고 있었다.

"혹시 낮에 누가 와서 뭘 물어도 모른다고 하쇼. 우편물 같은 건 받지도 마시고. 내용증명을 자꾸 보내오는데 그거 받아놓으면 곧 법원 퇴거명령장이 날아올 수도 있으니까."

그는 이 지방에서 좀 놀았던 건달 출신으로 그 수완으로 그랬는지 석재공장 하나를 인수해서 운영하다가 삼년 전에 말아먹고 지금은 농기계 창고 하나를 임대해서 폐오일통 수집상을 하고 있었다. 그러고 보니 그의 손마디에는 번들번들하게 기름기가 끼어 있었다. 가까운 숲에 있는 개 사육장도 그의 소유로 사내는 개를 도축해서 인근식당에 대는 일을 부업으로 하고 있었다. 사내는 가끔 개고기를 대령의 냉장고에 쟁여주기도 했다. 마당 한편에는 큰 호두나무가 한그루 있었는데 그루터기 쪽으로 301호에서 나오는 개뼈다귀가 돌탑처럼 쌓여갔다.

대령은 힘든 발걸음을 떼서 사내의 개 사육장을 찾아가곤 했다. 사과 과수원과 사슴농장을 지나 골짜기를 거슬러올라야 하는 길이었는데 대령에게는 유일한 외출이었다. 사내는 숲 공터에 철망으로 지은 우리를 수십개 옮겨놓고 개를 기르고 있었다. 족히 서른 마리는 될 것 같았다. 애완견 종자까지 있는 것으로 보아 말은 하지 않아도 개사냥을 다니는 눈치였다. 숲 아래로는 늙은 미루나무 한그루가 껑충한 개울이 있었다. 그러고 보니 이 저수지의 명물은 요새는 좀처럼 보기 힘든 그 미루나무들이었다. 사내는 개울에서 개를 잡았다. 미루나무 옆에는 그네를 매어도 좋을 듯싶게 완만히 드러누워 자란 버드나무가 있었고 그 줄기에는 올가미 매듭을 한 밧줄이 늘어져 있었다.

사내가 사육장에서 긴 막대 달린 올가미를 들면 개들은 우리 깊숙이 들어가 몸을 사린 채 짖어댔다. 사내는 한마리를 점찍고 올가미로 목을 홀치었다. 그러면 방금 전까지 그렇게 짖어대던 개들이 일제히, 약속이나 한 듯 조용해지는 것이다. 밥그릇에서 물러났던 놈들이 다시 그릇을 핥곤 했다. 올가미를 둘러쓴 개는 우리의 철망 바닥에 네 발을 밀착시키고 버티다가 올가미가 목을 더 죄어오면 우리 밖으로 끌려나왔다. 사내는 엉덩이와 뒷다리를 바닥에 댄 개를 질질 끌다시피 해서 개울로 내려갔다.

버드나무 올가미에 개목을 걸어놓고 사내는 잠시 담배를 피워물었다. 이상하게도 개들은 밧줄 올가미에 머리를 넣은 순간부터 전혀 짖거나 발버둥치지 않았다. 대령은 단연코 짐승에게도 표정이 있다고 확신했다. 뭔가 체념한 듯한 가축 특유의 연민 같은 게 그놈들의 눈빛에 스치곤 했다. 대령은 전장에서 그렇게 죽어가는 사람들의 표정을 여러번 보았다. 동족이든 이족이든 군인이든 민간인이든 다를 게 없었다. 밧줄을 당기면 개는 다리를 털고 허리를 접으며 허공에 매달렸다. 사내는 당긴 줄을 미루나무 둥치에 매고 개의 숨이 잦아들 때까지 기다렸다. 그동안 개들은 생똥을 흘렸고 혀를 오른쪽이든 왼쪽이든 약간 비스듬히 빼물고 죽어갔다. 간혹 숨이 길어지는 개들도 있었다. 그때는 사내가 몽둥이로 정수리를 두어 차례 내리쳤다.

개울가에는 돌을 놓고 나뭇가지를 걸어서 만든 불자리가 있었다. 사내는 그 위에 개를 올려놓고 가스버너로 털을 그슬렸다. 개울에 노린내가 진동했다. 사내는 고깃집에서 쓰는 집게를 날카로운 면 쪽으로 세워서 털이 탄 자리를 긁어내는 데 썼다. 숯처럼 타들어 엉긴 털들이 밀려나고 거무스름한 살갗이 드러났다. 때로는 살갗이 터져 흰 비계층이 칼자국처럼 벌어지곤 했다. 겨드랑이나 허벅지 쪽 털들은 쉽게 제거가 되지 않아 오랫동안 태워야 했다. 그런 부위의 살껍질은 어김없이 물크러졌다. 불자리에서 꺼낸 고구마처럼 개는 검고 딱딱한 사체로 남았다. 사내는 개울가에 비닐을 깔고 사체를 그 위로 옮겼다. 이제 살을 가르고 내장을 긁어내서 부위별로 살점을 추릴 것이다. 사내는 네 발목에 칼집을 내고 관절을 뚝뚝 부러뜨려 양동이에 담았다.

대령과 사내는 틈만 나면 개 내장을 끓인 국물을 놓고 술잔을 기울였다. 취기가 오르면 그들은 군가를 목청껏 불렀다. 사실 대령과 사내가 서로 공유할 수 있는 군대 경험이란 거의 없었다. 사내는 축구 이야기라도 함께 할 수 없는 사이라면 군 동료라고 생각할 수 없었다. 그는 비참했던 진중 경험을 열을 내며 늘어놓곤 했는데, 마치 대령이 대신 속죄라도 해야 한다는 듯 집요했다. 대령도 괴팍하기는 마찬가지여서 사내를 향해 느닷없이 차렷을 명령하기도 했고, 성한 오른발로 그의 정강이를 걷어차기도 했다.

"병장, 너희들은 군인도 아니야. 사병 출신 놈들은 두 가지밖에 기억하지 못하지. 박박 기었던 일이등병 생활이나 영감짓 하느라고 허리춤에 손 집어넣고 어슬렁거리는 상등병 생활이나 추억하지. 그런 추억이나 씨부렁거리는, 자존심도 없는 놈들이 무슨 군인이야. 이 돼먹지 못한 사회는 영광이라는 걸 몰라. 세상이 온통 군기가 빠졌어."

사내는 병정놀이하듯 재미삼아서 명령을 따르다가도 대령의 표정에서 얼핏 진지함이 느껴질 때면 끝모를 분노가 치밀었다. 그럴 때는 대령의 멱살을 잡아채기도 했다.

"씨발, 아직도 대대장인 줄 알아?"

그래도 직성이 안 풀리면 대령의 의족을 마당으로 내던지는 일도 서슴지 않았다.

그 지경까지 이르고도 두 사람은 언제 그랬냐는 듯 술잔을 놓고 마주았았다. 술이 아니라면 그들의 관계를 유지해줄 만한 구실은 아무것도 없어 보였다. 대령은 301호 사내를 경멸했다. 그의 눈에는 사내가 그에게 우려낼 재산이 없나 호시탐탐 노리는 비열한이나 다름없었다. 그는 담보대출의 보증을 서달라고 서류를 내밀었는데 대령은 그까짓 것 정도에는 호기롭게 도장을 눌러줄 수 있었다. 그러면서도 그는 잊지 않았다: 아직 퇴직금이 남아 있고, 매달 수십병의 양주를 없애도 끄떡없는 연금이 나오고 있다는 사실을 상기시켰다. 이런 놈은 도덕도 체면도 없는 부류 같았다. 오직 생에 대한 본능적인 집착만으로 행동했다. 그는 대령에게 살육의 야전 그 자체였다. 대령은 사내와 함께 있으면 자신이 얼마나 추악한 현실을 딛고 있는지 실감했다. 그와의 술자리가 좋다면 단지 그뿐이었다.

며칠 동안 사내가 보이지 않더니 닷새 만엔가 대령 앞에 나타났다. 폐오일통 공장 때문에 환경사범으로 적발되어 조사를 받고 나오는 길이라고 했다. 그날 사내는 러닝셔츠 차림으로 마당 정원의 등나무를 톱으로 잘라냈다. 관리를 안해줘서 줄기가 땅 쪽으로 뻗은 게 흠이었지만 등나무는 제법 정원을 운치있게 해주고 있었다. 지난 오월에는 꽃구경도 시켜준 나무였다.

"왜 그걸 자르나?"

영문모를 일이기도 했고 엄연히 공동주택인데도 제집 다루듯 하는 행동이 괘씸해서 대령은 목소리를 높였다.

"집안에 뱀뱀 꼬이는 나무가 있어서 그런지 원, 하는 일마다 꼬이잖소. 이런 나무들은 사업하는 사람 집에 안 들이는 게 상책이라."

기어이 사내는 등나무를 없애버리고 말았다.

작업장이 폐쇄된 301호 사내는 폐오일통을 주택 마당에 부리기 시작했다. 한마디의 상의도 없었다. 마당에는 오일통들이 산더미처럼 쌓여서 대령의 거실 창을 가릴 정도였다. 대령은 마치 자신이 고물상 관리실에 앉아 있는 것 같았다. 대령은 그것에 대해 한마디도 이렇다 저렇다 말하지 않았다. 그의 채신으로는 먹고살려고 하는 일에 악취가 좀 나고 눈꼴이 사납다고 하여 뭐라 할 수 없었다.

비 오는 여름밤에 301호 사내가 문을 두드렸다. 사내 뒤에는 대여섯 명이나 되는 아이들이 비옷을 걸친 채 서 있었다.

"우리 교회에서 수련회를 온 아이들인데 텐트에 물이 들어차서 집에서 좀 재웁시다."

술기운이 얼굴에 번진 사내는 빗물이 뚝뚝 듣는 아이들을 거실로 밀어넣었다. 그는 잠시 후 담요를 한아름 안고 다시 나타났다.

"교회 다니는 아이들이라 시끄럽지는 않을 겁니다. 대령님은 하느님 은총을 받을 겝니다."

그가 꾸부정한 몸으로 흐흐 웃었다. 마늘 냄새에 섞인 개고기 특유의 쏘는 냄새가 풍겼다.

아이들은 밤새 거실을 뛰어다니며 시끄러웠다. 대령이 지팡이를 짚고 나가 조용히 하라고 소리쳤지만 그때뿐 돌아서고 나면 언제 그랬느냐는 듯 찧고 까불었다.

301호 사내가 교인 행세에 꽤나 열심인 것은 사실이었다. 주일마다 서너 개나 되는 물통에 약수를 담아 교회로 실어나르는가 하면, 보수를 좀 받고 하는 일인지 모르나 교회 봉고차를 직접 몰기도 했다.

하루는 사내가 트럭을 가지고 아랫마을로 서너 차례 오르내리면서 마당에 장판이며 벽지 같은 건축 폐자재를 부려놓았다. 왜 그런 것들을 이 골짜기로 실어오는지 대령은 알 수가 없었다. 밤이 들어 거실

창문으로 불길이 훤해져서 문을 열어보니 301호 사내가 폐자재를 태우고 있었다. 독한 매연이 집안으로 몰려들었다.

"무슨 짓인가?"

대령은 베란다로 나서며 소리쳤다. 사내는 좋은 불구경을 시켜주겠다는 듯 불더미에 휘발유를 끼얹었다. 골짜기의 어둠이 한 자는 밀려났다.

"교회가 보수공사중입죠."

"자네의 신앙은 교회를 위한 것인가, 저분을 위한 것인가?"

대령은 하늘을 힐끔 쳐다보며 비아냥거리듯 말했다.

"나 자신을 위한 것입죠. 좀 봐주쇼, 개척교회라 그러니."

대령은 기가 막혀서 입을 닫고 돌아섰다.

마당 한편에 잿더미가 흉물스럽게 자리를 잡았다. 쓰레기는 쓰레기를 모았다. 사내는 소각장이라도 생긴 듯 걸핏하면 쓰레기를 태웠다. 때론 행락객들도 그곳에 쓰레기를 버리고 가곤 했다. 폐오일통 수거에 쓴 마댓자루를 태우는 날은 그 이튿날까지 매연 냄새가 골짜기를 맴돌았다. 사내도 눈치는 있어서 야음을 틈타 그 짓을 해댔는데 대령은 자신의 자존심도 그 쓰레깃더미에 함께 버려진 기분이었다. 대령이 비행을 묵인할 수밖에 없다는 사실을 사내는 잘 아는 것 같았다.

그리고 가끔 사내는 댓가를 지불하듯 하룻밤 묵을 손님을 꿰어왔다. 교회 손님들뿐이 아니었다. 저수지에 낚시 온 사람들을 끌어오기도 했다. 아예 호객꾼처럼 저녁 무렵이면 저수지를 한바퀴 도는 눈치였다. 그때마다 그는 만원씩, 혹은 이만원씩 내밀어놓고 갔다. 아마 그 자신도 얼마간을 챙기는 눈치였다.

"갈 데가 없다는데 하룻밤 재워줘야지 어떡합니까. 은혜받을 일 아닙니까? 하룻밤 술동무나 삼으세요."

대령의 불편한 마음도 점점 무디어져갔다. 얼굴에 노기가 어릴 때면 사내가 은근히 속삭이곤 했다.

"대령님, 이 집을 몽땅 사들여서 민박집으로 꾸미는 겁니다. 사업이 될 만합죠? 대령님이 투자할 의향만 있으시면 말씀하십쇼. 집값은 내 거저먹을 수 있을 만큼 눌러놓을 테니까."

"사업은 김병장네 전공 아니냐?"

"왜 이러십니까? 그저 농으로 듣지 마쇼. 이래봬도 내가 돈냄새는 좀 맡으니까, 헤헤."

그런 놈이 전 같지 않게 슬슬 술자리를 피했다.

"몸이 안 좋시다. 의사가 좀 살려면 술을 굶으라는데……"

"개뼈다귀가 마당에 저렇게 수북한데 몸이 안 좋다고?"

대령은 네 같은 짐승이, 하는 말이 입에까지 오른 것을 머금었다.

"글쎄, 화가 차서 간도 그렇고 폐도 그렇고 전반적으로 고장 직전이라고 그럽디다."

실제로 사내는 수척해져 있었다. 그런 사내를 대령은 몇차례 붙들어앉혀서 술을 먹였다.

"김병장, 자네가 없으면 내가 이 골짝에서 뭔 낙으로 사나?"

그러자 사내는 그답지 않게 쓸쓸하게 웃었다.

사내는 개고기는 이제 입에 물린다면서 토끼고기를 내놓곤 했다.

"이래봬도 산토끼입니다."

"이걸 어떻게 마련했나?"

"가끔 산에 들어 잡습니다. 보양은 토끼가 최고죠."

하루는 사내가 대령을 집밖으로 이끌었다. 대령은 절뚝거리는 걸음으로 사내를 따라 저수지 가의 식당으로 내려갔다. 사내는 마당 가의 오두막으로 대령을 안내해 앉히고 주인을 불렀다.

"여보게, 인사하게."

땅딸막한 식당 사내는 대령을 향해 허리 깊숙이 인사했다.

"대령님, 이 친구도 육군 출신입니다요. 나이는 어리지만 군인정신 하나로 이만한 식당을 일궜습죠."

"이렇게 모시게 돼서 영광입니다."

다시 식당 사내가 고개를 숙여왔다. 그러나 그건 직업적인 몸짓이 었고 그는 대령을 별로 달가워하지 않는 눈치였다. 어쩌면 대령보다 301호 사내를 더 꺼리는지도 몰랐다.

301호 사내는 귀찮기만 한 대령을 식당 사내에게 떠넘긴 것이다. 아무래도 좋았다. 그날부터 대령은 식당 오두막에 앉아 술을 마셨다. 술도 조껍데기로 만든 동동주로 바뀌었다. 식당 주인이 한잔씩 대작 을 해주곤 했다. 가끔 301호 사내의 트럭이 슬금슬금 지나갔다. 몇번 대령이 손을 흔들었으나 그쪽에서는 별 반응이 없었다.

겨울이 잇대어오는 기미는 골짜기 곳곳에서 느껴졌다. 산벚이 소나 무 틈새에서 붉게 물들어갔다. 구절초와 벌개미취가 시선을 끌던 임 간도로와 저수지 가에서는 이파리가 노래진 싸리나무가 도드라져 보 였다. 연립주택 옆 주택부지의 호두나무에 다람쥐와 청설모가 부쩍 꼬이기 시작했다. 아무리 눈과 마음을 닫고 살아도 숲과 가까이 사는 이상 자연의 변화에 둔감할 수는 없었다. 자연의 변화는 소리와 색깔 이 아니더라도 공기로, 기운으로 전해져왔다.

요 며칠 대령이 자주 눈길을 주는 물상은 저수지의 미루나무들이었 다. 이파리가 빠른 속도로 져내리고 있었다. 물에 민감하고 바람을 키우고 사는 미루나무는 마치 길짐승처럼 호들갑스럽게 계절을 건너고 있었다. 미루나무는 한 열흘 만에 잎들을 모두 벗어버렸고, 열매를 보여주듯 까치둥지를 내놓았다. 숲이 마르면서 굿당의 징소리도 밤이면 유난히 크게 들려왔다. 대령은 요즘 들어 부쩍 가슴 깊은 곳에서부터 밀려오는 회한에 진저리를 치곤 했다. 그런 날은 어김없이 딸 마리가 생각나곤 했다. 그럴 때면 그는 자신이 군복을 벗기 전에 죽었어야 옳지 않았을까 생각되었다. 지금 자신은 참으로 낯선 생을 살고 있는 것 같았다. 이런 식으로 늙어가는 건 상상도 못해봐서 견디기가 힘들었다.

하루는 마당에 분홍 한복을 차려입은 늙은 부인네 하나가 나타났다. 그 부인네는 주택을 요리조리 살피다가 호두나무 아래 쌓인 짐승 뼈다귀를 보곤 흠칫 놀란 기색이었다. 부인네는 돌탑 앞에서인 듯 합장을 하고 머리를 조아렸다. 베란다 흔들의자에 앉아 있던 대령은 그 부인네가 301호를 경매로 인수한 새주인이 아닐까 미루어 짐작했다. 부인네는 베란다에 누운 대령을 발견하곤 폐오일통을 피해가며 다가왔다.

"그 토끼를 자꾸 잡숴대면 동티나."

부인네의 목소리는 의외로 걸걸했다. 뜻모를 소리라 대령은 허리를 세웠다.

"제물로 쓰고 방생한 짐승이 뭔 약이 된다고 자꾸 잡아다가 잡수? 그럼 그렇지, 영감쟁이라고는……"

부인네는 혀를 찼다.

"악귀가 머리에도 붙고 오장에도 붙구 팔다리에도 붙었어. 언제 올라와서 살풀이나 한번 받어."

그래놓고 그네는 휘적휘적 돌아갔다.

대령은 낮꿈이라도 꾼 듯 오후내 기분이 좋지 않았다. 해거름녘에 301호 사내가 기름에 전 마댓자루 뭉치를 한 차나 마당에 부려놓았다. 대령은 낮일을 두고 사내에게 이렇다 저렇다 아는 체를 하지 않았다. 301호 사내는 밤이 되자 어김없이 불을 피웠고, 불길이 치솟으며 골짜기는 대낮처럼 환해졌다. 그날 밤에는 경찰차가 들이닥쳐 301호 사내를 잡아갔다.

그는 닷새 만에 벌금형을 받고 돌아왔는데, 웬일인지 밧줄을 들고 식당 앞 미루나무로 내려갔다. 그는 그때부터 한시간 남짓 용을 쓰며 미루나무 세 그루에 올라 밧줄을 매어 늘어뜨렸다. 그리고 사라졌다가 다시 나타났는데 놀랍게도 그는 축 늘어져 죽은 개를 세 마리나 지고 와서 미루나무에 매다는 거였다. 대령은 저절로 고개가 돌아갔다.

"이 의리없는 자식아! 개귀신이 너희 집 서까래에 들러붙을 때까지 이러고 있으마!"

그는 미루나무 아래 서서 한나절이나 식당을 향해 소리쳤다. 실제로 오가던 차들이 구경을 하고, 손님들이 차를 돌리곤 했다.

식당 사내는 빙어튀김을 안주로 올리며 한숨을 푹푹 내쉬었다.

"제가 괜히 고발을 했겠습니까? 손님들이 끊어질 지경이에요. 도가 너무 지나쳤다 이겁니다. 이웃 못할 작자예요."

그러나 사내는 그만 일을 수습했으면 하는 눈치였다. 대령은 미루나무 아래로 다섯 차례나 절뚝거리며 나가 사내를 식당 오두막으로 불러들였다. 사내도 그렇고 식당 사내도 그렇고 반씩 몸을 틀고 앉았다.

"전우애가 뭔가?"

대령이 입을 열었다.

"헹, 같이 죽어줄 사람이 전우 아닌가? 부모형제가 같이 죽어주나?

자식들이 죽어주나? 전우만이 같이 죽는다 이 말이야. 그래, 안 그래?"

두 사내는 마지못해 헛기침으로 대답을 대신했다.

"이게 같이 죽겠다는 전우인가?"

대령은 두 사내에게 조껍데기 술을 한대접씩 찰랑찰랑 따랐다. 세 사람이 결연한 모습으로 죽 들이켰다. 곧 사내들은 화해했다. 둘이 사이좋게 미루나무로 나가 개들을 풀어내렸다. 301호 사내는 미루나무 가지에 대롱대롱 걸린 밧줄을 올려다보며 계면쩍게 말했다.

"저걸 어떻게 걸었는지 몰라. 죽었다 깨어나도 다신 나무에 못 오르겠어."

"형님, 놔두세요. 내가 언제 사다리를 갖다가 풀어낼 테니까."

평소 술이라면 한잔씩만 입에 대던 식당 사내도 그날은 거푸 술잔을 비워냈다. 대령은 엉덩이를 당겨 두 사내와 나란히 어깨동무를 했다.

"자, 전우가를 부른다."

세 사내는 큰 소리로 전우가를 불렀다. 그들은 연달아 군가를 네 곡이나 불렀다. 노래를 불러 취기가 달아나면 다시 술을 들이부었다.

"대령님!"

식당 사내가 풀린 눈으로 대령을 찌긋이 바라보았다.

"하나 물어볼 게 있습니다."

"뭔가?"

"헬기에서 내려 포상휴가증을 준 이등병을 기억하십니까?"

"글쎄, 그런 일이 있었나?"

"네, 대령님이 중부전선에서 연대장으로 근무하실 때 분명히 그런 일이 있었습니다."

"그렇다고 하세."

"그 이등병이 얼마나 비참했는지 아십니까?"

그러자 301호 사내가 식당 사내의 어깨를 툭 치고 나섰다.

"야야, 이 자식 또 그 이야기냐."

"김병장, 그만두게. 어디 들어보세. 왜 비참했는가?"

"어리버리한 이등병이 똥을 싸다가 헬기가 내려오고 거기에서 퇴소식에서 한번 뵌 연대장이 떡 내려와설랑 휴가증을 주시니 이 웬 영광이냐고들 싶었겠죠. 근데 이등병은 그게 평생 부끄러웠다 이겁니다. 그도 대학까지 다니다가 군대간 놈인데 글쎄, 똥싸다가 휴가증을 받았어요. 아, 그게 부끄러운 일 아닙니까? 그는 제대할 때까지 놀림을 받고 지냈다 이겁니다."

대령은 거슴츠레한 눈으로 술잔을 내려다보고 있었다. 301호 사내가 킬킬거리며 웃었다. 식당 사내는 입술로 흘러나온 침을 훌훌 들이마셨다.

"웃기는 일이죠. 대한민국에서 가장 팔팔한 젊은 놈들을 데려다놓고 그런 얼토당토않은 장난이 벌어지는 곳이 군대라 이거예요."

"살다보면 그보다 더 치욕스런 일도 많지 않겠나?"

"없습니다."

식당 사내는 몸을 세우며 단호하게 말했다. 그런 그가 그대로 술병처럼 모로 쓰러졌다. 301호 사내가 어깨를 받으며 말했다.

"헤헤, 신경쓰지 마십쇼. 이 자식은 다 좋은데 딱 하나 세상을 너무 에프엠대로 살려고 한다니까요."

그날 이후로 미루나무 가지에서 밧줄을 걷어낸 사람은 없었다. 301호 사내도 식당 사내도 잊어버린 듯했다. 세 그루의 미루나무에 늘어진 밧줄은 늦가을 저수지의 풍경이 되었다. 가끔 바람 타는 소리가 골바람에 실려오곤 했다.

대령은 낮잠이 깊어지곤 했다. 그럴 때면 꼭 꿈을 꾸었다. 꿈은 스토리를 잃고 짧은 이미지들로 채워졌다. 헬기가 추락하고 후송되어 마취에서 풀릴 때까지 그는 가끔 의식을 차리곤 했다. 차가운 논물이 입술을 적실 때, 금속의 은빛이 시야를 스칠 때 그는 고통보다도 가슴 속 깊이 협협해지는 느낌에 사로잡혔다. 풍경이 낯선 게 아니라 자신의 생이 낯설다는 느낌이 강렬했다. 사흘이나 되는 긴 시간이 단속적인 꿈처럼 아주 짧았다. 올가미가 목을 죄고, 미루나무에 걸린 밧줄에 자신이 매달려 있는 광경을 보았을 때 그는 자신이 깨어 있는지 잠들어 있는지 헷갈렸다. 때로는 전쟁터의 아비규환이 징소리와 함께 들려오곤 했다. 꿈은 경계가 모호해져서 눈을 떠도 지워지지 않을 때가 있었다. 지물지물한 눈에 마리가 저수지를 돌아 걸어오는 광경을 여러차례 보았다. 처음에는 마당까지, 다음에는 저수지까지 걸어나갔다. 껑충한 미루나무만이 헛것처럼 서 있었다. 꿈 없는 잠이 소원이 되었다. 대령은 독한 양주를 들이붓다시피 해야만 꿈보다 깊은 잠을 잘 수 있었다.

301호 사내의 발걸음이 뜸해졌다. 가끔 밤이면 폐기물을 태우는 모닥불로 창밖이 벌게졌고, 호두나무 밑에 짐승 뼈다귀 쏟는 소리가 들려오곤 했다. 칙칙한 갈색으로 말라가는 산의 기운이 집안으로 스며들었다. 골짜기를 찾는 행락객들이 눈에 띄게 줄었다. 골짜기에서 끌어오는 수돗물은 이에 시렸다. 하루 낮에는 낯선 자들이 주택을 배회하며 소곤거리더니 대령의 집 문을 두드렸다. 402호에 사는 사람에 대해 무엇을 좀 묻겠다고 소리치는 소리를 대령은 먼 이명처럼 귀를 열어놓고 들었다. 대령은 자신이 마치 어느 영화 쎄트장 뒤편에 누워 있는 것 같았다. 그는 그 순간 생이 갑자기 낯설어지는 느낌에 사로잡혔다. 자신이 세계를 달리해서 다른 세계로 넘어와버린 듯했다. 그리고 그 느낌이 자신의 생애에서 아주 빈번한 체험이었음을 알아챘다. 전투가 막 끝났을 때의 느낌도 그러했다.

한동안 코빼기도 비치지 않던 301호 사내가 하루 저녁에 문을 두드렸다. 낯선 사내가 셋이나 문밖에 서 있었다. 사내 둘은 쉰살 안팎으로 보였고, 하나는 청년이었다. 마을 공단에 있는 건설회사에 면접을 보러 온 노무자들이라고 했다.

"돈 아끼느라 저수지에서 낚시하며 밤을 새겠다는 걸 내 모셔왔습니다."

그러면서 그는 대령에게 만원을 찔러주었다.

사내들은 거실에 자리를 잡았다. 그들은 차례로 화장실을 드나들며 씻었다. 청년이 가방에서 새우깡과 소주를 내놓는 걸 보고 대령은 술잔과 육포를 가져다주었다. 그들에게 붙들려 대령은 거푸 소주잔을 받아 비웠다. 뒤에는 술이 떨어져서 대령이 양주를 두 병이나 내놓았다. 대령은 전쟁 이야기를 늘어놓았다. 하품을 해대던 노무자들이 대령을 들어다가 안방에 뉘었다.

얼마쯤 지났을까. 대령은 조갈증에 눈을 떴다. 거실에서 얘기를 나누는 소리가 도란도란 들려왔다. 대령은 제 귀를 의심하다가 간밤에 손님들이 들었다는 사실을 상기했다.

대령이 다시 잠자리에 들 무렵 손님들이 갑자기 언성을 높였다.

"공수부대가 몬자 발포한 건 아니라니께. 시민군이 먼저 총질을 시작했어야. 그거 다 쉬쉬하는 이야기제만."

"아이고, 형님은 눈도 깜박 안하고 거짓말하능교. 다 까발래진 이야긴데 새삼시럽게 먼 소릴교?"

"음마, 야 보게. 참말이여. 그때 나가 화순으로 일댕기고 있을 때라 시내 돌아가는 상황은 훤히 안단 말시. 시민들이 몬자 발포하고 그랑께 공수부대가 응사하고…… 암만 우리나라 군인이 몬자 국민한테 총질을 했을라고."

대령은 일어나 앉았다.

"언제는 그때 공주교도소에 있었다 카디만…… 으떤 기 진짜 형님인교?"

"음마, 이 사람 보게. 나가 은제 그라등가? 그건 한참 뒤제. 광주 사람 아니믄 아는 척도 하지 말어. 그때 나는 죽었다가 살아난 목심이여, 왜 그려?"

"좆도, 말도 말 같은 소릴 해야지."

"뭐시야? 너 시방 나한테 욕했냐?"

"씨발, 그람 존 소리 들을라고 한 소리가?"

갑자기 서로 엉겨붙었는지 바닥을 구르는 소리가 났다. 대령은 지팡이를 틀어쥐고 거실로 나갔다. 두 사내가 앉은 채로 멱살잡이를 하고 있었다.

"나가! 다들 나가!"

대령은 지팡이를 휘둘렀다. 사내들은 옷가지와 가방을 주섬주섬 챙겨들었다. 대령은 주머니를 쑤석거려 만원 지폐 한장을 문밖으로 내던졌다. 사내 하나가 옆걸음질로 낚아채서 마당으로 나갔다.

"뭐여? 만원이 비잖여."

그쪽에서 그런 소리가 들려왔다.

대령은 삼층으로 쫓아올라갔다. 301호 사내를 현관으로 불러내어 멱살을 틀어쥐었다.

"네놈 속셈이 뭐냐? 이 자식, 나한테 뭘 하겠다는 거야?"

사내가 대령의 손을 홱 뿌리쳤다. 대령은 휘청거리며 바닥에 주저앉았다.

"네놈은 분명 무슨 수작을 부리는 거야? 식당놈도 마찬가지야. 도대체 뭘 원해?"

"존 일 하고 돈벌라고 손님 엥겨주니 이젠 보따리 내놓으라시네, 참."

"이 자식, 너 군대에서 나한테 맞은 적 있어? 아니면 뭐야? 내 재산이 탐나나? 날 말려죽여놓고 그것 가로채고 싶어서 그래?"

사내는 문을 닫고 뚜벅 걸어나왔다. 그의 손에는 올가미가 들려 있었는데, 그는 순식간에 대령의 목에 올가미를 씌웠다.

"그래, 그런다면……"

대령은 캑 소리를 지르며 두 손으로 올가미를 붙잡았다. 사내가 올가미를 당겼다. 대령은 올가미가 살을 파고들지 않도록 손으로 꽉 그러쥐었다. 그런 상태로 그는 계단에서 끌려내려갔다. 사내는 대령을 마당까지 끌고 갔다. 대령은 더이상 비명도 지를 수 없을 만큼 고통과 공포에 휩싸여 사지를 축 늘어뜨렸다. 겨드랑이에 손을 넣어 대령을 치켜든 사내는 그를 호두나무 밑으로 옮긴 뒤 부리듯 내던졌다. 대령은 개뼈다귀 무더기에 상체를 바짝 붙이며 앉았다. 사내가 양동이 속을 휘저어 시커먼 것을 꺼내더니 대령의 입에 쑤셔박았다. 축축한 개 발목이었다. 대령은 대번에 뱉어냈고, 사내는 턱을 눌러 벌린 다음 다시 집어넣었다.

"뱉지 마. 너도 이렇게 했잖아?"

사내가 메마른 목소리로 말했다.

"널 당장 쳐죽이고 싶을 때가 한두 번이었는지 알아?"

사내는 올가미를 한번 당겼다. 입안이 가득 찬 대령은 큭, 소리를 냈다.

"그만 해!"

어둠속에서 누군가 나타났다. 식당 사내였다. 그는 301호 사내의 손에서 올가미를 뺏어들었다. 301호 사내는 큭, 소리를 내더니 돌아서서 오열했다.

"이제 됐어. 그만 해."

식당 사내는 대령의 목에서 올가미를 벗겨냈다. 대령은 입안에 든 것을 울컥 뱉어내며 혼절했다.

대령은 밤이면 비척이며 저수지로 내려와 배회했다. 그는 미루나무 아래에서 멈추곤 했다. 나무에서 귀신 울음소리가 들리는 것 같았다. 그건 밧줄이 바람에 울리며 내는 소리일 테지만 대령은 꼭 그렇게 들렸다.

가끔 301호 사내가 밤손님을 데려와 문을 두드렸다. 대령은 숨소리조차 내지 않았다.

"대령님! 왜 이러십니까?"

사내가 밖에서 소리치곤 했다. 대령은 이불을 둘러쓰고 소리쳤다.

"이제 그만 하게. 딸아이가 와 있다네."

어느날 밤에 식당 사내는 미루나무 밑에서 들려오는 외침소리를 들었다.

"아, 군인이 총도 없이 죽다니!"

마리는 저수지를 돌아들다가 무슨 유품(遺品)처럼 눈앞에 나타난 미루나무를 바라보았다. 미루나무는 잎들이 파랗게 올라 까불거리고 있었다. 까치집도 밧줄도 숨어버린 나무에서는 오월의 싱그러운 햇살만이 빛나고 있었다.

  장식장 하나 없이 휑뎅그렁한 집은 퀴퀴한 냄새로 가득했다. 천장과 벽의 벽지가 군데군데 습기에 눅어 처져내리고 있었다. 베란다에는 술병이 가득 쌓여 있었다. 노인 혼자 사는 집에 웬 이불은 그렇게 많은지 마당으로 끄집어내놓고 보니 작은 봉분을 하나 친 것 같았다. 마리는 이불을 처질렀다. 다음엔 벽에 걸리고 박스에 담긴 옷가지를 내다가 태웠다. 옷가지 속에는 별 계급장과 훈장이 셋이나 달린 제복이 섞여 있었다. 마지막 갈 때 무슨 옷을 입었을까? 불속으로 제복을 집어던지며 그녀는 불현듯 그런 의문에 사로잡혔다.

  집안에 아버지의 흔적은 더 남아 있는 것 같지 않았다. 마리는 걸레로 방바닥을 훔쳐내고 씽크대를 닦았다. 신발장을 열어본 그녀는 맥없이 한숨을 내쉬었다. 미처 치우지 못한 군화 한켤레가 나왔다. 옆으로 지퍼가 달린 군화는 반질반질하게 닦여 있었다. 군화는 잘 타지 않았다. 그녀는 씽크대에서 양주 한병을 가져다가 군화에 끼얹었다. 이내 불이 옮아붙더니 군화는 누린내를 풍기며 타들어갔다.

  ─『현대문학』 2004년 8월호

홀로 잠든 밤새 아이는 길 떠나는 꿈을 꾸었다.

어미가 저를 떼어놓고

저승이란 데로 가버려 아이는 울고불고 어미를 찾아나선 길이었다.

그 길은 황토 바람이 휘몰아치는 언덕길이었다.

언덕마루에 다다른 아이는 어떤 불길함을 느끼며 직감적으로

황토 구덩이에 몸을 숨겼다.

환희

눈앞은 온통 붉은 안개에 휩싸여 있었다.

그런데도 아이는 보고 싶은 것을 모두 볼 수 있었다.

언덕 너머로 거대한 분지의 마을이 내려다보였다.

아마 어머니는 그곳으로 간 모양이었다.

때마침 그곳에는 한창 운동회가 열리고 있었는데, 죽은 영혼들은

진흙으로 빚은 공으로 축구를 했다.

진흙공이었지만 공은 하늘 높이 뻥뻥 날아올랐다.

"아부지가 죽으려고 해요!"

아이가 갈퀴집을 찾아와 말했다. 아이는 토방에 서서 치맛자락을 말아쥐고 있었다. 울지는 않았지만 잔뜩 겁에 질려 금방이라도 쓰러질 것 같았다. 갈퀴집 영감은 댓살과 낫을 내려놓았다.

"거기 좀 앉아라."

토시 낀 팔을 문턱에 올리며 영감이 말했다. 아이는 앉지도 않았고 손도 거두지 않은 채 어서 가자고 몸을 반쯤 틀고 서 있었다.

"어디 차근차근 말해다오. 아부지가 어떻다고?"

"농약병을 들고 들어가 방문을 걸어잠갔어요."

"네 아부지는 죽지 않을 게다."

"나 죽네, 나 죽어, 하고 마악 소리친단 말예요!"

마침내 아이가 소리내어 울기 시작했다.

"허허, 죽지 않는대도 그러는구나."

영감은 신발을 꿰고 토방으로 내려섰다. 아이는 턱을 치켜들고 울었다.

"가보자꾸나. 아무 일 없을 테니 그만 울음을 그치거라. 허허, 뚝!"

영감은 아이의 낯을 훔쳐주었다. 딸꾹질하는 아이처럼 아이는 울음을 삼켰다.

"무슨 일이에요, 영감님?"

사철나무 울타리 너머로 박팽구가 거름지게를 지고 서서 물었다.

"재식이가 죽겠다고 난리인가보이."

"또요?"

박팽구는 거름지게를 벗어 땅에 내려놓았다. 영감은 마루청 밑에서 연장함을 끌어내 장도리를 찾아들었다. 아이가 앞장서며 영감의 손을 끌었다.

"어디를 그렇게 급하게들 가세요?"

물동이를 이고 오던 구장집 며느리가 똬리 끈을 뱉으며 물었다. 박팽구가 대답했다.

"재식이가 농약병을 들고 방으로 들었다네."

"오매매!"

구장집 며느리는 발걸음을 돌려세웠다. 우물가를 지날 때 세 명의 여자가 우물에서 허리를 세웠다. 물동이를 인 구장집 며느리는 온몸을 돌려 우물에 대고 소리쳤다.

"글쎄 농약을 마셨대요, 철이 아부지가!"

"이잉? 또?"

여자 셋도 손을 헹구고 길로 올라섰다. 아이의 집에 이르렀을 때 마을 사람들은 열 명이 넘었다. 빨랫방망이를 들고 온 아낙도 있었고, 소를 몰고 온 사내도 있었다. 뒤늦게 자전거를 끌고 나타난 이도 있었다. 예닐곱이나 되는 마을 사람들은 추녀밑으로 몰려 있었는데, 방안의 신음소리를 듣고야 말겠다는 듯 아무도 입을 열지 않았다.

집은 조용했다. 방 안에서도 아뭇소리 들려오지 않았다.

"재식이! 어이, 재식이!"

박팽구가 문앞에 대고 소리쳤다.

"어이쿠! 잠잠하네."

아이가 다시 울기 시작했다. 구장집 며느리가 아이를 치마폭에 감싸며 말했다.

"어서 문을 따봐요."

박팽구는 신발을 신은 채 마루로 올라섰다.

"돌쩌귀를 뽑게나."

갈퀴집 영감은 박팽구에게 장도리를 건네주었다. 띠살문 위아래로 박힌 돌쩌귀는 쉽게 뽑혔다. 문이 열리자 사람들이 우르르 방문 앞으로 달려들었다.

"죽은 거야, 자는 거야?"

누군가 어둥한 방안을 살피며 말했다.

방으로 든 박팽구가 이내 농약병을 들고 나왔다.

"순 공갈이야! 보세요, 농약병은 윗목에 재식이는 아랫목에서 무사하다구요. 아주 술에 곯아떨어졌네."

"봐라, 내가 뭐라고 하던? 니 아부지는 절대 안 죽는다잖더냐."

영감이 아이의 불룩한 등허리를 쓰다듬었다.

"도대체 이 집 돌쩌귀를 얼마나 더 뽑아야 한대요? 벌써 세번째라

구요."

빨랫방망이를 든 숙자네가 말했다.

"저런 사람은 절대 안 죽는다구."

"쉿, 조용히 말하세요. 그 말 때문에 진짜로 죽을 수도 있어요."

"암, 살 사람도 괜히 그렇게 죽는 법이야."

"암튼 이게 다 철이 엄마 때문이라구."

흥, 도롱굴댁이 눈을 흘겼다.

"저러니까 철이 엄마가 못 배긴 거라구. 누가 살아."

"그나저나 철이 엄마가 돌아와야 조용해질라나……"

"바람나 나간 여편네가 행여 돌아올까."

"그래, 사내라면 몰라도 여편네는 못 돌아오지, 절대로."

갈퀴집 영감이 입들을 둘러보며 혀를 찼다.

"애 앞에서 무슨 할 소리들이라구…… 어서들 돌아가게!"

마을 사람들은 곧 마당을 빠져나갔는데, 뿔뿔이 흩어지도록 입방아
를 그치지 않았다.

"이게 어디 방으로 들어갈 물건이냐?"

영감은 툇마루에서 농약병을 집어들었다.

"원, 전착제구먼. 요것 먹고는 안돼. 살충제나 살균제를 먹어야지.
제초제를 붓든지."

영감은 혼잣말로 중얼거렸다.

"아가, 약 구럭이 어딨느냐?"

영감이 묻자 아이는 뒤란으로 돌아갔다. 아이는 멍석 살강에 걸린 낡
은 노망태를 가리켰다. 노망태를 내려들고 영감은 주위를 둘러보았다.

"저기가 좋겠구나."

영감은 무화과나무 밑 재우리로 걸어갔다. 재우리를 헤치고 파낸 다음, 영감은 노망태를 묻었다.

"눈에 안 보이면 못하니라."

갈퀴집 영감은 이엉을 잘 여며놓고 돌아갔다. 아이는 그늘이 내려 앉은 마당을 하릴없이 서성거렸다.

마당 가운데에서 아이는 하늘을 올려다보았다. 갉아먹다 둔 뽕잎 같은 하늘, 해가 막 구름구멍으로 빠져나오고 있었다. 툇마루에 환하고 따뜻한 볕이 내려앉자 아이는 툇마루 기둥에 몸을 기대었다. 심술이라도 부리듯 이내 볕은 도망갔다. 아이는 장독대로 걸어가 오짓독에 등을 대보았다.

오짓독은 따뜻했다. 흙을 헤집고 앉은 닭처럼 아이는 몸을 깊숙이 웅크렸다. 볼록한 가슴 위로 머리를 묻자 등은 더욱 솟았고, 아이의 몸은 알 속의 생명처럼 둥그렇게 말렸다. 금방 졸음이 몰려왔다. 파리가 얼굴에 앉아도 손가락 하나 까닥일 수 없었다. 아이는 자신이 언제 밥을 먹었는지 생각해보았다. 어제 저녁도 오늘 아침도 걸렀다. 아버지가 돌아온 점심 무렵에도 아이는 툇마루 기둥에 기대앉아 졸았다.

홀로 잠든 밤새 아이는 길 떠나는 꿈을 꾸었다. 어미가 저를 떼어놓고 저승이란 데로 가버려 아이는 울고불고 어미를 찾아나선 길이었다. 그 길은 황토 바람이 휘몰아치는 언덕길이었다. 언덕마루에 다다른 아이는 어떤 불길함을 느끼며 직감적으로 황토 구덩이에 몸을 숨겼다. 눈앞은 온통 붉은 안개에 휩싸여 있었다. 그런데도 아이는 보고 싶은 것을 모두 볼 수 있었다. 언덕 너머로 거대한 분지의 마을이 내려다보였다. 아마 어머니는 그곳으로 간 모양이었다. 때마침 그곳에는 한창 운동회가 열리고 있었는데, 죽은 영혼들은 진흙으로 빚은 공으로 축구를 했다. 진흙공이었지만 공은 하늘 높이 뻥뻥 날아올랐다. 아이는 어머니를 찾아나섰다는 생각도 잊은 채 이 별난 구경거리에 푹 빠져 놀다 돌아왔다.

'아아, 엄마는 죽었겠구나!'

아이는 틀림없다고 생각한다. 간밤의 꿈이 선명해질수록 자꾸만 광주에 간 어미는 죽은 것만 같았다. 이틀 전에 기와집 고등학생 아들이 광주에서 겨우 살아돌아왔다. 이틀 밤낮을 꼬박 자전거를 몰아 도망쳐온 그는 맨발이었다. 교련복 바지를 찢어 발바닥을 싸맸는데도 살은 터져 국도에 붉은 핏줄을 무슨 금처럼 그어놓았다. 광주에 남은 사람들은 다 폭도들에게 죽음을 당했을 것이라고 그는 쓰러지며 말했다. 사람들은 기와집 아들이 흘린 핏자국을 좇아 폭도들이 개처럼 킁킁거리며 쳐들어오고 있다며 북으로 난 길을 걱정스럽게 바라보았다.

"이약 파리약 쥐약! 이약 파리약 쥐약!"

골목길 저 멀리로부터 약장수 소리가 들려왔다.

아이는 발을 끌어당겨 몸을 더욱 웅크렸다. 볕이 몰려와 눈꺼풀 너머로 빨갛게 익었다. 이대로라면 아이는 밥을 못 먹어도 괜찮을 것 같다.

"아가!"

아이는 살포시 눈을 떴다. 나무상자를 진 약장수 노인이 문밖에 서 있었다. 노인은 무엇인가를 입에 넣고 오물거리고 있었다. 그런 그가 아이를 향해 가만히 손을 내밀었는데, 그의 손바닥에는 자줏빛 무화과가 들려 있었다.

"아직 덜 익었구나. 가물어서 떨어진 모양이야."

노인은 담 안팎으로 활짝 가지를 벌린 무화과나무를 올려다보았다.

"그건 먹으면 안돼요!"

아이가 두 주먹을 불끈 쥐고 일어섰다.

"허허, 떨어진 걸 먹었다. 칠월이나 돼야지 먹겠구나."

노인이 성끗 웃어 보였다.

"그건 우리 오빠 거란 말예요!"

"그래? 그렇구나. 오빠는 학교에 갔느냐? 너는 몇살이냐?"

노인은 마당으로 성큼 들어왔다. 아이는 오짓독에 바짝 붙어섰다.

"열한살이에요."

"열한살? 왜 학교를 안 갔느냐?"

"키가 더 커야 간대요. 내년에는 갈 거예요."

약장수 노인은 뜬뜬한 눈길을 던져 아이를 유심히 바라보았다. 아이는 다섯살 정도의 작은 키였다. 볼록하게 솟은 가슴과 등으로부터 사지가 뻗어나온 것처럼 보였다. 팔과 다리는 삭정이처럼 메말라 보기에 두려울 정도였다.

아이는 노인의 손에서 날래게 무화과를 낚아챘다. 자줏빛 색깔과는 달리 무화과 열매는 무르지 않고 단단했다.

"보세요, 우리 오빠가 표시를 해놨단 말예요."

아이는 무화과를 노인의 가슴 앞으로 들이밀었다. 노인은 허리를 접었다.

"이게 뭐냐? 73이라고 써놨구나."

"오빠가 해놓은 거예요."

아이는 무화과나무를 가리켰다. 노인도 몸을 돌려 무화과나무를 바라보았다. 무성한 잎새 틈으로 푸르고 단단한 무화과들이 맺혀 있었다. 우듬지 쪽 열매는 햇볕에 그을려서 벌써 자줏빛을 띠고 있었다.

"허허, 저것들에다가 번호를 매겨놓았단 말이지?"

노인의 물음에 아이는 고개를 끄덕였다.

"하나라도 건드리면 죽인댔어요."

아이는 단호한 어투로 말했다.

"저런…… 그래도 이건 제풀에 떨어진 거란다."

노인은 다시 성끗 웃어 보였다. 그는 나무상자를 벗어 토방에 내려 놓았다. 등줄기 쪽으로 옷이 축축이 젖어 있었다. 노인은 허리춤에서 수건을 풀어냈다.

"무엇을 팔러 다니세요?"

아이가 경계를 풀며 물었다.

"약이란다. 이약, 파리약, 쥐약…… 없는 게 없지. 너희 집엔 쥐가 없느냐?"

"도둑고양이가 맨날 놀러 와요."

"그렇구나. 고양이가 있으면 쥐가 못 살지. 어른들은 다 들에 가신 모양이구나."

노인이 집안을 휘둘러보았다.

"엄마는 광주에 돈 받으러 갔어요. 아부지는…… 죽었구요."

"저런……"

"엄마가 양파 값을 받아온댔어요. 광주에 가봤어요?"

아이는 다시 오짓독에 기대어앉았다.

"암, 가보았지. 지금은 난리가 났단다. 니 엄마는 언제 가셨냐?"

"얼마 안됐어요. 우리 오빠도 갔는데."

"난리가 끝나야 돌아들 오겠구나."

노인은 긴 한숨을 쉬고 수건으로 목덜미를 훔쳤다. 아이는 오빠가 집을 나가던 날을 떠올렸다. 오빠는 어머니를 두드려패는 아버지를

토방으로 밀쳤다. 제발 좀 죽어. 맨날 죽겠다고만 하지 말고 죽으란
말야! 오빠는 농약병을 절구통에 던져 산산조각을 내놓고 집을 나갔
다. 엄마가 동구 밖까지 쫓아갔지만 붙잡지 못했다.

"오빠가 안 돌아오면……"

아이는 침울해졌다.

"안 돌아오면 무화과는 제가 먹어도 되나요?"

아이가 말을 마치자 노인은 클클클, 웃었다. 무슨 생각인지 아이는
무릎걸음으로 나무상자 쪽으로 다가앉았다.

"구경하련?"

노인은 나무상자를 열었다.

"하얀 물약은 이약이고, 노란 것은 파리약, 파란 것은 쥐약이란다."

"이 약들을 먹으면 사람도 죽나요?"

"그럼, 저 쥐약은 청산가리로 만들었단다. 쥐가 먹고 죽는 걸 사람
이라고 무사할까."

아이가 쥐약봉지를 집어들었다.

"하나 사게?"

노인이 묻자 아이는,

"돈이 없어요."

하고 다시 약봉지를 내려놓았다.

"꼭 돈이 아니어도 된단다. 쌀이나 보리도 받지."

아이는 툇마루로 걸어갔다. 광으로 들어간 아이는 밥그릇에 가득
쌀을 담아 나왔다.

"그건 너무 적구나. 그걸로 다섯 그릇은 줘야 해."

아이는 잠시 멈칫거리다가 다시 광으로 들어갔다.

"이것밖에 없어요."

돌아나온 아이는 밥그릇을 내보이며 말했다. 밥그릇 안에는 쌀이 반쯤 차 있었다.

"별수없구나. 대신 이리 오렴."

노인이 두 팔을 벌렸다. 아이는 툇마루 끝에서 물러났다.

"괜찮다. 이 할애비가 네게 약을 주려고 그러는 거야."

아이는 멈칫거리며 노인의 품에 안겼다. 노인의 품에서는 담뱃진 내가 독했다. 노인은 아이를 안고 부엌으로 들어갔다.

"원, 집구석이 엉망이구나. 파리약도 한봉지 주고 가마."

노인은 아이를 나무청에 가만히 내려놓았다. 노인은 물독에서 물 한 바가지를 떠서 벌컥벌컥 마셨다.

"아가…… 무화과 먹어본 적 있지?"

아이는 여전히 겁에 질린 표정으로 고개를 끄덕였다.

"이제 이 할애비가 그것을 줄 거야. 그 물러터진 무화과를 핥아먹듯이 하면 된단다."

노인은 허리끈을 풀었다.

"배가 고파요."

아이는 노인을 빤히 올려다보며 말했다.

"너무 배가 고파요."

"그래, 나한테 라면이 있는데 조금 있다가 그걸 주마."

"퉤퉤퉤."

아이는 마당을 돌아다니며 침을 뱉었다. 재우리 앞에서 침을 뱉고, 대문 밖에다가 대고도 침을 뱉었다. 이제 마른침만 나오는데도 아이는 계속 침을 뱉었다. 텅 빈 속이 메슥거리는 게 뒤집힐 것만 같았다.

아이는 물동이에 머리를 박고 물을 들이켰고, 그대로 오랫동안 엎드려 있었다.

노인이 돌아가며 두고 간 쥐약과 파리약과 라면 두 봉지가 토방에 놓여 있었다. 아이는 라면봉지부터 들었다. 냄비에 물을 붓고 석유곤로에 올렸다. 심지를 한껏 올렸는데도 불은 잘 붙지 않았다. 곤로에서는 시커멓게 그을음이 오르고 심지 타는 냄새가 났다. 아이는 곤로를 흔들어보았다. 곤로에서는 기름 출렁이는 소리가 나지 않았다. 아이는 방으로 들어갔다. 아버지는 아랫목에 너부러져 잠들어 있었다. 코끝에 귀를 갖다대자 들큼한 술냄새가 맡아졌다. 눈두덩이 발갛게 부어올라 있었다. 몸을 흔들었는데도 기척이 없었다. 아이는 아버지의 바지주머니에 손을 넣었다. 한쪽에서는 아무것도 나오지 않았다. 반대편 주머니에서 아이는 꼬깃꼬깃해진 천원권 지폐 한장을 꺼냈다.

아이는 부뚜막에 앉아서 라면을 부셔 수프를 뿌리고 오독오독 씹어먹었다. 금방 목이 메었다. 아이는 라면 부스러기를 한줌 털어넣고 물 한모금을 마셔 넘겼다. 토방에 놓인 쥐약과 파리약이 눈에 들어왔다. 아이는 라면 한줌을 입에 우겨넣으며 토방으로 나섰다.

"노란 것은 파리약, 파란 것은 쥐약."

아이는 양손에 약봉지를 하나씩 들고 번갈아 보았다. 그 약들을 아이는 찬장에 넣었다.

아이는 석유병을 들고 집을 나섰다. 마을을 벗어나 신작로에 접어들어 다시 고개를 타고 올라갔다. 고개 중간께에서 아이는 걸음을 멈추고 길을 되돌아보았다. 멀리 대숲에 잠긴 마을이 보였다. 마을 옆을 지나 들판을 가로지르는 신작로가 북으로 나 있었다. 그 길에 개 한마리 얼씬거리지 않았다. 아이는 콧물을 길게 들이마시고 다시 걸었다.

고갯마루에서 아이는 걸음을 멈추었다. 간판장이가 반공탑에 사다리를 세우고 올라 붓을 들고 있었다. 붓끝에서는 마술처럼 붉은 글씨가 묻어나왔다. 간판장이는 면사무소 뒤 조그만 사무실에서 도장도 새겼다.

"어디 가니?"

간판장이가 내려다보며 알은체를 했다.

"아버지 담배 사러 가요. 뭐 하세요?"

아이는 고개를 세우고 물었다. 페인트 한점이 코피처럼 발끝에 떨어졌다. 아이는 한발 물러섰다.

"새로 단장하고 있단다."

간판장이는 페인트통을 들고 조심스럽게 사다리를 타고 내려왔다.

간판장이가 담배에 불을 붙여물었다.

"너희 아부지는 환희를 태우지."

"네, 전 심부름 갈 때마다 까먹어요. 아저씨 담배 이름은 뭐예요?"

"태양이란다. 가끔 거북선도 태우지."

"아부지도 거북선이나 태양을 피웠으면 좋겠어요. 외우기에 너무 어려워요."

"글을 못 배워서 그럴 게다."

"도대체 그게 무슨 말인지 모르겠어요."

아이는 붉은 페인트통을 들여다보았다. 무당벌레 한마리가 빠져 바르작거리고 있었다. 무당벌레의 피로 페인트가 붉은 것 같아 어지러웠다.

"글쎄다, 뭐라고 해야 하나?"

간판장이는 생각하느라 인상을 찌푸렸다.

"행복이라고 하면 역시 모를 게고…… 참 어려운 말이구나. 박하사탕 맛이라고나 할까?"

"박하사탕 맛이요?"

"은단 맛도 있겠다. 그렇지만 꼭 그렇지도 않은 것 같구나."

간판장이는 미간을 한껏 모았다.

"아무튼 그것은 네가 가장 바라는 일이 이루어질 때 찾아오는 거란다."

"웃음이에요?"

그는 머리를 저었다.

"그것보다 더 큰 기쁨이지. 눈물이 날 때도 있단다."

"전 잘 모르겠어요."

"그럴 테지. 나도 잘 모르겠는걸. 듣자니 아부지가 또 소란을 피우셨다며?"

아이는 대답하지 않았다. 아이는 페인트통에서 무당벌레를 집어내 하늘로 쳐들고 바라보았다. 무당벌레는 바르작댈 뿐 날개를 펴지 못했다.

"아저씨, 광주에선 정말 사람들이 서로 막 죽여요?"

"글쎄다. 그렇다는구나. 읍사무소 직원들이 쑥덕거리는 걸 봐선 큰 난리가 난 모양인데 라디오를 켜도 통 소식을 알 수 없구나."

"전쟁이에요?"

"하, 죽음이 판치는 세상이다."

간판장이는 담배를 껐다. 그는 세숫대야에 검은 페인트와 기름을 붓고 작대기로 저었다.

"엄마가 걱정되는 모양이구나? 네 엄마는 무사할 게다. 남들이 뭐라 하든 네 엄마는 무사히 돌아올 게야."

아이는 손가락을 풀어 무당벌레를 땅바닥으로 떨어뜨렸다. 놈이 바르작거릴 때마다 흙이 떡고물처럼 몸통에 묻었고, 그로 인해 벌레는 곧 흙에 파묻혔다. 흙 속에서도 꿈지럭거리는 무당벌레의 움직임이 느껴졌다. 아이는 벌레가 묻힌 흙 위에 발을 가만히 올려놓고, 짓이겼다.

장난을 마친 아이처럼 이제 꼽추 아이는 손을 털고 탑을 우러렀다.

"아저씨는 뭘 그려요?"

"반공표어를 쓴단다. 아주 기막힌 표어가 새로 나왔지. 너는 자수하면 산다! 이것을 오학년생이 지었다는구나."

"너는 자수하면 산다?"

"그래, 자수를 빨간 글씨로 쓰는 중이다. 이 글씨는 모양이 잘 안나와서 쓰기가 어렵지. 나는 이 표어를 농협 창고 벽에다가도 썼다. 너도 어서 글을 배워서 이것보다 좋은 표어를 지어야지. 그나저나 아부지는 어떠시냐?"

역시 아이는 대답하지 않았다. 아이는 반공탑을 손바닥으로 쓸며 한바퀴 돌았다. 반공탑 뒤에서 돌아나온 아이가 간판장이를 빤히 쳐다보며 말했다.

"아저씨도 죽으려고 했지요?"

간판장이는 설핏 웃었다.

"칼로 배를…… 보여주세요."

아이가 턱을 치켜들며 다가서자 그는 옷깃을 여몄다.

"창피하구나."

"왜 그랬어요?"

"내 이름이 무엇이냐? 박무칠이다. 밀양박씨지. 그런데 실은 아니었다."

"그럼 뭔데요?"

"어떤 성씨인지 모른다. 우리 어머니도 몰랐지. 난 그 사실을 어른이 되어서야 알았단다. 너희 아부지도 마찬가지야. 우린 전쟁통에 버려졌지. 그래서 네 아버지하고는 둘도 없는 친구처럼 지낸단다."

"아팠어요?"

아이가 콧등에 주름을 만들며 물었다.

"바로 후회했단다."

간판장이는 담배 든 손으로 웃옷을 들추었다. 배꼽 아래로 붉고 번들번들한 흉터가 길게 그어져 있었다.

"내 속을 내 눈으로 보았지. 비록 박가는 아니었지만 정작 내 창자는 아무렇지도 않더구나. 이제 다 지난 일이다."

"많이 아팠어요?"

"아니, 하나도 아프지 않았다. 배를 움켜쥐고 울었다만 아파서 운 건 아니었지."

간판장이는 회한에 찬 사람의 눈빛으로 아이를 바라보았다.

"너희 아부지도 그래선 안돼. 너희들한테는 행복을 물려줘야지. 그래도 아부지를 미워하진 말거라. 살기가 너무 고돼서 그렇단다."

"가볼래요."

아이는 석유병을 들었다.

"그래, 어서 다녀오렴."

"갈게요."

"애야!"

아이를 불러세운 그는 백원짜리 동전 하나를 쥐여주었다.

"너라도 아부지를 잘 보살피거라."

"고맙습니다."

아이는 등을 돌리고 곧장 걸어갔다.

아이는 읍내 기름집에서 석유를 한병 가득 채웠다. 아이는 교회를 지나 초등학교 탱자 울타리를 끼고 걸었다. 울타리 너머 운동장에서 아이들의 고함소리가 들렸다. 아이는 발걸음을 멈추고 울타리 틈으로 운동장을 바라보았다. 학생들이 공을 차고 있었다. 아이는 한동안 울타리 틈으로 학생들이 뛰어노는 모습을 구경했다.

학교 앞 가게에는 학생들이 늘어서서 고구마튀김을 먹고 있었다. 아이는 학생들을 비집고 들어갔다. 학생들이 슬슬 자리를 비켜주었다. 아이는 새카만 손으로 고구마튀김을 집어먹었다. 다른 아이들은 더이상 튀김에 손을 대지 않았다. 아이는 조금씩 베어 연달아 세 개를 먹었다. 라면 두 봉지를 산 아이는 거리를 걸어나왔다.

아이는 한시간을 걸어 다시 고개를 넘어왔다. 집은 조용했다.

방문을 열어보니 아버지는 일어나 술잔을 붙잡고 있었다. 아버지는 아이를 돌아보지 않았다. 그는 안주도 없이 됫병 소주병을 놓고 종지에 따라 마셨다. 그의 어깨가 부르르 떨렸다. 아이는 아버지가 흐느껴 운다는 것을 알 수 있었다. 아이는 가만히 물러나 문을 닫았다.

아이는 곤로에 석유를 넣고 불을 붙였다. 부뚜막에 양은 상을 편 아이는 대접을 두 개 올렸다.

"파란 것."

아이는 찬장 앞에서 뇌까렸다. 약봉지에는 잿빛 쥐가 그려져 있었다. 아이는 봉지를 뜯어 대접에 반씩 나누어 털어부었다. 파란 가루가 대접 바닥을 덮었다. 아이는 독(毒)은 검은색일 거라고 생각했다. 그러나 가장 독다운 색깔은 이제 파란색 같았다. 물이 끓자 아이는 라면 세 개를 냄비에 넣었다.

아버지는 여전히 울고 있었다. 두 손을 골마리에 깊이 찌르고 고개를 숙인 채였다. 아이는 밥상을 아버지 앞에 밀어놓았다.

"아부지, 밥 묵어."

아버지는 귀찮다는 듯 머리를 저었다.

"밥 묵으란 말이야."

아이가 갑자기 칭얼칭얼 울기 시작했다. 울음소리는 점점 커졌다.

"어엉, 밥 묵어. 밥 묵어."

아이는 훌쩍이며 젓가락을 아버지의 손에 쥐여주었다. 아버지는 마지못해 젓가락을 잡았다. 아버지가 희미하고 꺼칠한 목소리로 말했다.

"물 좀 다오."

아이는 부엌으로 나가 대접에 물을 떴다. 아이는 물동이 앞에서 오랫동안 머물렀다.

아이는 불현듯 겁에 질려 방으로 뛰어갔다. 아버지는 아직 그대로 젓가락을 든 채였다. 짓무른 눈에서 눈물을 짜내겠다는 듯 눈을 꾹 감고 있었다. 아이는 물그릇을 내밀었다. 대접의 물을 비운 아버지는 젓가락을 놓고 물러나 앉았다.

아이는 "아부지!" 하고 불렀다.

"그래, 어서 먹어라."

아버지는 상 앞으로 당겨앉는 시늉을 했다. 젓가락은 두고 아버지는 다시 종지를 집어들었다.

"아부지, 죽으려면 이렇게 해."

아이는 젓가락에 라면 면발을 감아 후루룩 입으로 넘겼다.

"이렇게 먹어야 죽어."

아이는 대접을 들고 국물을 들이켰다. 아버지는 여전히 그 삼키는 듯한 울음에 열중해 있었다.

—『현대문학』 2001년 3월호

기억의 경계를 넘는 일

서영인

.

1. 기억의 경계를 넘는 일

등단한 지 십년이 넘은 작가가 내놓은 두번째 작품집을 만나고 보니 그가 어지간히 과작의 작가라는 생각을 새삼 하게 된다. 작가들의 작품 생산주기가 더 빨라지고 있고 등단 몇년 만에 단숨에 문단의 주목을 받는 신진작가들이 많아지는 요즘의 세태를 감안하면 전성태는 다소 굼뜬 작가라고도 할 수 있겠다. 그러나 일년에 한두 편씩 꾸준히 발표한 단편들을 읽다 보면 그의 이러한 굼뜸이 유난히 작품의 언어와 구성에 공을 들이는 탓이라는 것을 금방 알게 된다.

전성태는 첫 작품집 『매향』에서부터 평단의 관심을 꾸준히 받아온 작가인데 많은 비평가들은 농촌공동체의 복원과 전통적 언어의 구현을 그의 첫번째 특장으로 꼽아왔다. 사라져가는 공동체의 복원과 해학을 곁들인 방언의 오래 묵은 질감을 구현해내는 솜씨는 요즘의 우리 문학에서 좀처럼 만나보기 힘든 미덕인 것도 사실이다. 그러나 또

한 그의 다음 작품집을 오래 기다려온 독자들의 입장에서는 그가 첫 번째 작품집에서 얼마만큼 걸어나와 또다른 세계를 만들어내고 있는 가에 관심이 갈 수밖에 없다. 이번 작품집은 사라져가는 공동체에 대한 비감을 넘어 좀더 다양한 세계를 보여주면서도 현재성과 당대성에 더욱 천착한다는 점에서 독자들의 기대에 부응하고 있다.

물론 시간의 편차를 두고 발표된 작품들에서 작품세계의 변화, 혹은 진전을 일목요연하게 찾아내는 일은 일종의 무리한 일반화가 될 수밖에 없다. 예컨대 「소를 줍다」 같은 소설은 여전히 농촌공동체, 혹은 농촌에서 자연과 합일된 삶의 질서를 찾아가는 이웃들의 이야기를 담고 있어서 『매향』의 세계에서 크게 벗어나 있지 않다. 곡식을 심고 가꾸고 거두는 하나하나의 과정, 소와 돼지를 돌보고 정을 들이는 사람살이의 살뜰함이 풍겨내는 안정감과 따뜻함은 사라져가는 전통적 정서를 환기함으로써 그것을 상실한 현대인의 비감을 자아낸다. 첫 작품집에서 전성태가 보여주었던 세계를 크게 공동체적 세계의 따뜻한 안정감과 그것을 잃은 자들의 비감, 그리고 세계의 폭력으로 인해 쫓겨난 자들이 지니는 비극성으로 나눌 수 있다면, 「소를 줍다」와 「환희」는 이 두 세계가 이번 작품집에서도 여전히 건재하고 있음을 알려준다. 「환희」에서는 걸핏하면 자살을 시도하는 술주정뱅이 아버지, 학살의 소문으로 흉흉한 광주로 떠난 어머니, 그리고 그 사이에서 죽음의 공포에 휩싸인 곱사등이 아이를 통해 삶의 도저한 비극성을 드러낸다. 살기가 힘들어 술주정뱅이가 된 아버지나 그런 아버지를 떠나 광주로 간 어머니는 모두 삶의 환희로부터 멀리 떨어져 있는 소외된 인물들이다. '환희'의 말뜻을 도저히 짐작할 수 없는 아이가 맛볼 수 있는 환희란 '삶'의 환희가 아니라 '죽음'의 환희이다. 죽음의 공포로부터 벗어나기 위해 미리 죽음을 선택함으로써 얻을 수 있는 아득한 환각의 세계가 그것이다.

「환희」는 이미 세상에서 버려진 자들이 마주한 죽음 때문에 참담한 비극성을 띠는데, 이 비극성은 흉흉하게 소설의 배경을 지배하고 있는 광주의 소문으로 인해 한층 강화된다. 여기에서 작가가 보여준 비극성의 세계가 어디에서 연원하고 있는지를 짐작해볼 수 있다. 첫 작품집 후기에서 작가는 "상주 노릇 하느라 영안실 앞에서 서성거리다가 이십대 한 시절을 다 보내버렸다는 피해의식"(『매향』, 실천문학사 1999, 317면)을 지닌 적이 있다고 고백했는데 그의 비극성은 이러한 '상주의식'에서 비롯되는 것임이 분명하다. 그의 작품 곳곳에 죽음과 파멸의 황폐가 드러나는 것도 이 때문일 것이다. 여기에서 '상주의식'의 연원은 1990년대 초반의 그 황폐하고 참담했던 분신정국에 있을 터인데, 동년배의 젊은이들을 죽음으로 몰아넣는 세계란 젊은 작가에게 매우 비극적인 것이었음을 짐작할 수 있다. 그렇다면 이 작가가 다음으로 해나가야 할 작업은 이 '피해의식'을 극복하거나, 혹은 극복하기 위하여 개인의 기억 속에 각인된 참담한 시대를 다시 해부하는 일이 될 터이다. 이번 작품집을 통해 그가 당대를 향해, 이전의 비극성과 절망을 안은 채로 한발 다가서고 있음을 발견하게 되는 일은 그래서 더욱 반갑다. 이번 작품집의 진면목은 작가가 피해의식마저도 하나의 역사임을 인지하면서, 그래서 더욱 복잡하고 난감할 수밖에 없는 개인성에 대해 진중한 통찰을 시도한다는 점에 있다.

2. 새로운 개인성의 발견

이번 작품집에서 당대성이 가장 두드러진 작품을 찾는다면 단연 「연이 생각」과 「국경을 넘는 일」을 꼽을 수 있을 것이다. 두 작품은 1990년대 초반 분신정국의 일상을 점검하거나 분단시대를 살아가는 개인의 의미를 다시 물음으로써 우리 사회의 집단 무의식과 개인성의 존재방식을 확인하고 있다.

작가는 「연이 생각」에서 예의 그 '상주의식'을 언급한다. 상주에게 는 일상이 없다. 아니 상주는 일상을 생각할 여유가 없다. 가까운 자를 잃은 슬픔과 비통으로 곡을 하고 손님을 맞으며 그 제의의 일부에 포함됨으로써 일상에서 벗어난다. 죽은 자의 뒷갈망을 위해 존재하는 상주들의 역할 때문에, 그 상실의 고통을 이유로 상주들은 일상에서의 일탈을 용서받는다. 작가가 상주의식을 "죽음의 이름으로 얻어지는 휴가증"(116면)이라고 말한 이유도 여기에 있다. 그러나 언제까지 이 죽음의 그늘에 파묻혀 일상을 벗어난 곳에서만 존재할 수는 없는 노릇이다. 숱한 죽음 이후에도 삶은 계속되고 살아남은 자들은 어떻게든 그 죽음 이후의 삶을 다시 일상 속에서 꾸려나가야 한다. 「연이 생각」이 열사들의 연이은 분신과는 아무런 상관도 없는 듯한, 1993년 여름에 일어난 한 평범한 친구의 죽음에 천착하는 이유도 이 때문일 것이다. 연이는 1993년 무렵 스스로 목숨을 버렸다. 그는 재혼한 아버지가 싫어 동생을 데리고 홀로 외가를 찾아왔던 당돌한 아이이자 대학에 들어간 이후로도 아르바이트로 어렵게 공부를 계속해야 했던 고학생이었고, 휴학과 복학을 거듭하며 대학을 오가야 했으며, 피라미드 영업과 프락치로 몰렸던 정보장교와의 연애로 곤란한 소문에 휩싸이기도 했던 힘겨운 청춘으로 기억된다. 이런 연이가 학교 연못에 투신하여 스스로 삶을 버린 이유는 아마도 길이 보이지 않는 삶의 암담함 때문이었을 테고 쉽게 매듭지어지지 않는 청춘의 고민 때문이었을 것이다. 그의 죽음은 또한 그 시대를 살아가는 여느 젊은이의 삶과 크게 다르지 않은 것이기도 하다. 그런데도 굳이 「연이 생각」의 화자가 연이의 죽음이 "소위 그 전염병처럼 번지던 죽음의 행렬의 마지막으로 기억되길 원했으며, 나아가 열사의 시대라고 해도 지나치지 않을 저 1980년대적인 죽음들에 대한 어떤 마지막 상징쯤으로 자리잡기를"(115면) 바란 이유는 무엇인가.

작품 속에서 그 이유를 찾기란 쉽지 않다. 그러나 분명한 것은 작가가 '연이'를 통해 숱한 정치적, 사회적 죽음들 사이에서 개인성의 문제를 사고하려고 한다는 사실이다. 연이의 삶은 정치적 민주화나 폭력적 정권 비판과 같은 사회적 이슈와는 비껴난 곳에 존재했다. 어린 동생을 돌보아야 했으며 학비를 벌어야 했고 가족과의 불화를 견뎌야 했고 난감한 연애를 꾸리기도 해야 했던 삶이다. 그러나 또한 연이는 친구들과 함께 있고자 했고 "혁명이니 민주화니 하는 거"에 "별로 관심없"지만 "거기에 가 있어야 할 것 같아서"(127면) 시간에 쫓기면서도 집회에 모습을 드러내기도 했다. 열사들로 이루어진 시대성 속에서 바라본다면 연이의 삶은 주변인의 삶이다. 그러나 또한 연이도 그 시대를 살았고 그 시대성 속에서 고통받고 회의하면서 그의 삶을 견뎌냈다. 그렇다면 그 열사들의 시대, 죽음과 저항과 분노의 시대 어디쯤 연이의 자리도 있어야 하는 것이 아닐까. 우리의 일상이 분신과 투쟁으로만 이루어진 것이 아닐진대, 학비와 연애와 방황의 그 어디를 통해서도 우리는 시대를 알고 사유할 수 있어야 하는 것이 아닐까. 연이의 삶을 빌어 작가가 제기하는 개인성에 대한 질문은 대략 이런 것들이다. 그리고 작가는 연이의 죽음을 통해 같으면서도 다른 또하나의 질문을 던진다. 어쩌면 우리는 저 투쟁의 시대, 열사들의 죽음에 우리의 삶을 투사함으로써 우리 시대를 비통해만 하면서 짐짓 우리가 마주쳐야 할 현재로부터 도피한 것은 아닌가. 열사들의 죽음에 연이의 죽음이 겹쳐진다. 그리고 연이의 죽음은 너무도 평범하다. 이 평범한 죽음을 마지막으로 시대에 대한 과장된 자기연민을 버리고 여전히 우리 앞에 놓인 현재를 살아가는 일을 감당해야 하지 않는가. '내'가 연이의 죽음에 무언가 의미를 부여하기 위해 안간힘을 썼다면 그것은 연이를 위해서가 아니라 '나' 자신의 삶을 위해서일 것이다. 평범한 죽음을 통해, 평범한 일상으로 이어진 시대 속으로 더 깊숙이 진입하기 위하여.

'내'가 아직 "연이를 어떤 식으로 기억해야 할지 모르겠다"(131면)고 고백한다고 해서 그 질문의 의미마저 사라져버리는 것은 아니다. 한 시대의 보편성 속으로 쉽사리 수렴되지 않는 개인성에 대해서, 혹은 이미 개인의 사정 속에 깊숙이 각인된 시대성에 대해서 작가가 던진 질문은 아직 유효하다. 그러므로 온전히 개별적이지도 온전히 통합적이지도 않은 이 개인성은 작가가 삶을 사유하는 하나의 방법이 된다. 예컨대 「국경을 넘는 일」에서 캄보디아와 태국의 국경을 넘으며 알 수 없는 불안과 공포를 경험하는 박의 경우에서처럼 개인적 체험은 국가적 담론이나 이데올로기와 쉽사리 구분되지 않는다. 바다를 건너거나 철조망을 넘어야 만날 수 있는 국경만을 체험하며 살아온 분단국가의 국민에게 걸어서 국경을 넘는 일은 단지 여행중의 일상으로 치부될 수 있는 일이 아니다. 그래서 국경에 걸친 조그만 다리를 건너던 박은 아이가 장난으로 분 호가소리를 듣고 알 수 없는 공포를 경험한다. 분단은 이데올로기나 국가보안법에만 있는 것이 아니라 여행중에도 벗어버릴 수 없는 부담으로 마음속에 존재한다. 단지 국경을 넘는 일에서만 그런 것이 아니다. 분단국가의 국민인 박은 동독 출신의 얀을 만날 때는 분단국가의 한 대표로 그와 마주해야 했고, 일본 여자 나오꼬를 만날 때조차도 알 수 없는 서걱거림으로 그와의 이질감을 느껴야 했다. 그래서 낯선 여행지에서 안구건조증에 시달리며 자신의 불안하고 착잡한 내면을 내내 들여다보아야 하는 박의 행로란 순진한 개인성만으로 존재할 수 없는 일상을 내내 확인해야 하는 작가의 행로와 이어진다.

연이의 죽음을 열사들의 죽음과 동일시할 수 없듯이 박의 강박관념이 분단시대의 이데올로기를 대표하는 것은 아니다. 그렇다고 해서 연이나 박이 그들이 속해 있는 시대에서 떨어져나와 존재할 수 있는 것도 아니다. 작가는 피해의식과 강박관념, 집단 무의식으로 점철된 개인의 삶을, 불편하고 이질적인 것의 통합체로 이해하면서 그것을 통해 당대를 탐구한다. 이것은 개인과 사회를 이분화하고 그래서 개인성을 강조하기 위해 시대성을 탈각하거나 개인성을 시대적 보편성 속에 희석시키려는 태도와는 완전히 다르다. 작가는 둘 중 하나를 선택하려 하는 것이 아니라 어느 것도 아니면서 모두 다인, 복잡하고 난감한 개인들의 삶 자체를 소설의 대상으로 삼는다. 순정하게 고립된 개인도, 구체적 시대성의 반영만도 아닌 인물들의 정체성은 때로 혼란스럽고 거북하기도 하다. 「연이 생각」과 「국경을 넘는 일」이 연이의 죽음이나 박의 연애에 어떠한 결론도 내리지 못하고 망연하게 마무리되는 이유가 여기에 있다. 그러나 작가는 이 망연한 방황을 손쉽게 정리하지 않는다. 오히려 이 이질적이고 불균등한 개인들의 삶을 혼란스러운 그대로 열어둔다. 혼란과 방황이야말로 또다른 진실에 접근하는 통로가 될 수 있을 것이기 때문이다.

3. 기억의 심층

「사형(私刑)」과 「퇴역 레슬러」는 개인적 삶의 심층에 놓인 사회성에 대한 탐구를, 그리고 결코 개인으로 고립될 수 없는 인간들의 관계를 극한까지 밀어붙임으로써 사회적 삶과 개인적 삶의 경계를, 온전히 자기 것일 수 없는 개인들의 불행한 정체성을 드러내놓는다. 「사형(私刑)」과 「퇴역 레슬러」는 퇴역 장군과 퇴역 레슬러의 삶에 장군의 시대, 무모한 용기와 도전의 시대를 마주 놓는다. 「사형(私刑)」에서 한때 야전을 호령했던 장군의 말로는 참담하다. 그는 한국전쟁과 월남전에 참여하여 전력을 쌓았고 그 전과만으로도 야전을 호령할 만한 권위를 가질 수 있었다. 숱한 영웅적 에피쏘드로 꾸며진 그의 군생활은 화려했으나 "권위가 군복에서 나왔다는 듯 옷을 벗자마자 그는 초라한 낭인으로 전락했다."(173면) 퇴락한 빌라의 한켠에서 술과 악몽으로 나날을 보낼 뿐인 그를 더 모멸하는 것은 이웃의 사내들이다. 그들은 폐오일통 수집상이거나 저수지의 식당주인인 자신들과 장군을 동등하게 취급함으로써 장군의 자부심을 모욕한다. 이웃의 사내들과 술을 마시고 개를 잡으며, 취하면 관등성명을 대라고 소리를 치고 기합을 주면서 장군은 점점 더 황폐해져간다. 그러나 은퇴 이전의 장군의 삶도 그리 명예로웠던 것은 아니다. 술에 취하면 하나뿐인 딸을 두고 부하들에게 "네가 따먹어버려"(174면)라고 소리치는 장군에게, 진짜로 딸을 능욕한 부하를 사적인 체벌로 응징했던 장군에게 권위를 부여했던 것은 군복이고 군대라는 조직이었을 뿐이다. 그러므로 군복을 벗은 장군의 삶이 황폐와 파멸의 악몽으로 지속되는 것은 당연한 일이다. 군대라는 조직과 군사정권의 폭압은 장군의 삶을 잠식했고 결국은 그를 파국으로 이끌었다. 군대라는 조직을 벗어나서도 장군에게 개인적 삶이란 없다. 무모한 용기와 폭력적 가학은 군대라는 조직 속에서는 전력이나 지도력으로 포장되지만 그것에 길들여진 장군의 삶은 점점 더 황폐하고 비루한 악몽의 연속이 된다. 그는 군대를 벗어난 일상의 삶 속에서 자신이 지켜야 할 현실을 갖지 못한 것이다. 끔찍한 시대의 기억은 개인의 삶에 어느새 깊숙이 삼투되어 현재의 치욕으로 남는다. 그러므로 그의 쓸쓸한 말로에는 결코 개인적 삶의 회한으로 다스려질 수 없는 무거운 시대의 이데올로기가 잠겨 있다.

그러므로 시대의 이름으로 상징화되고 보편화된 이데올로기를 뚫고 개인성의 의미를 추적하는 일은 중요하다. 그리고 그 개인성 속에 개입한 시대의 의미를 다층적으로 분석하는 일은 더욱 중요하다. 「국경을 넘는 일」의 박이 분단시대의 산물이면서 또한 쓸쓸한 연애의 주인공이듯이 「퇴역 레슬러」의 퇴역 레슬러 역시 조국근대화와 성공신화의 산물이면서 또한 그 역사에 억압당한 불행한 개인이다. 박치기로 세계를 제패했던, 이제는 늙고 병들어 고향의 섬으로 돌아온 퇴역 레슬러의 뇌는 링에서의 혈투가 가져다준 후유증으로 굳어 있다. 그는 자주 말의 흐름을 놓치고 방금 전에 일어난 일을 기억하지 못한다. 신뢰할 수 없는 뇌는 신뢰할 수 없는 감각과 기억을 만들어낸다. 기억을 통해 그가 자신의 역사를 간직함으로써 자신의 정체성을 확인할 수 있다면, 기억을 잃어가는 그는 자신이 누구인지 모른다. 그는 다만 기념관을 채운 숱한 승리의 사진에 의해, 또는 승리를 기념하며 장군이 하사한 고향의 연륙교에 의해 존재할 수 있을 따름이다. 기억을 잃어가는 레슬러의 삶이 한축에 놓여 있다면 성공신화로 가난과 소외를 포장했던 장군의 시대이자 조국근대화의 시대가 한축에 놓여 있다. 레슬러가 자신의 기억을 복원해내지 못한다면 그는 그저 프로레슬링이 전국을 열광시켰던 군사정권 시대의 한 부산물일 뿐이다. 그의 성공을 자신의 성공으로 여기고 레슬러의 기념관에 걸린 사진들을 섬의 영광으로 대치하고자 하는 섬사람들에 의해 가난하고 구차한 섬의 현실이나 좌우대립의 살육으로 얼룩졌던 섬의 역사 역시 지워진다. 언제나 역사는 성공한 삶만 기억하고 중심의 이데올로기는 주변성의 고통과 성찰을 방해한다. 이제 개인들의 기억마저도 그 성공신화의 이데올로기 안에서 왜곡된다. 레슬러는 아침창을 통해 새어드는 양파 냄새를 통해 지난날, 섬을 떠나기 전의 어린시절에 맡았던 양파 냄새를 기억한다. "아침을 짓는 매캐한 냇내"와 "양파 냄새" "소의 워낭소리"와 "솥뚜껑 부딪는 소리"(40면), 온갖 감각을 동원한 기억은 평화롭고 포근하며 따뜻했던 고향 이미지를 재구성해낸다. 그는 육지에서 목숨을 걸고 싸워 이긴 승리자이고 이제 고향의 품으로 돌아와 말년을 보내는 그럴듯한 성공신화의 대표자가 된다. 그러나 그 기억은 가짜다. 고향에서 양파를 재배하기 시작한 것은 그가 섬을 떠난 이후이기에 양파 냄새가 불러온 고향의 이미지 역시 가짜다. 조국근대화와 성공신화의 이데올로기가 만들어낸 기억의 왜곡과 은폐를 뚫고 찾아낸 레슬러의 역사는 참담하다. 그는 좌우대립의 살육전 와중에서 고향 사람들을 밀고하고 밀항선을 탔다. 그가 기억해야 할 역사는 양파 냄새 퍼지는 안온한 고향마을이 아니라 늘 배를 움켜쥐고 살아야 했던 가난이며 마을 처녀와 짚가리 안에서 닷새간이나 미친 듯이 정사에 몰두했던 처절한 욕망과 갈구의 나날들이다. 그리고 챔피언 벨트를 매고 포효하는 사진의 이면에 숨겨진, 상대에 눌려 숨이 막히던 고통의 순간과 박치기 이후의 까무러칠 듯한 고독과 공포이다.

누군가가 오래 전 섬의 역사를 기억하고 그것을 기록해내듯이, 레슬러도 굳어가는 뇌를 뚫고 자신의 과거를 기억해낸다. 그러나 그 기억을 되찾는 일은 결코 쉽지 않다. 기억을 복원하고 자신의 정체성을 찾는 일은 숱한 영광의 신화 속에 가려진 참담하고 쓸쓸한 삶을 확인하는 일이다. 그러므로 열사들의 죽음 속에서 연이의 죽음의 의미를 찾는 일은 성공신화의 이면에서 가난과 결핍의 고통을 찾는 일과 이어진다. 그래서 작가는 찬란한 허구 대신 캄캄한 삶을 밟고 선 데서 진정한 이야기의 힘을 찾을 수 있다고 말한다.

4. 삶을 밟고 선 이야기의 힘

「존재의 숲」에 등장하는 개그맨을 작가라고 보아도 별 무리는 없을 것이다. 개그맨도 작가도 허구의 이야기를 통해 사람들을 웃고 울리는 자들이고 보면 개그맨을 작가로 본다고 해서 문제가 될 것은 없어 보인다. 그러니 풍자든 해학이든 감동이든 이야기의 힘이란 캄캄한 삶을 밟고 선 곳에서 나오는 것이라는 말은 곧 작가의 소설론이라 할 수 있다. 그런데 이 소설론이 작품 속에서 구체화되는 모습이 흥미롭다. 「존재의 숲」은 과거 전성태 소설이 가진 특유의 색채를 모두 모아놓은 듯한 소설인데 한 개그맨이 이야기를 줍기 위해 찾아간 북쪽 골짜기는 작가가 자주 그려내곤 했던 걸쭉한 해학과 인정이 스민 공동체의 모습을 하고 있다. 그리고 소설 속에 등장하는 여꼴댁은 역시나 박복하고 고단하게 삶을 살다가 사라져가는 존재로서의 비감을 가지고 있다. 어려서 화전민촌에 시집와 일찍 남편을 잃고 아들마저 어디론가 떠난 여꼴댁이 살아낸 여우골에서의 생애란 회한이고 고통이고 적막 그 자체였을 것이며, 죽은 어미를 찾아 신분을 밝히지도 못하고 여우골로 찾아든 아들은 세상 끝으로 가는 심정을 지녔을 것이었다. 여꼴댁과 그 아들의 삶은 사람들을 울고 웃게 하는 개그맨이 되고 싶었던 '내'가 이야기를 얻기 위해 찾아든 골짝에서, 순전히 들은 말들을 통해 재구성된 것이다. '나'에게 이 이야기를 들려준 사람들은 골짝의 노인들인데 그들의 언어는 삶에서 녹아든 풍성한 은유와 비유로 가득 차 있다. 지명 하나에도 그 지역의 생태와 내력이 고스란히 담겨 있는 그들의 언어는 '나'를 더욱 무력하게 할 뿐이다. 그런데 이 여꼴댁의 이야기는 동네 노인들의 이야깃자락에 실려오는 것으로 끝나지 않는다.

그 이야기는 그저 들은 이야기에 그치지 않고 나의 눈앞에 하나의 환각으로 다시 나타난다. 나는 낮동안 사람들이 보이지 않는 괴괴한 산골에서 풍 맞은 다리로 마을을 걷는 노인을 만나고 양철집 옆 개울에서 요강을 씻는 할머니를 만난다. 그러나 그들은 실재하는 사람들이 아니다. 풍 맞은 노인은 여꼴댁이 말년에 수발을 들었던 노인네이고 양철집 할머니는 바로 여꼴댁이었던 것이다. 마을 노인들의 이야기를 통해 재구성한 여꼴댁의 생애가 "말에 매여서 헤어나지 못하"(12면)는 이야기라면, '내'가 본 여꼴댁의 환각은 이미 삶의 장면 속에 자

리잡아 실재처럼 존재하는 이야기이다. 여꼴댁의 삶을 회한과 연민의
눈으로 더듬고 산골 노인네들의 이야기를 그들의 육체화된 언어로 체
험했던 나는 어느새 말의 한계를 벗고 그것 자체로 살아 움직이는 이
야기를 만난 것이다. 이 여꼴댁의 환각이야말로 잘 풀리지 않는 개그
맨 신세를 한탄하러 찾아가 만난 점쟁이가 알려주었던 '캄캄한 삶을
딛고 선 이야기'가 될 것이다.

　아마도 「존재의 숲」은 작가 전성태가 갈망하는 소설을 이야기의 형
태로 풀어낸 것일 터인데, 작가는 지난 작품들의 소재와 어법이 지니
는 장점을 최대한 살리면서도 이를 환각의 형식을 통해 더욱 구체화
하고 있다. 소설 자체가 하나의 환각일지도 모르지만 그 환각은 사람
을 살게 하고 견디게 하고 또 만나게 한다. 그 환각을 통해서만 삶은
다시 회고되고 체험되고 사유된다. 환각이 부질없는 환상으로 사라져
버리지 않게 하기 위해 이야기는 언제나 '캄캄한 삶을 딛고 서' 있어
야 하는 것이다.

　「한국의 그림」은 이 아름다운 환각의 한 장면 속에 있다. '한국의
그림'이란 '걸개그림'이라는 한국의 특수한 미술장르를 의미한다. 이
'걸개그림'의 개척자 김대호의 이야기가 소설의 뼈대를 이루고 있는
데 그가 '걸개그림'을 만들어내고 화가가 된 과정이 좀 특이하다. 가
난과 폭력으로 점철된 소년시절, 학교에 정착하지 못하고 집을 나온
이력이야 별다를 것이 없다. 다만 특이한 것은 그가 어려서부터 칼로
무언가를 조각하기를 좋아했다는 것이다. 신문배달원과 식당종업원
을 전전하던 그는 거기서도 칼을 놓지 않은 덕분에 목수를 만나 집 짓
는 일을 배우고 억울하게 피살된 대학생의 얼굴을 판자에 새길 수 있
었다. 그리고 그 대학생의 얼굴이 판화가 되어 대학가로 퍼져나가고

그 판화는 더 크게 그려져 건물의 벽에 걸리면서 '걸개그림'이 되었다. 목수의 경험이 있었기에 그는 질기고 큰 텐트 천을 구할 수 있었고 집을 짓듯 먹줄을 퉁길 수 있었다. 이동차에 걸린 걸개그림이 육교에 걸릴까봐 경첩을 단 것도 그가 목수였기 때문에 가능한 일이었다. 대학생을 추모하는 시민, 학생들의 가슴에 그의 판화는 리본처럼 매달렸고 걸개그림을 그리고 영정틀을 제작하느라 그는 집회장소를 떠날 수 없었다. 그 걸개그림은 분노와 저항과 슬픔과 고통을 하나로 모아 엄숙한 추모를 이끌어냈지만, 그는 여전히 뭐가 뭔지 모르는 목수일 뿐이다. 청년화가들이 손을 내밀자 "그는 부끄러움으로 얼굴이 벌게졌"(81면)고 영정을 실은 트럭이 무사히 육교 아래로 지나가자 그는 "군중들 뒤로 처져서 이마의 땀을 훔쳐냈다."(82면)

사람들의 마음에 불꽃을 지핀 그의 판화와 걸개그림은 학습된 것도 아니고 이론으로 설명되고 확증되는 것도 아니다. 그저 집을 짓듯이 시대의 고통과 분노가 깃들 그림을 그렸고, 아득한 소외와 절망을 분필도막과 나무기둥에 새기듯이 대학생의 억울한 죽음을 판자에 새겼다. 그는 그 대학생의 죽음과 시대에 대한 분노가 세상을 뒤집을 듯 들썩이는 현장 속에 함께 있었지만 여전히 순진한 목수이고 엉겁결에 얻은 화가의 이름을 황송해하는 청년일 뿐이다. 여기에서 개인성은 시대성에 새겨지는 하나의 대표음에 그치지 않는다. 그 개인성은 그것대로의 소외와 고통과 절망을 안은 채로 또하나의 시대로 펼쳐지는 순진한 꿈의 한자락이 된다. 전성태가 탐구한 개인성과 시대성의 만남이 궁극으로 닿고자 했던 경지가 이 장면이 아닌가 한다.

나로서는 김대호가 버스 안에서 죽은 대학생의 얼굴을 만나며 겪었던 열기와 충격, 그 획기적 우연이 좀더 구체적으로 그려지지 못한 것이 아쉽고 이제 명사기 된 김대호의 현재는 어떤 모습일까가 못내 궁금하기도 하다. 그러나 이러한 아쉬움과는 별도로 이상스런 꿈 하나가 내내 머릿속을 떠나지 않는다. 자신이 좋아하고 삶을 버티는 힘이 되었던 일들이 더 넓은 세상에서 모두의 힘으로 화하는 꿈, 개인의 절망과 환희가 또하나의 힘으로 세상을 버티는 그런 환각 같은 삶을 내 곁에서 얻어볼 수 있는 날이 올까 하는 기대. 캄캄한 삶을 밟다 보면 누군가에게 언젠가 그날이 올까. 난데없는 이 기대로 문득, 눈시울이 젖는다.

徐榮裀/문학평론가

작가의 말

　어느날 누가 물었다. 당신은 고향이 그렇게 좋은가? 고향에 대해 좋
다거나 나쁘다는 마음 없이 살아온 나는 당혹스러웠다. 그로서는 자신
을 되비추며 묻는 말이었겠으나 나는 나대로 그 질문을 뼈아프게 받아
들였다. 고향을 멀리 떠나왔고, 고향 또한 시간을 초월한 공간으로 남
아 있지 않았다. 많은 이들이 고향에서 밀려나왔다면 애초부터 나에게
는 밀려난 자의 자의식은 없었다. 입에 올리는 말, 마음의 생김새, 사람
혹은 물상을 옆에 두고 사는 법 따위가 체질화되어 있었을 뿐이다. 그
건 멀리 길 떠나는 자식에게 어머니가 입혀주는 옷과도 같았다. 특히나
고향의 언어는 끝이 몽글고 품이 넉넉하여 말 다루는 사람을 매혹하는
바 있었다. 언어는 쓰는 사람이나 듣는 사람이나 다치지 않아야 한다는
믿음이 내겐 있다. 언어를 갈고 다듬는 행위는 칼처럼 날을 세우는 일
이 아니라 쓰고 또 써서 날을 무디게 하는 일인지도 모른다. 고향의 언
어는 그런 연장이었다. 그런 언어를 입은 자는 세상을 어떻게 대할까?

올려다보고 산다는 게 맞을 것이다. 서울이 북쪽이라서가 아니라 생이 북쪽인 탓이다. 삶이나 사람을 좀처럼 맞보거나 내려다보지 못한다. 일말의 회의도 없이 경전을 대하는 신도처럼 외부세계에 대해 일단 접고 들어간다. 그래서 철두철미하다거나 본때 같은 걸 시원스레 보여줄 여지가 별로 없다. 그건 어쩌면 오늘을 살아가는 작가로서는 큰 결핍일는지 모른다.

그로부터 오랫동안 고향에 가보지 못했다. 십년쯤 지나자 상실감이 밀려왔다. 이 낯선 땅에서 어떻게든 살아야 한다는 자각도 새롭게 일었다. 나는 때로 내 옷이 누추하다고 느끼곤 했다. 언어에서 몸에 이르기까지 나의 믿음들이 진실일까 회의했다. 나는 근대적 자의식이라는 말을 무슨 병통처럼 어금니 깊숙이 물고 지냈다. 근대적 자의식이 없거나 희미한 나 자신을 계속 들여다봐야 했다. 그건 몸의 문제였고, 따라서 실존의 문제이기도 했다. 국경을 넘는 자처럼 제 마음부터 넘고 봐야 했다. 모든 걸 새로이 극복해야 했고 자주 피로했다. 여러 군데서 균열이 생겼다. 언어는 매서워졌고 때로는 스스로 그 예각에 찔려 황폐함마저 맛보곤 했다. 걷고 있는 길이 어디로 향하는지 몰라 당황할 때도 있었다. 여기에 수록된 작품들은 그 균열과 방황의 시간 동안 근근이 써낸 작품들이다. 내 소설은 우리 문학에서 여벌쯤 되리라 생각한다. 그래도 우리 문단과 사회는 이런 여벌과 같은 존재도 함께 안고 가고 있으니 고마운 일이다. 아직 나는 넘는 일을 끝내지 못했다. 그동안 눈치를 참 많이 봤다. 나는 몸의 됨됨이를 생긴 그대로 긍정하기로 했다. 삶의 여러 경계에 마주서 있는 분들이 동무가 되어줄 것이다.

2005년 봄

전성태

234

국경을 넘는 일

초판 1쇄 발행/2005년 4월 30일
초판 7쇄 발행/2023년 1월 5일

지은이/전성태
펴낸이/강일우
편집/김정혜 문경미 안병률 강영규 김명재
미술·조판/정효진 한충현
펴낸곳/(주)창비
등록/1986년 8월 5일 제85호
주소/10881 경기도 파주시 회동길 184
전화/031-955-3333
팩시밀리/영업 031-955-3399 · 편집 031-955-3400
홈페이지/www.changbi.com
전자우편/lit@changbi.com

* 이 책은 한국문화예술진흥원의 '문예진흥기금'을 받았습니다.